www.bbulmedia.com

www.bbulmedia.com

사금파리의 눈물

사금파리의 눈물

DAHYANG ROMANCE STORY

차은강 장편 소설

Contents

프롤로그

　신기루처럼 그녀의 앞에 그가 서 있다. 도무지 현실 같지 않
은 현실. 한순간 얼음처럼 굳어 버린 그녀에게 그가 서서히 다가
왔다. 옷깃 스치는 소리조차 나지 않는 조용한 움직임. 그녀는
그만 눈을 감아 버렸다.

　"눈 떠."

　명령과도 같은 무심한 그의 목소리. 말 잘 듣는 아이처럼 천
천히, 아주 천천히 눈꺼풀을 들어 올렸다. 맑고 투명한 눈동자
안으로 민서의 얼굴이 들어와 박혔다.

　살짝 앞으로 내려진 머리카락과 머리카락만큼이나 검은 눈썹,
강인해 보이지만 한없는 무심함을 담은 커다란 눈과 곧게 뻗은
오뚝한 코, 그리고 매력적인 입술까지. 역시 기억했던 것보다 더
멋진 얼굴이었다.

손을 들어 그의 얼굴을 쓰다듬고 싶은 욕망을 억누르며 입술을 짓이겼다.

"나와 헤어지고 택한 것이 이런 생활인 거야?"

"상관없잖아요."

억눌린 소리가 갈라져 비정상적으로 튀어나왔다.

그만큼 이 순간, 어떤 것이든 자제하고 있다는 증거 같아 그녀는 몸을 떨었고, 민서의 얼굴에는 비웃음이 스쳐 지나갔다.

곧고 기다란 손가락이 눈높이를 맞추지 않는 그녀의 턱을 들어 올렸다.

마주치면 찔릴 것 같은 눈빛을 억지로 피해 버린 것이 모두 허사가 되는 순간, 깊고 아득한 민서의 눈동자가 그녀의 눈동자를 아프도록 찔렀다. 스며드는 눈물을 감추려 눈을 깜박이는 것조차 잊은 채 그녀는 떨리는 심장을 잠재우기 위해 숨을 멈추었다.

"숨바꼭질은 끝났어. 도망을 갈 거였으면 내가 찾지 못하는 곳으로 숨었어야지."

"이건 게임이 아니에요."

민서의 미간이 일그러졌다. 집으로 들어와 처음 나타내는 감정이었으나 도무지 무슨 생각을 하는지 읽을 수가 없었다. 언제나처럼.

"그래, 게임이 아니라 일방적인 통보였지. 난 동의한 적 없는."

"당신 동의 같은 건 필요 없어요."

침착하려 애썼지만 안타깝게도 목소리가 미세하게 떨리고 있었다.

"정유하."

어깨를 움켜잡는 커다란 손아귀. 단지 어깨만 잡혔을 뿐인데 온몸이 잡혀 버린 것만 같았다.

"나 역시 네 동의 같은 건 필요 없어."

서서히 내려온 그의 얼굴이 뜨거운 숨결과 함께 귓가를 간지럽혔다. 온몸의 솜털이 일제히 곤두서며 몸이 부르르 떨렸다.

"하, 하지 말아요."

그녀의 위태로운 눈빛과 떨리는 목소리에도 불구하고 귓가에 머물고 있던 그의 입술이 하얗게 드러난 그녀의 목덜미로 내려왔다. 그리고 곧 입술을 대고 흡혈귀처럼 강하게 빨아들였다.

"안 돼요."

애써 억누르고 있던 감정이 산산이 부서지기 전에 막아야 했다. 가는 손목을 들어 올려 그의 가슴을 밀어내려 애썼다. 그러나 상대할 수 없는 힘을 가진 그에게는 역부족이었다.

"아앗."

그게 마음에 들지 않았던 듯 여린 살결을 강하게 빨아들이던 민서가 이를 박았다. 강렬한 아픔에 움직임을 멈춘 그녀의 입술에서 참지 못한 신음이 새어 나왔다.

곧 입술이 떨어졌다.

하얀 목덜미에 내려앉은 빨간 꽃잎 같은 자국에 만족한 미소도 잠시, 아픔에 혼이 빠져 버린 그녀를 끌어당겨 안은 민서의 입술이 유하의 작은 입술에 내려앉았다.

집어삼킬 것처럼 입술을 빨아들이던 민서의 혀가 입술을 가르고 들어와 거부하는 그녀의 혀를 찾아 뱀처럼 옭아맸다. 쉴 새 없이 빨아들이는 집요함에 견디지 못한 그녀가 결국 그의 옷자락을 붙잡고 매달렸다.

주저앉으려는 그녀의 허리를 바짝 당겨 안은 민서가 입술을 떼지 않고 한 걸음씩 전진하자 그녀의 등에 차가운 벽이 닿았다. 피할 곳을 남겨 놓지 않으려는 듯 민서의 단단한 몸이 그녀의 몸을 누르며 노련하게 입술과 혀를 놀렸다.

"흡."

민서의 손이 어느새 그녀의 티셔츠 속으로 들어와 등을 쓰다듬며 올라가자, 눈을 번쩍 뜬 그녀가 민서의 가슴을 밀며 거부했다. 그 두 손은 순식간의 그의 손에 잡혀 한 치도 움직이지 못하게 포박당하고 말았다.

"이러지 말아요."

이젠 애원조차 민서의 목구멍으로 사라져 버렸다.

감고 있던 민서의 눈이 떠졌다. 강렬한 열망을 담은 깊고 진한 눈동자. 두 사람은 시간이 정지한 것처럼 서로를 뚫어져라 바라보았다.

곧 민서의 손이 움직였다. 천천히 맨살을 쓰다듬어 올라온 손이 브래지어 안에 숨어 있는 부드러운 가슴을 움켜쥐었다. 그의 손안에서 일그러지는 그녀의 가슴. 가지지 못하면 부서뜨릴 것 같은 열기를 담은 그의 눈동자에 흔들린 건 유하였다.

그의 앞에서 거부란 역시 바람 앞의 촛불 같은 것이었다. 어떤 것도 거부하지 못하도록 만드는 마력. 그걸 다시 깨달아 버린 그녀는 끝내 눈을 감아 버렸다.

1장. 재회

　트렁크를 열자 곱게 단장을 마친 인물상 다화꽂이가 상자 안에 조용히 앉아 세상에 나올 날을 기다리고 있었다. 보자기를 쓰고 흐뭇하게 웃고 있는 마음 좋은 아낙네의 모습도 보이고 두어 개는 못된 시어머니의 심술이 그대로 묻어난 모습이었다.

　"좋은 주인 만나서 가렴."

　제 손에서 빚어진 작품들과 헤어질 때마다 새끼를 떠나보내는 것처럼 서운하고 안타까운 마음이었다. 성백원 안으로 옮기기 전 그들과 작별인사를 하는 유하의 표정에서 시원섭섭함이 묻어났다.

　"일찍 오셨네요?"

　지척에서 들리는 낯익은 목소리에 고개를 돌리자 앞치마를 두른 도진이 환하게 웃으며 그녀를 반겼다. 가게 앞에 잠시 정차한 유하의 차를 보자마자 나온 것인지 그는 그녀의 앞으로 성큼성큼 걸어왔다. 그 모습에 그녀가 트렁크에서 물러나며 인사했다.

"네, 잘 지내셨죠?"

"봄바람이 살랑살랑 꽃구경을 오라고 유혹하는데도 가지 못하고 잘 지내고 있지요."

도진의 말에 함께 풋 하고 웃어 버렸다. 그는 언제 보아도 잘생기고 다정한 데다 유쾌하기까지 한 사람이었다. 그래서 성백원을 찾는 젊은 여자 손님이 많은 것이라는 소문이 들리기도 했는데, 그녀도 처음 그를 본 순간 소문을 인정하고 말았다.

그것 역시 수완이라면 수완이겠지만 그의 꾸밈없는 소탈함과 다정한 성격이 손님을 끌어들이는 데 한몫하고 있다는 사실을.

"바야흐로 꽃의 계절, 봄이네요."

아직 봄이라기엔 쌀쌀하지만 개나리가 봉오리를 물고 곧 피어날 기세인 걸 보면 분명 봄이 지척에 있었다.

"꽃놀이 안 가세요?"

"얘들 때문에 갈 수가 있나요."

그녀가 검지로 가리킨 곳에는 다화꽃이 다소곳이 앉아 있었다.

"예상외로 많이 가지고 오셨네요? 으차."

트렁크에 실린 다화꽃이 담긴 상자를 가볍게 든 도진이 가게 안으로 들어갔다. 그리고 수반을 정리하고 있던 알바생에게 이것부터 먼저 정리하라 일렀다.

"힘 좋은 남정네들 놔두고 혼자 옮기려고 했죠? 말 정말 안

듣는다니까."

"제가 또 힘 하나는 남정네들 못지않게 장사잖아요."

성백원에 올 때마다 이런 걸로 투닥거리면서도 포기하지 않는
두 사람이었다.

도자기가 든 상자가 꽤나 무겁기는 했지만 그녀에게 일상이
된 지 오래였다. 아름다운 예술을 하는 것 같아 보여도 도자기를
만드는 건 중노동이었다.

무거운 흙을 나르고, 도자기를 만들고, 가마에 넣고, 다시 시
유해서 재벌을 하고, 완성된 작품들을 옮기고…….

기술도 기술이지만 힘을 쓸 일이 더 잦았다.

"정 선생님에겐 손이 재산인데 그러면 못써요. 여기에서만이
라도 그러지 말아요. 차는 어떤 걸로 드릴까요?"

저런 남자가 유혹해 온다면 당해 낼 재간이 없을 정도로 부드
럽고 다정다감한 도진에게 왜 여자 친구가 없는 걸까, 그녀는 고
개를 갸웃거리며 웃었다.

"무슨 생각 해요?"

"이런 멋진 분이 왜 아직 애인이 없으신 걸까 하고 생각했어
요. 혹시 제가 모르는 다른 결점이 있으신가요? 뭐 조울증이라
든가?"

장난스런 그녀의 말에 도진이 큰 소리로 웃었다. 폭포수처럼
시원한 웃음이었다.

"그러는 정 선생님이야말로 성격에 큰 결함이 있으신 건가요?
애인은 선생님도 없는 걸로 알고 있는데요."

"누가 그래요? 제가 애인이 없다고?"

그녀가 눈을 동그랗게 뜨며 묻자 도진의 얼굴에 번져 있던 웃음이 일제히 지워졌다. 굳은 채 당황한 표정으로 도진이 조심스럽게 물었다.

"애인이 있다고요?"

"그럼요. 요즘 너무 외로워져서 제 손으로 남자 애인도 뚝딱 만들었죠. 나중에 인사시켜 줄게요."

진지한 도진의 표정과는 달리 장난스런 그녀의 말에 도진이 황당한 표정을 짓다 말고 다시 껄껄 넘어가듯 웃어 댔다.

"에이, 너무 좋아하신다. 애인 하나 만들어 드려요? 어떤 타입으로 만들어 드릴까요? 최대한 만족할 만한 분으로다가 뚝딱 만들어 드릴게요. 대신 비용이 꽤 든다는 점은 유의하시고요."

"하하, 정 선생님은 정말 못 당하겠다니까요. 하지만 전 살아 움직이는 여자 사람이 좋아서 말이죠."

"아쉽네요. 제가 예쁘게 만들어 드릴 수 있는데."

그녀가 쩝쩝 입맛을 다시며 웃었다.

"아쉬움은 감잎차 한 잔으로 삭여 볼게요."

"한 잔으로 되겠어요? 두 잔 드릴 테니 앉아 계세요."

도진이 껄껄 웃으며 탕비실로 걸어갔다.

"뭐가 그렇게 재미있어요?"

그때, 성백원의 사장 성기은이 빼곡히 진열되어 있는 도자기들 사이를 빠져나오며 물었다.

"안녕하셨어요, 사장님."

자리에 앉으려다 말고 벌떡 일어난 그녀가 고개를 숙이며 인사했다.

"정 선생, 오랜만에 걸음 했네요. 또 우리 아들이랑 수다 떨었구나."

"그렇죠 뭐."

안 봐도 알겠다는 듯 기은이 미소를 지었다.

"재잘대는 게 꼭 두 사람 같더라니, 역시 젊은 사람들이라 말이 잘 통하는 건가?"

"사장님도 아직 한창이신데 왜 그러세요."

"정 선생 그렇게 안 봤는데 은근히 나 나이 많이 먹었다고 까는 거지?"

"하하, 그런 말은 또 어디서 배우셨어요?"

"나도 좀 젊게 살아 보려고 배웠지."

그 엄마에 그 아들 아니랄까 봐 남달리 사람을 유쾌하게 만드는 재주가 있는 두 사람 덕에 유하는 소리 내어 웃어 버렸다.

일찍이 남편과 사별하고 아들과 함께 살아온 기은은 친정아버지에게 성백원을 물려받아 남달리 고생을 했다고 들었다. IMF 당시 문을 닫는 업체들 속에서 살아남아 현재 전국에서 최고의 규모를 자랑하는 매장을 가질 만큼 뛰어난 수완을 가지고 있는 여장부였다.

"차는 마셨어?"

"도진 씨가 가지러 갔어요."

안 봐도 알겠다는 듯 기은이 미소를 짓더니 걸어 나왔던 곳으로 고개를 돌렸다. 그리고 누군가에게 물었다.

"서 상무, 차 뭘로 드릴까?"

500평 대의 넓은 가게 안에 빼곡히 들어찬 도자기들 덕분에 누군가의 얼굴은 보이지 않았지만 중저음의 목소리가 어디에선가 날아들었다.

"녹차로 부탁드립니다."

"천천히 둘러봐요, 그럼."

"네."

기은이 탕비실로 향하자 도진을 기다리던 그녀가 잠시 도자기들을 구경하기 위해 발걸음을 옮겼다.

차와 도자기 도매업을 하는 샵 중에서 국내 최대 규모를 자랑하고 있는 성백원은 전국 도예가들의 작품을 한자리에서 보고 살 수 있는 70년 전통을 자랑하는 곳이었다.

차와 도자기뿐 아니라 나무소품과 금속공예 제품 그리고 천연 염색 옷과 보자기 등 여러 가지로 눈을 즐겁게 만드는 곳이면서 눈이 튀어나올 정도로 비싼 가격부터 절로 손이 갈 정도로 저렴한 가격까지 다양성을 고루 갖추고 있었다.

대학교 졸업 작품전에 방문한 기은이 유하의 작품 중 하나였던 호랑이상을 사 가면서 시작된 인연이 햇수로 5년이 지난 지금까지 이어져 오고 있었다. 성백원의 출입문을 열고 들어오면 바로 정면에 보이는 짙은 갈색의 호랑이상이 바로 그녀의 작품이었다.

저것만큼은 팔지 않으려 전시회 전에 빨간 딱지를 붙였음에도 기어이 사 가야 한다고, 아니면 똑같이 만들어 달라고 아이처럼 조르던 기은과 실랑이를 벌였었다.

그 실랑이를 지켜보던 유하의 스승인 만희의 한마디가 없었더라면 아직 제 품을 떠나지 않았을 거였다. 혼자 두고 보는 것보다 여러 사람이 보면 더 행복할 거란 만희의 말에 혹해서 결국 팔고 말았지만 성백원에 들를 때마다 뿌듯한 마음과 함께 아쉬운 마음이 들곤 했다.

오랜만에 다른 도예가들의 작품들도 구경할 겸 걸음을 옮기던 그녀의 눈에 아기자기한 수반이 눈에 띄었다. 그중 무당벌레가 올라가 있는 수반 하나를 들어 휴대전화로 사진을 찍은 그녀가 수반을 내려놓으려는 찰나 발걸음 소리가 들려왔다.

뚜벅뚜벅.

천천히 다가오던 발걸음 소리가 점차 가까워지자 얼른 수반을 내려놓은 그녀가 길을 비켜주기 위해 몸을 돌렸다. 그러는 사이 유하의 눈에 한 남자가 들어왔다.

한눈에 이목을 끄는 남자였다.

선반 위에 진열해 놓은 도자기를 빛내기 위한 조명들이 일제히 남자의 얼굴에 쏟아져 내리는 것 같은 착각. 서 있는 것만으로 오라를 뿜어내는 남자였다.

건장한 체격만큼이나 커다란 키는 위압적이었고, 오만하게 다문 도톰한 입술과 높은 콧대, 그리고 쌍꺼풀 없는 커다란 눈은 감탄이 나올 만큼 조합이 잘 된 하나의 조각상 같은 얼굴이었다.

잘생겼지만 한없이 부드러운 도진과는 다른, 냉정하면서도 무심한 얼굴이 무슨 생각을 하는지 통 읽어 낼 수 없는 여러 개의 물음표를 지닌 남자였다. 그가 왜 낯설지 않은 건지 그녀는 실례인 줄도 모르고 남자를 멍하니 바라보았다.

그녀가 무슨 생각을 하는지 읽어 내듯 뚫어지게 바라보던 남자는 매력적인 향기와 함께 그녀를 스쳐 지나갔다. 온몸의 감각이 그 향기에 홀린 듯 마비되었다.

아! 퍼뜩 누군가를 떠올린 그녀는 저도 모르게 입을 벌리며 감탄사를 내뱉었다.

"정 선생님?"

그의 잔향을 느끼며 우두커니 서 있는 그녀에게 도진이 고개를 갸웃거리며 다가왔다.

잘못 본 거겠지, 아니야, 아닐 거야.

"무슨 생각해요?"

"아, 아니에요."

퍼뜩 정신을 차린 그녀가 어색한 웃음을 지으며 도진을 바라보았다.

"차 드세요."

"네, 감사합니다."

도진이 내민 머그잔에서 빠져나온 하얀 김이 허공에서 흩어졌다. 떠나지 않고 곁에서 맴돌고 있는 남자의 잔향을 지우려 그 뜨거운 잔을 받아 조심스레 후후 불어 마셨다. 차는 한 모금만으로도 온몸을 뜨겁게 데워 주었다.

"역시 맛있네요."

"감사합니다."

입에 발린 소리가 아니라 차와 도자기를 납품하는 업체답게 일반 찻집보다 더 양질의 찻잎을 쓰는지라 차 맛이 깔끔하고 좋았다.

"찻집을 여는 건 어때요?"

"하하, 많이 팔아 줄 겁니까?"

"아마도?"

"공짜 차도 일부러 마시러 오지 않으면서 그 뻔한 거짓말을 믿을 것 같습니까?"

"하하, 들켰네요."

물건을 가져다줄 때가 아니면 절대 이곳에 들르지 않는 유하란 걸 알기에 도진이 그 말을 믿을 리 없었다.

"오가는 길에 자주 들르세요. 언제든지 맛있는 차 대접해 드릴게요."

"물건을 많이 팔아 줘야 자주 들르죠."

"주문 밀린 거, 혹시 잊은 건 아니겠죠?"

그 말에 풀이 죽은 그녀가 말없이 입을 삐쭉 내밀었다. 그 모습이 꼭 귀를 접은 강아지 같아 도진은 웃음을 터트렸다.

"일복 터지는 건 좋은데 인물상이 너무 손이 많이 가는 작업인지라 웃을 수가 없네요."

"그만큼 인기가 많다는 뜻이니까 힘내세요."

"하하, 도진 씨 말에 힘입어 젖 먹던 힘까지 내어 볼게요."

울상을 짓던 표정도 잠시, 힘내라는 도진의 말에 그녀는 이두

박근을 자랑하는 뽀빠이 흉내를 내보였다. 그러자 도진이 최고 라는 듯 엄지를 내밀었다. 다시 마주 보고 소리 내어 웃는 두 사람. 그 웃음은 조용하던 성백원 안에 맑게 퍼졌다.

도진의 말대로 인물상은 인기가 많아 전국으로 팔려 나갔다. 처음으로 성백원의 발 빠른 유통구조를 직접 실감하는 계기가 되었다. 덕분에 주변 사람들로부터 경주에서 봤다, 전라도 해남의 어느 절에서 봤다, 제주도의 한 펜션에서 봤다는 말을 들을 때마다 뿌듯했다.

또한 지금껏 그녀가 만든 작품 중에서 통장을 가장 두둑하게 만들어 준 작품이기도 했다. 허나 인물 하나하나의 표정을 섬세하게 만들어 내기 위한 작업은 수반이나 찻잔을 만드는 것보다 손이 훨씬 많이 가는지라 주문을 받을 때마다 한숨이 절로 나오곤 했다.

"정 선생 아직 안 가고 있었네. 이리 좀 와 봐요."

"아, 네."

기은의 부름에 귀를 쫑긋 세운 그녀가 기은을 향해 걸어갔다. 기은이 주로 사용하는 탁자 앞에는 방금 전에 보았던 남자가 맞은편에 앉아 함께 차를 마시고 있었다.

"자, 인사해요. 여기가 아까 내가 말한 정 선생. 여긴 서 상무."

"안녕하세요, 정유하입니다."

탁자 앞에서 걸음을 멈춘 유하에게 기은이 앞에 앉은 남자를 소개시켜 주었다. 조금 얼떨떨한 얼굴로 먼저 인사를 건넸다. 그러자 자리에서 일어난 남자의 눈빛이 유하에게 쏟아졌다.

커다란 키로 아래를 내려 보는 덕분인지 위압감이 상당했다. 눈빛에도 입이 달린 것 같은, 마치 한눈에 삼켜질 것만 같은 눈빛이었다. 그런데도 무섭다기보다는 뭔지 모를 익숙함과 기대감, 그리고 불안감이 앞섰다.

"네, 서민섭니다."

아!

그 순간 탄식 섞인 한마디가 목구멍을 빠져나오지 못하고 스며들었다.

고요하게 뛰던 심장이 질주하기 시작했다. 그걸 막아 보려 왼손을 들어 가슴을 꾹 눌러 보았지만 소용이 없었다.

처음 보는 순간 낯이 익었다. 설마설마했는데 정말 그였다. 그녀가 알고 있던 서민서였다.

그녀에게 못 박힌 남자의 시선. 그리고 남자의 이름을 듣자마자 차츰 벌어지는 유하의 눈동자. 순간 갑자기 온몸에 소름이 돋았다. 급기야 몸이 부르르 떨리기까지 했다. 그녀의 눈빛이 과거와 현재를 오갈수록 바닷속 깊은 수심에 빠진 것처럼 멍해졌다.

"자자, 일단 앉아요."

앉으라는 기은의 말에 금방이라도 유하를 그대로 삼킬 것만 같은 눈빛을 거두고 자리에 앉아 버린 민서, 그리고 이 상황을 도통 이해 못 하겠다는 시선으로 서 있는 유하.

기은이 유하를 부른 이유를 설명하고 있었지만 이미 혼란에 빠져 버린 그녀의 귀에는 전혀 들리지가 않았다.

"서 상무가 주문하고 싶은 물건이 있다고 하는데 정 선생이 딱일 것 같아서 말이야. 손을 많이 타는 물건은 정 선생을 따라 갈 사람이 없지. 저 호랑이상 작가가 바로 정 선생이잖아."

자리에 앉자마자 다시 유하에게 고정되어 있던 민서의 시선이 기은의 검지를 타고 호랑이상 앞에 멈추었다.

거둬진 시선에 안도하며 멈춰 버린 숨을 내쉬려는데 부메랑처럼 되돌아온 시선이 다시 유하에게 박혔다.

무슨 생각을 하는지 통 읽어 낼 수 없는 저 눈빛, 서민서가 확실했다.

"천천히 얘기해요."

안타깝게도 그녀의 사정을 전혀 눈치채지 못한 기은이 일어섰다. 자리를 피해 주려는 듯 옆 공간으로 걸어 나가자 온전히 두 사람만 남은 공간, 숨이 막혀 왔다.

가만히 서서 말 한 마디 내뱉지 못하고 선 유하는 민서의 눈을 피해 멀어져 가는 기은의 뒷모습에 시선을 대롱대롱 매달아 버렸다.

목이 탔다. 마른 입술을 축이기 위해 들고 있던 머그컵을 입으로 가져갔다. 이미 미지근하게 식어 버린 차 한 모금이 이상하게도 뜨거울 때 후후 불어 마신 한 모금보다 더 뜨거웠다. 어색한 침묵만이 두 사람 사이를 파고들었다.

"앉으세요."

기억하지 못하는 걸까?

먼저 입을 떼고 자리에 앉기를 권하는 그의 말에 애써 피해 버린 눈빛이 다시 마주쳤다. 깊고 깊어서 더욱 알 수 없는 그의 눈동자가 그녀의 시선을 빨아들였다.

"주문하고 싶은 물건이 있어 사장님께 부탁을 드렸는데 이렇게 빨리 소개를 시켜 주실 줄은 몰랐습니다."

무표정하게 말을 내뱉는 민서에게 느낀 건 섭섭함과 동시에 안타까움이었다. 자신과 다르게 기억하지 못하는 게 분명했다. 아니, 유하처럼 모른 척하는 것일까?

흔들리는 눈동자를 애써 그에게로 고정시킨 그녀가 조심스럽게 자리에 앉았다.

"어떤 물건이기에……?"

"인물상입니다. 몇 달 후에 있을 어머니의 생신에 부모님의 인물상을 선물하고 싶어서요."

원하는 바를 이야기하는 중저음의 목소리가 그러니 네가 해 줘야겠다는 무언의 압력처럼 들렸다. 떨고 있다는 걸 들키고 싶지 않아 그녀는 찻잔을 쥔 두 손에 힘을 주었다.

"짧은 시간에 인물의 특징을 파악하기엔 무리가 있을 것 같은데요."

대놓고 거절하는 건 예의가 아니기에 돌려 말을 하는 민서의 눈치를 살폈다. 그러나 변해 버린 그의 눈빛, 그건 먹잇감을 앞에 둔 맹수의 눈빛이었다. 그 눈동자와 마주치는 순간 자신이 호랑이 굴에 이미 들어와 버렸다는 걸, 빠져나갈 방법이 없다는 걸 파악해 버렸다.

서민서라는 존재는 처음부터 그랬다. 이유 없이 그녀의 눈길을 사로잡아 버린, 곧바로 마음까지도 빼앗아 가 버린, 그래서 위험한 남자였다.

"사진과 함께 특징적인 것은 제가 말씀드리겠습니다."

확고한 그의 목소리에 긴장의 끈이 팽팽하게 당겨졌다.

어떻게 거절을 해야 할까 고민하는 그녀의 마음을 읽은 듯 그가 입꼬리를 올리며 픽 웃었다.

"다른 문제 있습니까?"

"그게 아니라……."

그녀의 뜻과는 상관없이 그는 이미 결정을 내린 것이 분명했다. 아무리 기은이 소개해 주었다지만 그녀의 작품 하나만 보고 인물상을 주문하기엔 다소 무리가 있음에도 그는 전혀 상관없는 듯 보였다. 그래서 오히려 당황스러운 건 유하였다.

거절을 한 첫 번째 이유는 민서 때문이었다. 두 번째는 시간과 노력, 거기다 만만치 않은 비용까지, 삼박자가 주문하는 사람의 마음에 들기란 쉽지 않다. 그렇기에 덥석 하겠다고 결정을 내리는 것은 무리가 있는 것이다.

"부피가 있는 인물상은 초벌이나 재벌을 할 때 깨질 확률이 높아요. 거기다 제가 작품전을 준비 중이라 시간적 여유가 없어서 고민을 좀……."

"가격은 원하는 대로, 시간은 아직 여유로우니 부탁합니다."

하던 말을 다 끝맺지 못한 것은 그녀의 말에 오버랩 되어 나온 민서의 명령과도 같은 부탁 때문이었다. 거절이란 절대 있을 수 없다는 단호한 부탁.

멍하니 민서를 바라보았다. 분명 거절을 하려고 했는데, 그래서 계획에 없던 개인전 핑계까지 대고 말았는데 그의 단호함에 저도 모르게 고개를 끄덕이고 있는 것이 마치 누군가 마법을 부린 것만 같았다.

그사이 그는 다시 한 번 확고하게 자신의 뜻을 전했다.

"그럼 그렇게 알고 연락 기다리겠습니다."

슈트 주머니 안쪽에서 명함을 꺼내 그녀의 앞에 놓아주며 민서가 일어섰다. 묵례를 하고 그가 사라질 때까지 그녀는 귀신에 홀린 듯한 표정으로 앉아 있었다. 처음 민서를 만났던 그날, 그때처럼.

주인과 함께 빠져나가지 못한 향기만이 그녀의 곁을 맴돌았다.

몇 분을 가만히 앉아 있던 그녀가 큰 한숨을 내쉬다 말고 홀연히 남은 명함으로 손을 뻗었다. 명함을 집어 올리는 손끝이 살짝 떨렸다.

fixtop 상무 서민서

서민서를 만났는데 이 순간이 꿈인 것처럼 몽롱하기까지 했다. 십 분도 채 되지 않은 만남은 유하를 고스란히 충격에 빠뜨렸다. 돌부리가 많은 시골의 흙길을 가는 수레처럼 심장이 덜커덩덜커덩 큰 소리를 냈다.

뜻밖의 만남으로 인해 눈에 띄게 당황스러워하는 그녀와 달리 성백원을 빠져나와 엘리베이터를 탄 민서의 입꼬리는 천천히 올라가고 있었다.

　"이제야 나타난 정유하라……."

　잠시 회상에 잠긴 민서를 깨운 건 목적지 도착을 알리는 엘리베이터의 알림음이었다. 엘리베이터에서 내린 민서의 구둣발 소리가 조용한 지하주차장을 울렸다.

　차에 올라탄 민서는 안전벨트를 매다 말고 다시 한 번 입꼬리를 올리며 픽 웃었다. 그러다 갑자기 웃음을 지운 그가 표정과는 전혀 다른 말 한마디를 내뱉었다.

　"재미있어졌군."

　깊어진 민서의 두 눈이 형형한 빛을 뿜어내며 타올랐다.

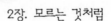

2장. 모르는 것처럼

식은 가마 밖에서 요출(窯出) 작업을 하던 유하가 장갑을 벗고 의자에 앉으며 한숨을 푹 내쉬었다. 아무리 바쁘게 몸을 움직여도 일주일 전의 기억이 사라지지 않고 머릿속을 헤집었다.

연신 휴대전화를 쥐었다 놓았다 안절부절못하는 그녀와 달리 민서에게서는 아무런 연락이 없었다. 유하는 직접 거절하지 못하고 기은을 통해 거절의 뜻을 내보였지만 상대방은 가타부타 답이 없었다. 그것은 기은 역시 마찬가지였다.

"정 선생, 무슨 일 있어? 젊은 사람이 왜 자꾸 한숨이야."

"무슨 일이 있는 게 아니라 지금 하는 일이 힘들어서 그렇죠. 오늘 점심은 고기 아니면 안 되겠는데요?"

공방 선생님인 기주가 한숨만 푹푹 내쉬는 유하에게 다가오며 물었다. 그러자 유하는 언제 한숨을 쉬었냐는 듯 활짝 웃으며 너스레를 떨었다.

1200도가 넘어가는 열기를 품고 재벌 할 기물들을 구워 낸 가마의 문이 열리는 날이면 일이 많아 기주가 눈코 뜰 새 없이 바쁘다는 걸 알기에 일부러 한 번씩 와서 요출 작업을 도와주곤 했다.

"그렇지 않아도 돼지고기 삶아 놓고 오는 길이야."

"와, 오늘 포식하겠는데요."

"많이 먹지도 못하면서 포식은."

너스레를 떠는 그녀를 보며 못 말린다는 듯 웃는 기주가 눈을 흘겼다. 그걸 지켜보던 공방 회원 중 한 사람이 도자기를 만들다 말고 한마디 거들었다.

"정 선생도 이제 늙었구나. 겨우 그거 하고 힘들다는 말이 나오는 걸 보니. 처음 봤을 때는 소녀처럼 예뻤는데 그때가 아직도 기억이 나네."

"그럼 지금은 안 예쁘다는 말씀이시죠? 아이, 속상해라."

초등학교 교사를 하다가 명예퇴직을 한 영신과는 도자기를 배우러 공방에 등록을 하면서 인연을 맺게 되었다. 손으로는 도자기를 만들면서 입으로는 연신 수다를 떨어 대는 사람 중 하나인 영신의 말에 유하가 속상하다는 표정을 지으며 농담을 해 댔다.

"지금도 예쁘지. 그런데 대학을 갓 졸업하고 왔을 때는 더 예뻤어. 그러니 내 며느리 삼겠다고 하지. 언제 날 잡을까?"

"정 선생 아서라, 영신 씨 며느리 되면 그나마 있던 살도 다 빠진다. 아들이 의사인데 혼수 장만하려면 등골 휘는 거 한순간

이야.”

농담 반 진담 반으로 말하는 영신에게 기주가 손까지 휘휘 저으며 딱 잘랐다. 그러자 영신이 흙가래를 만들다 말고 기주에게 눈을 흘기며 말했다.

“최 선생, 지금 나 속물이라고 흉보는 거지?”

“아들 의사 되자마자 중매시장에 내놓았으면서 뭘 그래.”

“다른 사람은 몰라도 정 선생은 몸만 와도 좋지.”

“나도 정 선생 정도면 다른 거 안 보고도 오케이야.”

“정 선생, 우리 아들은 어때? 연하라도 좋으면 내 며느리 하자.”

도자기를 만들고 있던 회원들이 여기저기서 유하를 두고 한마디씩을 해 댔다. 그녀가 결혼 적령기에 접어들면서부터 농담인 듯 진담처럼 꺼내는 회원들의 이야기를 유하는 늘 농담처럼 받아들이곤 했지만 기주는 아니었다.

도예가로 활동하던 기주는 오래전에 ‘도예 공간’ 이라는 여성 도예 공방을 만들었다. 대학을 졸업하고 유하를 도예가의 길로 인도해 준 사부님 이만희의 소개로 그녀가 이곳에 들어온 지가 벌써 햇수로 오 년째였다.

오전 오후로 나눠 도자기를 배우러 오는 일반회원들과는 달리 그녀는 작업실에서 작품을 만들어 초벌과 재벌을 할 때만 이곳을 이용하곤 했다.

그러나 시간이 날 때는 일반회원들이 어려워하는 굽을 다는 작업이나 그림을 그리는 작업을 도와주기도 하기에 그들과도 친분이 두터웠다.

그들 대부분이 사업을 하거나 의사, 약사, 변호사 등 전부 잘 사는 집안의 사모님이었다. 그중에 몇몇은 있는 집안 사모님답지 않게 검소하고, 예의가 바른 반면, 몇몇은 몹시 극성스러우면서 교만하고, 자존심이 하늘을 찔렀다.

후자 가운데 한 사람이 바로 영신이기에 유하를 딸처럼 생각하는 기주가 영신의 말을 가만히 듣고만 있지 않는 것이었다.

큰아들이 의사국가고시에 합격하고 나서부터 더욱 하늘을 찌르는 영신의 콧대는 가끔 주위 사람의 눈살을 찌푸리게 만들었다.

"여기 있는 분들 배경에 비할 바는 못 되지만 정 선생도 어디가서 빠지는 며느릿감은 아니지. 대학원까지 졸업해서 장래가 촉망되는 도예가에 돈도 잘 벌지, 어머니는 치과 의사지, 거기다 어찌나 알콩달콩 정다운 가족인지 내가 아까워서라도 절대 시집 안 보내."

"누가 보면 최 선생 딸인 줄 알겠네."

"저 정도면 수양딸이지 뭘 그래."

"최 선생 말대로 정 선생이 어디 가서 빠지지는 않지."

멀뚱히 서 있는 유하를 대신해 기주가 나서서 상황을 정리하자 영신을 비롯한 회원들이 입을 삐죽거리며 수군거렸다.

이 바닥에서 삼십 년 가까이 일해 온 기주기에 돈 좀 있다 하는 사모님들의 속마음을 꿰다시피 하고 있었다. 말로는 유하를 며느리 삼고 싶다고 하지만 웬만한 처녀는 눈에 차지도 않는 위인들이라는 것을 알기에 딸같이 여기는 유하에게, 또 사모님들에게 애초에 다른 생각들을 품지 못하도록 단속을 하는 것이었다.

중간에서 난처한 입장이기도 하건만 유하는 빙긋 웃으며 이렇게 말했다.

"제 자랑 같아서 이야기 안 하려고 했는데 인기가 많아서 고달픈 저는 이만 작업하러 가겠습니다."

유하가 이미 묶어 올린 머리카락을 귀 뒤에 꽂는 예쁜 척을 하며 뒤돌아섰다. 일부러 앙큼을 떠는 그녀를 보며 회원들이 또 한 번 깔깔 웃어 댔다.

"저러니 내가 우리 정 선생을 안 좋아할 수가 있나."

바쁘게 손을 놀리면서도 입으로는 연신 수다를 떨어 대는 그들을 뒤로하고 장갑을 낀 그녀가 다시 가마 쪽으로 걸어갔다. 복잡한 머릿속을 비워 내기엔 이만한 일이 없었다. 지주대가 무너지지 않도록 조심스럽게 손을 움직여 요출 작업을 하다 보면 어떤 생각도 다 날아가기 마련이었다.

생각을 비우고 일에 열중하는 그녀의 입매가 단단해졌다.

띵동.

한 시간 넘게 한 마디도 하지 않고 작업에 몰두하던 그녀의 앞치마 주머니에서 휴대전화 문자음이 울렸다. 대차를 밀고 가다 말고 휴대전화를 꺼내어 문자를 확인하는 그녀의 고운 미간에 주름이 졌다.

[오늘 저녁 7시 작업실에서 봅시다.]

내용만 보자면 일방적인 통보였다.
잠시 망설이다 이내 손을 빠르게 움직여 문자를 찍었다.

[성 사장님을 통해 거절의 의사를 밝혔는데 혹시 전달이 되지 않았나요?]
[만나서 이야기하는 게 좋을 것 같군요. 7시, 작업실로 찾아가도록 하죠.]

명령과도 같은 답문에 그만 멍해지고 말았다. 더 이상 거절할 수 없게 만드는 재주를 가진 남자, 서민서.
또다시 한숨을 내쉬다 말고 손을 빠르게 놀려 문자를 찍었다.

저녁 7시, 동네 앞 카페는 한산했다.
공방에서 작업을 마치고 돌아와 흙먼지를 덮어쓴 채 나올 수가 없어서 샤워를 하고 보니 시간이 훌쩍 지나가 있었다. 얼굴에 로션도 바를 새 없이 부랴부랴 카페로 달려왔다.
출입문을 열자마자 온몸에 달려드는 향긋한 원두 냄새와 함께 민서의 모습이 단번에 눈에 들어왔다. 근접할 수 없는 오라에 더 이상 다가가지도 못하고 멍하니 민서를 바라보던 그녀가 마른침을 꿀꺽 삼켰다.

진회색 바지에 감싸인 긴 다리를 꼰 채 태블릿 피시를 앞에 두고 뭔가에 열중하는 민서의 움직임은 단연 눈길을 끌었다.

꼼짝 않고 출입문 바로 앞에 서서 그 움직임을 지켜보던 유하의 뇌리에 언젠가 앙상한 등나무 아래 앉아 있던 민서의 모습이 겹쳐졌다.

지금처럼, 그저 등나무 아래 벤치에 편하게 등을 기대어 책을 읽고 있을 뿐이었는데 그 첫 만남은 그녀에게 순간의 정전기와 같은 짜릿함을 남겼다.

누구에게서도 느껴 본 적 없는, 낯설기만 한 가슴을 덜컥이게 하는 이상한 감정. 강력접착제로 붙여 놓은 것처럼 눈을 돌릴 수가 없었다.

겨우 고등학교 2학년, 열병과도 같은 첫사랑은 단 몇 초 사이에 해일처럼 그녀를 덮쳤다. 도무지 헤어 나올 수 없는 늪처럼.

그 첫 만남 후, 그녀는 도서관을 서성이며 그를 찾았다. 그건 마치 태양을 중심으로 지구가 공전하는 것과 같은, 인력으로는 해결할 수 없는 운명과도 같았다.

그러니 범접할 수 없는 오라를 가진 그 사람 앞에 나설 용기는 차마 내지 못하고 그를 찾아 두리번거리며 맴도는 것이었다.

그러다 그와 눈이 마주치기라도 하면 거미줄에 걸려 파닥거리는 한 마리의 잠자리처럼 도무지 움직일 수가 없었다. 그럴 때마다 훔쳐보는 것과는 또 다른, 죽을 각오로 뛰는 심장이 미친 듯 날뛰었다.

그리고 어느 날, 계단을 내려가는 그녀가 헛발을 내딛는 순간 계단을 올라오던 민서가 가까스로 그녀를 붙잡았을 때 튀던 불길.

십 년이 넘은 지금, 그 불길은 이미 사라졌으리라 생각했는데 아니었나 보다. 아주 작은 불씨가 남아 있었던 것인지 불어오는 바람에 불길이 다시 솟아오르려 하고 있었다.

어쩌면 서민서가 그 서민서라는 걸 안 순간부터였는지도 모르겠다. 그녀는 저도 모르게 입술을 깨물고 말았다.

그제야 시선을 느낀 것인지 그가 고개를 들었다. 두 눈동자가 마주치자마자 멈춰진 호흡과 함께 갑작스런 정전기처럼 짜릿하게 온몸을 훑고 지나가는 전압에 그녀는 몸을 떨었다.

이건 정말 말이 안 된다. 십 년이면 강산도 변한다는데 어째서 같은 사람에게, 같은 감정을 느낄 수가 있는 것일까?

스스로도 납득이 되지 않는 상황을 정리하기도 전에 넋을 놓고 올 생각을 않는 유하를 대신해 민서가 자리를 정리하고 일어났다.

앉아 있을 때와는 또 다른 오라를 뿜어내는 그를 보자 이젠 숨까지 턱, 막혀 왔다.

투시하는 것 같은 눈동자와 꾹 다문 입술 때문에 차가워 보이지만, 흔히 볼 수 없는 조각 같은 미남이기에 그 차가운 기운까지 매력적으로 보이는 남자였다.

어느새 그는 유하의 앞에 서 있었다.

"어디 아픕니까?"

"아, 아뇨."

작업실로 오겠다는 민서의 마지막 문자에 작업실 앞 이 카페에서 만나자고 답문을 보낸 그녀였다. 그런데 저도 모르게 홀린 듯 민서를 바라보느라 도저히 다가갈 수 없었다고 말할 수는 없었다.

말없이 서 있는 그녀를 힐끗 보던 민서가 손목시계로 시간을 확인했다.

"저녁 먹으며 이야기하도록 하죠."

그리고 그녀의 대답은 듣지도 않고 그가 출입문을 열고 나갔다. 당황스러움에 민서를 쫓아가는 유하의 발걸음이 빨라졌다.

"잠시만요."

그제야 앞서가던 걸음을 멈춘 그가 뒤를 돌아보았다.

"성 사장님께 대신 말씀드려 달라고 부탁했는데 혹시 못 들으신 건가요?"

민서를 만나 거절의 말을 전하기 위해 작업실이 아닌 카페에서 만나자고 한 것이다. 그런 그녀를 가만히 응시하고 있는 민서의 시선. 그 시선을 받을 때마다 속절없이 떨리기 시작하는 심장 때문에 잠시 숨을 참았다.

"중국 출장 중이라 연락을 받지 못했습니다. 거절하신 거라면 제 쪽에서도 거절인데 어떻게 타협할 생각은 없습니까?"

"타협이라뇨?"

"거절만 하지 않는다면 정유하 씨가 원하는 조건을 다 들어주도록 하죠."

당황해하는 그녀와 달리 조곤조곤 자신의 생각을 이야기하는 민서의 눈은 고요했다.

처음부터 상대가 안 되는 사람이란 걸 알고 있었기에 피할 수 있다면 피하고 싶었다. 그러나 그건 괜한 오기였다. 가만히 한숨을 내쉬었다. 더 이상 방법이 없었다.

"……따라오세요."

어쩌면 처음부터 거절할 수 없었을 그 일을 하기로 마음먹은 그녀가 앞서 걷기 시작했다.

그녀가 민서를 데려간 곳은 카페 앞에 위치한 소형 아파트였다. 민서는 이곳이 유하의 작업실이란 것을 진즉 알고 있었다. 문을 열자마자 그녀에게서 나는 은은한 꽃향기가 민서를 향해 달려들었다.

샤워를 하고 달려왔는지 촉촉이 젖은 머리와 말간 얼굴로 민서를 바라보며 서 있던 그녀. 그 얼굴을 보는 순간 오래전 하얀 재킷을 입고 벤치에 앉아 발을 흔들어 대던 그녀의 천진난만한 모습이 떠올랐다.

시간이 꽤 흘렀음에도 잃지 않은 청순함. 변하지 않은 그녀의 모습이 민서의 마음을 흔들었다.

"제 작업실인데 천천히 둘러보시고 마음에 드는 게 있으면 말씀해 주세요."

현관 앞 작은 방문을 열어 주고 주방으로 걸어가는 그녀를 바라보던 민서가 천천히 집 안을 둘러보기 시작했다.

닫힌 안방 외에 거실과 작은방을 비롯한 벽면이란 벽면은 온

통 선반으로 둘러싸여 있었다. 그녀의 것으로 보이는 도자기와 인물상들이 줄지어 선반을 장식하고 있었는데 그 사이사이로 작은 다육이 화분이 앙증맞게 자리하고 있었다.

작업실이 아니라 갤러리를 통째로 옮겨 놓은 것만 같았다. 작업실인데도 깔끔하고 정리 정돈이 잘 된 것이 그녀의 성격을 대신 보여 주고 있었다.

주방에서 차를 준비하는지 물이 끓는 소리와 달그락거리는 소리가 들려왔다. 그 소리를 들으며 작은방으로 들어간 민서가 유심히 선반 위를 살펴보기 시작했다.

접시와 컵, 화병, 화분, 다기 등 여러 종류의 도자기들이 민서의 눈을 홀렸다. 그녀가 만든 도자기들은 그녀를 닮아 소박한 아름다움을 빛내고 있었다. 주먹보다 작은 인물상부터 민서의 허벅지까지 오는 커다란 인형도 있었다.

그중에 부부로 보이는 인물상이 있었는데 가슴에 두 손을 꼭 모으고 서 있는 여자와 배가 볼록 나와 티셔츠가 배꼽까지 올라간 남자가 서로를 마주 보며 웃고 있는 모습을 보고 있자니 성 사장이 왜 정유하를 자신에게 소개해 준 것인지 알 것 같았다.

성백원은 민서의 어머니 이혜영이 자주 들르는 곳이었다. 남편과 친구들에게 선물할 일이 생길 때면 성백원을 찾곤 했는데 두 달 후 있을 혜영의 생일을 맞아 매년 드리던 현금이 아닌 특별한 선물이 하고 싶어서, 그날은 오랜만에 성백원에 들렀었다.

그런데 거기서 제게 특별한 사람을 만나 버렸다.

"녹차 드세요."

조용히 다가온 그녀가 머그컵 하나를 내밀었다. 투박해 보이지만 나름 멋을 부린 머그컵을 건네받자 금세 손이 따뜻해졌다.

"이왕 만들기로 했으니 인물의 표정과 색깔을 정해 주시면 더 좋을 것 같아요."

"이 정도면 좋을 것 같습니다만."

민서는 눈여겨본 부부상을 손가락으로 가리켰다.

"저희 부모님이세요. 아버지 배가 이렇게 많이 나오셨거든요. 특징적인 것을 말씀해 주시면 만드는 데 더욱 도움이 될 것 같아요."

"사진을 가지고 왔습니다."

"아, 잘하셨어요. 이쪽으로 오세요."

그녀를 따라 거실로 향하다가 문득 고개를 돌린 민서가 걸음을 멈춰 세웠다. 거실과 주방 사이의 벽 선반에 놓여 있는, 어찌보면 별것 없는 도자기 하나가 민서의 시선을 사로잡았다.

안에 물을 채워 눈송이처럼 하얀 매화꽃 이파리가 둥둥 떠다니는 그것은 여느 도자기처럼 표면이 매끄럽지 않고 울퉁불퉁했다. 거기다 여기저기 색깔이 조금씩 다른 것이 자연스러우면서도 부자연스러운 것 같은 그릇이었다.

그럼에도 불구하고 보면 볼수록 눈에 익는 별난 도자기였다.

"여기 앉으세요."

진한 얼룩이 여기저기 진 것 같은 그것을 빤히 보고 서 있던 민서가 그녀의 목소리에 고개를 돌렸다.

그녀는 민서가 앉을 수 있도록 주방에 놓여 있는 원목 테이블의 의자를 뒤로 빼고 있었다.

민서가 다가와 의자에 앉는 사이 주방 베란다로 걸어간 그녀가 전자레인지에서 무언가를 꺼내 들고 왔다. 그녀가 가져온 길쭉하고 네모난 도자기 위에는 크지도, 작지도 않은 딱 한입 크기의 영양찰떡 세 개가 줄지어 놓여 있었다.

"저녁 식사 시간도 지났는데 대접이 시원치 않아 죄송해요. 시장하실 텐데 드세요."

단지 조막만 한 떡 세 개일 뿐인데 큰 대접을 받는 것처럼 느껴지는 건 예쁜 도자기의 영향이었을까?

"어머님의 생신 선물이라고 하셨죠?"

"네."

"언제까지 완성하면 될까요? 시간은 넉넉하게 주시면 좋겠는데요. 보기엔 단단한 것 같아도 저게 사실 속 빈 강정이에요. 속이 비어 있지 않으면 가마에 들어갔을 때 깨지기 십상인데 속이 텅 비어 있더라도 간혹 균열이 생기는 경우도 있어서요. 또 완성품이 마음에 들지 않을 수도 있으니 다시 작업할 수 있게 넉넉한 시간이었으면 좋겠어요."

"두 달 뒤라면 시간은 넉넉한 겁니까?"

"충분하진 않지만 지금부터 작업을 시작한다면 맞출 수 있을 거예요. 사진은 문자로 보내주시겠어요?"

"그러죠."

민서는 쥐고 있던 녹차 잔을 놓고 재킷 안주머니에서 휴대전화를 꺼내 저장되어 있던 사진을 그녀에게 전송했다.

"멋쟁이시네요."

탁자 위에 놓여 있던 그녀의 휴대전화가 진동 소리를 내며 화면에 사진을 띄웠다. 그것을 확인한 그녀의 입가에 옅은 웃음이 매달렸다.

등산복을 입고 산 정상 위에서 다정하게 팔짱을 끼고 웃고 있는 부부. 어쩐지 차가운 서민서의 부모라기엔 어울리지 않지만 맑게 웃는 모습이 참 보기 좋았다.

"혹시 모르니 초벌 들어가기 전에 완성된 사진 보내 드릴게요. 수정을 원하는 곳이 있으면 개의치 말고 말씀해 주세요."

"그러죠. 다른 조건은 없습니까?"

"일단 지금은 이것밖에 없어요. 혹시 생각나면 연락드릴게요."

"계약금은 얼마면 되겠습니까?"

"물건 받으시는 날 한꺼번에 입금해 주세요."

"미련한 겁니까?"

긴장된 손을 감추려 휴대전화를 꼭 쥐고 있던 그녀가 눈을 동그랗게 떴다.

"네?"

"제가 물건만 받고 사라지면 어쩌려고."

"설마, 성 사장님도 아는 분이신데 그러려고요."

"늘 설마가 사람을 잡는 법이죠."

더 이상 대답하지 못하고 가만히 민서를 바라보는 그녀의 시선을 뒤로하고 그가 일어섰다.

"이만 가 보겠습니다."

가방을 챙긴 민서가 구두를 신고 현관을 나섰다. 현관까지 쫄래쫄래 따라온 그녀가 버튼을 눌러 문을 여는 민서에게 나직이 인사를 했다.

"안녕히 가세요."

그 인사에 대답하지 않고 잠시 유하의 얼굴을 보던 민서가 문을 닫고 나와 엘리베이터 버튼을 눌렀다. 그러고는 몸을 돌려 좀 더 짙어진 눈빛으로 닫힌 문을 뚫어져라 바라보았다.

거짓말이었다.

중국 출장을 가기 전에 성 사장의 연락을 받았다. 유하를 대신해 거절의 뜻을 전하는 성 사장에게 모른 척해 달라고 부탁을 하고 출장을 다녀오자마자 그녀를 만났다.

성 사장에게 그녀를 소개받는 순간부터 거절은 절대 통하지 않을 거라고, 이번에야말로 빠져나갈 구멍을 주지 않으리라 생각했다.

그리고 보기 좋게 그녀가 걸려들었다. 십일 년 전 감쪽같이 사라져 버린 정유하가.

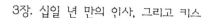

3장. 십일 년 만의 인사, 그리고 키스

똑똑.

"네."

대답과 동시에 민혁이 사무실로 들어왔다.

"또 무슨 말을 하려고 왔냐."

"커피 한 잔 달라고 왔지."

씩 웃으며 들어서는 민혁을 보며 민서는 눈살을 찌푸렸다. 형제가 같은 회사를 다니다 보니 일부러 사무실로 걸음을 하는 일은 거의 없었다. 그러니 뭔가 문제가 생겼다고 짐작할 수밖에.

서류를 훑어보는 그를 대신해 미리 내려놓은 원두커피를 잔에 따른 민혁이 책상의 오른쪽 빈 공간에 그의 커피를 내려놓았다. 그제야 보고서에 사인을 하고 일어선 민서가 제 커피 잔을 잡고 소파로 걸어 나왔다.

이미 소파에 앉아 커피를 마시고 있던 민혁이 상석에 앉는 그를 바라보며 물었다.

"결혼 생각 없어?"

"결혼 생각이 있는 건 너겠지."

"잘 아네. 형이 먼저 결혼을 해야 내가 뒤따라가지 않겠어?"

능글맞게 웃는 민혁 때문에 그는 또 한 번 눈살을 찌푸렸다.

출근하자마자 찾아와서 한다는 말이 결혼을 하란다. 물론 하라고 정확히 찔러 말하진 않았지만 민혁의 말뜻은 그랬다.

백패킹에 빠진 남장 여자 강태영 때문에 자신의 정체성까지 의심하던 동생은 태영이 여자인 걸 알고 나서 마음 놓고 사랑에 푹 빠진 상태였다.

"급하면 너부터 해. 재촉하지 말고."

"나도 그러고 싶은데 태영이가 싫대."

"왜?"

커피를 마시려다 말고 언제 웃었냐는 듯 오만상을 찌푸리던 민혁이 한숨을 폭 내쉬었다. 절로 혀를 찰 정도로 안타까운 표정으로.

"막연히 두려운가 봐. 결혼하자고 했더니 형이 결혼하면 생각해 보겠다고 수를 쓰잖아. 우리나라의 부모 법이 형보다 먼저 결혼하면 안 된다나 뭐라나. 내 참, 웃겨서."

"우리 집엔 부모 법 없다고 그래."

말도 안 되는 부모 법까지 만들어 결혼을 하니, 마니 하는 두 사람 때문에 어이가 없었다. 강태영을 집에 데려와 인사까지 시

44

킬 때는 금방이라도 결혼할 것처럼 굴더니 두 사람은 아직도 지지부진하고 있었다.

겨우 이런 이유로 민혁이 사무실까지 걸음을 했다는 건 그만큼 강태영에게 애달아하고 있다는 증거였다.

"그 말이 통했으면 내가 형을 찾아올 이유가 없지."

"그럼 기다려. 내가 결혼할 때까지."

"뭐? 형! 여자 있었어?"

그게 뭐가 놀랄 일인지 커피 잔을 탁자에 놓으며 눈을 크게 뜨고 묻는 민혁이었다.

"없어."

"아, 형!"

팔팔 끓는 냄비처럼 부르르 달아오르던 민혁이 순간 소리를 빽 내질렀다.

"뭘 원해? 나보다 먼저 결혼할 수 없으면 기다려야지. 다른 방법 있어?"

그러자 장난감을 잃어버린 아이처럼 어깨를 축 늘어뜨린 민혁이 고개를 저었다.

"선을 보는 건 어때?"

"그건 네가 보든지."

"아, 형!"

"그만 가 봐, 일해야 해."

민혁의 말을 가차 없이 끊어 내며 일어선 민서가 다시 책상으로 돌아가 앉았다.

"차가운 강태영도 모자라 얼음 같은 형이라니! 그런 두 사람이 뭐가 좋다고, 내가 미쳤지."

상대해 주지 않는 민서 때문에 혼자 중얼중얼거리며 일어선 민혁이 문을 닫고 나갔다.

문이 닫히는 소리와 동시에 민서의 얼굴에 픽 웃음이 서렸다.

투덜거리며 나갔지만 여기서 포기할 동생이 아니었다. 그의 마음을 돌릴 방법이 없으니 아마 다른 수를 모색할 것이다. 민서와는 다르게 사람 냄새를 풀풀 풍기고 다니는 민혁의 가장 큰 장점은 포기를 모르는 것이니까.

웃음을 지우고 결재서류를 넘기는 민서의 슈트 포켓에서 짧은 진동이 울렸다. 휴대전화를 꺼내어 확인 버튼을 누르자 전체 창에 흙으로 빚어진 부부상이 나타났다.

두 손으로 꽃받침을 하고 웃고 있는 여자, 그 여자의 곁에 선 남자는 안경을 코끝에 걸친 채 눈동자가 보이지 않을 만큼 환하게 웃고 있었다.

[일단 완성했습니다. 흙이 굳기 전에 마음에 안 드는 부분을 짚어 주시면 수정하도록 할게요.]

걱정스러운 그녀의 문자와 달리 단박에 마음에 들었다.

가느다란 안경과 얼굴의 주름, 표정까지 섬세하게 표현한 걸 보니 지난 2주 동안 그녀의 노고를 알 수 있었다.

민서는 느긋하게 손을 움직여 문자를 전송했다.

[오늘 저녁 7시, 작업실에서 뵙죠.]

알겠습니다, 라고 답이 온 건 30분이 훨씬 지나서였다. 그만큼 그가 보낸 문자가 마음에 들지 않는다는 뜻이겠지.

처음부터 알고 있었다. 민서를 피하고 있는 정유하를. 그렇기에 더욱 심술궂은 마음이 생겨났다. 마치 개구쟁이 남학생처럼.

퇴근을 하고 곧장 그녀의 작업실로 향했다.

작업 중이었는지 앞치마를 입은 그녀가 흙이 묻은 손으로 문을 열었다.

"들어오세요."

문을 열자마자 총총히 베란다 밖으로 걸어가는 그녀를 따라 걸었다. 베란다에 가까워질수록 진한 꽃향기가 느껴졌다. 작업실로 꾸며진 베란다는 흙을 만지는 공간답지 않게 깔끔했다. 수시로 닦아 내는지 걸레에 흙이 잔뜩 묻어 있었다.

그녀가 작업을 하는 탁자 위에는 물레와 갖가지 도구들 그리고 흙들이 가지런히 정리되어 있었다. 접시를 만들고 있었던 것인지 물레 위에 올려놓은 접시를 비닐로 밀봉한 그녀가 그 옆에 밀봉해 둔 비닐을 조심스럽게 풀었다. 그러자 낮에 휴대전화로 전송된 부부상이 모습을 드러냈다.

"손 씻고 올 테니 천천히 보고 계세요."

흙이 잔뜩 묻은 걸레를 들고 총총히 화장실로 걸어간 그녀의 뒤로 문이 닫히는 소리가 들렸다. 이미 합격점을 준 부부상을 더는 볼 것도 없었다. 대신 민서는 베란다를 훑어보았다.

벽 선반에 가지런히 정리된 물품들, 한켠에는 나무 책상에 갖가지 야생초와 다육식물들이 즐비하게 놓여 있었다.

그중에 단연 눈에 띈 화분에서 하얗게 피어난 꽃송이들이 가지를 타고 이리저리 흩어진 채 소담하게 피어 있었다.

"그건 백화등이에요. 향기가 많이 진하죠? 창문을 조금 열어드릴게요."

언제 화장실에서 나온 것인지 어느새 다가온 그녀가 좁은 베란다 입구에 자리한 민서의 곁에 서는가 싶더니 곧 그를 지나쳐 갔다. 그녀가 창문을 열자 진한 꽃향기가 서서히 밖으로 빠져나갔다. 그러나 또다시 전해져 오는 꽃향기.

그녀였다.

은은하면서도 부드러운, 마치 수없이 피어난 꽃들을 머금고 있는 봄이 그녀 안에 머물러 있는 것만 같았다.

정체를 알 수 없는 짐승 한 마리가 민서의 안에서 깨어나 그녀를 향해 천천히 눈을 뜨고 있었다. 정확히 십일 년 전 어느 날처럼.

날카로운 이빨을 숨기고 우뚝 서 있는 민서의 변화를 전혀 눈치채지 못한 그녀가 빨아 온 걸레로 흙이 묻은 탁자를 닦아 내고는 몸을 세워 물었다.

"혹시 마음에 들지 않으실까 봐 수정할 수 있도록 말리지 않고 밀봉해 두었어요. 어떠세요?"

민서는 대답 대신 그녀에게 손을 뻗었다.

다가오는 그의 손을 느낀 유하의 머리가 위험을 감지했다. 어서 몸을 움직이라 하는데 얼어붙은 것처럼 꼼짝할 수가 없었다. 다만 깜박이던 눈동자가 더없이 커다래질 뿐이었다.

소리 없이, 천천히 다가온 민서의 손이 그녀의 어깨 아래에 내려앉았다. 그리고 그녀가 입고 있는 스웨터에 묻은 긴 머리카락을 떼어 냈다.

그것뿐인데, 단지 스웨터에 붙어 있는 머리카락을 떼어 내 줬을 뿐인데 유하의 심장이 속절없이 뛰기 시작했다. 그리고 그저 서로를 빤히 바라보고 있는 두 사람이었다.

민서의 눈길이 뜨거운 여름 낮의 태양 같다고 느껴지는 건 착각일까? 그녀는 그의 손에서 떨어지는 자신의 머리카락을 바라보며 저도 모르게 숨을 멈추었다.

드르륵, 드르륵.

순간 휴대전화의 진동이 울렸다. 그게 아니었다면 가슴이 터져 버렸을 그녀가 당황스러운 얼굴을 감추듯 몸을 돌렸다. 어디선가 끈질기게 진동하는 휴대전화를 찾는 그녀의 눈길이 허둥대고 있었다. 탁자의 왼쪽 끄트머리에서 겨우 휴대전화를 찾아 귀에 댄 그녀가 숨을 토해 냈다.

"어, 나야."

친한 사람인 듯 인사도 없이 말하는 그녀의 뒷모습을 민서는 우두커니 지켜보았다.

"지금 나갈 거야. 택시 타고 가면 되니까 굳이 데리러 오지 않아도 돼. 그래, 거기서 보자."

약속이 있었던 것인지 서둘러 전화를 끊은 그녀가 몸을 돌려 민서를 바라보았다.

서늘한 봄밤임에도 열대야처럼 끓어오르는 공기가 그녀를 감싸고 있는 것만 같았다. 유하는 달아오르는 뺨을 문지르며 도무지 읽을 수 없는 민서의 눈길을 피했다.

"차 한 잔 드릴게요."

"아니, 됐습니다."

앞치마를 벗으며 허둥지둥 주방으로 달아나려는 그녀를 잡아버린 민서의 거절. 또다시 당황해하는 그녀에게서 시선을 돌린 그가 말을 이었다.

"완성되면 연락 주시죠, 이만 가보겠습니다."

뜨겁게 달아오른 공기를 전혀 느끼지 못한 사람처럼 그의 시선은 어느새 진한 향기를 쏟아내는 꽃을 향해 있었다.

백화등이라고 했던가? 청초하디청초한 하얀 꽃과는 달리 매혹적인 향기를 가진 백화등은 꼭 정유하를 닮았다.

"그럼 이대로 진행해도 되는 건가요?"

그녀를 바라보며 고개를 끄덕인 민서가 몸을 돌려 베란다를 빠져나갔다. 얼이 빠진 사람처럼 유하는 그의 뒤를 쫓았다.

"차도 한 잔 대접하지 못해 죄송합니다."

멋쩍은 그녀의 말에 구두를 신은 민서는 대답 대신 그녀를 힐끗 바라보고는 문을 열었다.

"그럼 안녕히 가세요."

깍듯한 그녀의 인사를 받고 나온 민서가 엘리베이터 앞에 섰다. 그러나 버튼을 누르지는 않았다. 다만, 꼼짝 않고 서서 기다릴 뿐이었다.

곧 저 문을 열고 나올 정유하를.

또다시 민서를 흔들어 대는 그녀를 마구 괴롭히고 싶었다. 과거의 기억을 모두 지운 것처럼 민서를 대하는 그녀를.

잠시 후, 짐작대로 문을 여는 소리가 들렸다. 그제야 미동 없이 서 있던 민서가 느긋하게 엘리베이터 버튼을 눌렀다. 그리고 그녀가 나왔다.

"아직 안 가셨어요?"

아직도 엘리베이터 앞에 서 있는 민서를 보자마자 멈칫, 걸음을 멈춘 그녀가 당혹스러운 듯 눈동자를 이리저리 굴리며 물었다. 민서는 아무 말 없이 턱짓으로 엘리베이터를 가리켰다.

"누가 엘리베이터를 한참 붙잡고 있었나 보네요."

엘리베이터를 잡고 있던 사람이 마치 그녀인 것처럼 미안한 표정을 짓는 유하, 그녀가 민서의 곁으로 다가섰다. 거리가 가까워질수록 그녀에게서 또다시 뿜어져 나오는 꽃향기.

십일 년 전, 막 꽃망울을 달고 있던 그녀는 어느새 꽃망울을 터트려 만개한 현숙한 여자가 되어 진한 향기를 뿜어내고 있었다.

모든 게 다 마음에 들지 않았다. 정유하 그녀도, 민서 자신도.

곧 엘리베이터가 도착했다. 엘리베이터를 탄 두 사람은 어색한 침묵으로 일관하며 디지털 판을 바라보고 있었다.

"그럼, 안녕히 가세요."

약속시간에 늦은 것인지, 아니면 민서에게서 얼른 달아나고 싶은 것인지, 엘리베이터에서 내리자마자 인사를 한 그녀가 종종걸음으로 걸어갔다. 그 뒤를 민서가 큰 보폭으로 따라갔다.

그의 발걸음을 눈치챘는지 순간 허둥지둥 계단을 내려가던 그녀가 발목을 삐끗했다. 휘청하고 넘어지는 그녀를 가까스로 잡은 민서가 유하를 바로 세웠다.

다시 반복된 기억.

똑같은 기억을 떠올린 두 사람의 시선이 부딪쳤다. 어쩔 줄 모르며 눈을 굴리는 그녀와는 달리 담담한 표정으로 내려 보는 민서.

조금만 고개를 내리면 입술이 맞닿을 거리, 심장이 미치도록 떨려 왔다. 격렬하게 뛰는 심장을 들킬까 걱정이 된 유하는 저도 모르게 입술을 깨물고 말았다.

"감, 감사합니다."

오래전, 그때와 똑같은 대답에 민서는 눈썹을 삐딱하게 올리고 말았다.

이래도 날 모른 척한단 말인가! 왜?

인내심이 바닥난 민서가 물었다.

"할 말은 그것뿐인가?"

"네?"

갑작스런 반말과 함께 알 수 없는 모호한 시선으로 바라보는 민서 때문에 더욱 당황한 그녀의 얼굴이 새하얗게 질렸다.

"난 할 말이 더 남았으니 차에 가서 이야기하도록 하지."

180도 변해 버린 그의 태도에 몰려오는 불안감, 두려움.

안 된다고 말해야 하는데 입술이 떨어지지 않았다.

그는 갑자기 가면을 벗어던진 사람 같았다. 그러나 반항 한 번 하지 못하고 그에게 팔목이 잡힌 채 차에 타고 말았다. 그제야 입술을 달싹였지만 여전히 어떠한 말도 나오지 않았다. 아니 어떤 말을 해야 할지 알 수가 없었다.

"약속 장소가 어디지?"

그에 반해 아무렇지 않은 듯 기어를 넣고 천천히 차를 움직이는 그에게서는 아무런 동요도 느껴지지 않았다.

"문화의 거리요."

집중하지 않으면 알아들을 수 없을 정도의 작은 목소리를 용케 알아들은 그가 고개를 끄덕이며 핸들을 돌렸다. 고요한 침묵은 오랫동안 계속되었다.

"정유하."

마치 두 시간 같은 이십 분이 흘렀다. 신호에 걸려 차를 정차시킨 그가 정유하 씨가 아니라 정유하라고 부르는 순간 세차게 뛰고 있던 심장이 벌컥거렸다. 두 사람의 시선이 엉켜들었다. 빤히 바라보는 유하에게 민서가 아무런 표정 없이 물었다.

"더 기다려야 하는 거야?"

"네?"

무슨 말인 줄 모르고 멍하니 대답하는 그녀에게 민서가 말했다.

"언제 알은척할 거냐고 물었어."

"설마?"

"모를 거라 생각했나?"

조용하게 물어 오는 말투. 역시 잊어버리지 않은 거였다.

"처음부터 알고 있었던 거군요."

침묵은 긍정을 대신했다.

"그런데 왜?"

"기다린 것뿐이야. 네가 끝내 모른 척하리라 예상은 못 했지."

말을 하는 사이 신호가 바뀌자 브레이크에서 발을 뗀 민서가 가속 페달을 밟았다.

성백원에서 그를 보는 순간 설마, 했는데 민서의 이름을 듣자마자 설마가 아니라는 걸 알았다. 하지만 그런 그녀와 달리 성백원에서 수반을 구경하는 중에 걸어 나오던 민서는 이미 유하를 기억해 냈다는 것이다.

그런데 왜 모른 척했던 걸까? 그녀가 먼저 기억해 주기를 기다린 것일까?

난감한 상황에 그녀는 두 손을 맞잡은 채 가만히 앉아 입술을 깨물었다. 다행인 건 차가 문화의 거리에 진입을 시작한 것이었다.

잠시 후 문화의 거리에 차가 부드럽게 멈춰 섰다. 이제 이 무거운 공기와 함께 밖으로 나갈 수 있다는 안도감. 그러나 인사를 하려고 다시 눈이 마주치는 순간, 그의 눈빛에 그녀의 온몸이 잡혀 버린 것처럼 꼼짝할 수가 없었다.

"잘, 지냈나?"

잘 가라는 마지막 인사가 아니었다. 마치 오늘 처음 만난 것처럼 민서는 유하를 바라보며 인사를 하곤 피식 웃었다.

십일 년 만의 인사, 그리고 그의 작은 웃음.

그녀는 떨리는 시선으로 민서를 바라보다 입을 다물어 버렸다.

어째서 이토록 심장이 두근거리는 걸까, 떨리는 걸까. 지금의 정유하는 열여덟의 풋내기가 아닌데 어째서!

떠올리고 싶지 않은 기억들을 잊어버리려 노력하면서 어쩔 수 없이 지워야만 했던 유하의 첫사랑 서민서.

성백원에서 만나는 순간 먼저 알은척을 하지 않았던 건 바로 그 때문이었다. 그를 보는 순간 반갑고 설레면서도, 심장이 전력 질주를 하는 듯 뛰고 있음에도, 그를 향한 죄책감이 먼저 튀어나와 버렸다. 그렇기에 모른 척 돌아서고 싶었다.

어떤 기억이든 그 시절의 기억은 지우고 싶었다. 지우려 노력했었다. 악몽을 꾼 것이라고 믿고 싶었다. 그러나 이상하게도 성백원에서 민서와 마주한 순간부터 그 악몽 같은 시절은 하나도 기억이 나지 않았다. 다만 사무치도록 그리워했던 첫사랑의 기억만 생생해졌다. 그와의 아름답던 추억만이.

자석처럼 끌려 버린 사람. 다시 만난 이 남자가 또다시 자석처럼 그녀를 끌어당긴다. 그러나 절대 그에게 들키고 싶지 않았다. 끌려가고 싶지 않은데 어느새 끌려와 버린 제 자신을.

전혀 아무렇지 않은 척 대답하고 싶은데 입술이 바짝 마르고 덜덜 떨려 왔다. 그녀는 가까스로 짧은 목소리를 냈다.

"네."

"그래, 잘 지냈다는 말이지?"

흠, 하는 한숨과 함께 다시 입을 다물어 버리는 민서. 그 옆에서 애꿎은 손잡이만 꼭 쥔 채 그녀는 고개를 숙였다. 더 이상 아무 말도 않고 침묵을 지키는 민서 때문에 가슴이 새카맣게 타들어 가던 그녀가 떨리는 목소리로 말했다.

"태워 주셔서 감사합니다."

"마음에 안 들어."

"네?"

고개를 들어 올리는 순간 다시 마주치는 시선. 날카로운 그의 시선에 그녀의 가슴이 쫙! 하고 얼음이 갈라지는 둔탁한 소리를 냈다.

"그만 가 볼게요."

허둥지둥 가방을 챙기며 문을 열려고 하는데 그가 그녀를 불렀다.

"정유하."

모른 척 그냥 내리고 싶은데 조건반사처럼 고개가 돌아가고 있었다. 고개가 채 돌아가기도 전에 유하의 손목을 잡아당긴 민서가 남은 한 손으로 그녀의 뒤통수를 끌어당겼다. 그가 원한 대로 곧 두 사람의 입술이 겹쳐졌다.

"아!"

이제야 손안에 들어온 먹잇감처럼 민서는 그녀의 아랫입술을 깨물며 뜨거운 입술을 헤집고 들어갔다. 그의 뜨거운 혀가 빠르게 그녀의 입안을 훑어 내렸다. 겁을 먹고 안쪽으로 달아나는 그녀의 작고 새빨간 혀를 무자비하게 빨아들였다.

입술을 고스란히 빼앗긴 그녀는 그만 돌덩이처럼 굳어 버렸다. 그러나 심장만은 백 미터 달리기를 하고 나온 사람처럼 터질 듯 뛰고, 또 뛰었다.

혀가 아릿하게 당겨지는 느낌에 그제야 그의 가슴을 탁탁 밀어냈지만 그럴수록 민서는 그녀를 꼭 당겨 안았다. 몸과 몸이 더욱 밀착되고 혀를, 입술을, 빨아들이며 악착같이 놓지 않는 민서로 인해 꼼짝달싹할 수가 없었다. 거미줄에 걸린 잠자리처럼 온몸으로 빠져나오려 했으나 역부족이었다. 결국 그녀는 눈을 질끈 감아 버리고 말았다.

난폭한 제 입술을 감당해 내는 유하를 느끼며 그녀의 손목을 쥐었던 손을 옮겨 부드러운 뺨과 턱을 쥐었다. 그녀의 혀를 악착같이 쥐고 놓지 않을 것같이 굴던 그의 키스가 순간 부드럽게 변했다. 정신이 나가 버릴 만큼 열정적인 키스에 주먹을 쥔 그녀의 손이 민서의 재킷을 그러쥐었다.

견딜 수 없는 짜릿함에 중독된 것처럼 두 사람은 서로의 입술을 탐했다. 이곳이 차 안이라는 것도 잊은 채 열정적으로 키스하던 입술이 떨어지자 두 사람은 숨까지 헐떡거렸다.

"하아, 하아."

눈을 감은 채 참았던 숨을 몰아쉬는 그녀의 눈꺼풀이 올라가며 밝고 선명한 눈동자가 드러났다. 마구 괴롭혀 주고 싶었는데 그 모습에 가슴이 찡해 왔다.

그녀의 뺨을 쥐고 있던 민서의 손이 타액으로 반질반질 빛나는 그녀의 입술을 엄지로 쓸어내렸다. 그러자 취한 듯 몽롱한 표정을 지은 그녀가 순간 상처받은 눈빛으로 민서를 올려다보았다. 그리고 민서가 잡을 틈도 없이 차 문을 열고 뛰어내리듯 달아나 버렸다.

어째서일까? 어째서 상처받은 눈빛으로 민서를 찌르고 달아난 것일까. 정유하는 절대 그런 눈빛으로 바라보면 안 되는 거였다. 십일 년 전의 서민서를 기억한다면 절대 그래서는 안 되는 것이다.

남아 있는 그녀의 온기와 향기를 느끼며 민서는 주먹을 말아 쥐었다. 그녀를 절대 이렇게 놓아주지 않을 것이다.

십일 년 전 겨울.

"어제 그 여자애 또 왔을까?"

"정유하라는 애?"

"열라 예쁘더라, 인형이 따로 없더라니까."

"그래, 예쁘긴 하더라."

민서보다 한 발 앞서가는 남학생 둘이 한 여자아이의 이야기를 꺼내며 도서관으로 가는 내내 시시덕거렸다.

"내가 찍었으니까 넌 신경 꺼라."

"네가 찍는다고 그 애가 넘어가면 내 손에 장을 지진다, 새끼야."

뒤따라가던 민서는 예기치 못하게 들려오는 두 사람의 대화에 인상을 찌푸렸다.

2학기가 끝나자마자 민서는 입대 문제로 휴학을 했다. 해서 그닥 할 일이 없어 새로 생긴 도서관에서 그동안 읽고 싶었던 책을 읽으며 시간을 보내고 있었다.

늘 계획대로 흘러가던 시간에 구멍이 난 것처럼 방대해진 시간이 처음엔 어색했지만 도서관이라는 돌파구를 찾고부터는 그런대로 지낼 만했다.

그런데 며칠 전부터 도서관 여기저기서 소곤거리는 소리가 들리고 산만하다 싶더니 그게 다 저 녀석들이 말하는 여학생 때문인 모양이다.

"어, 어, 저기 있다."

키가 큰 남학생이 검지를 쭉 펴 보이며 조용히 속삭였다. 저도 모르게 민서의 눈동자가 남학생의 검지를 따라가고 있었다. 거기엔 한 여학생이 눈부신 햇살 속에 앉아 있었다.

1월의 겨울은 곧 봄이 올 것처럼 포근했다. 한파가 불어닥친 작년과 달리 올해는 큰 한파 없이 따뜻하기만 했다. 그 따뜻한 날의 오후, 한 여자아이가 혼자 벤치에 앉아 발을 앞뒤로 달랑달랑 흔들며 하늘을 바라보고 있었다.

"졸라 먹고 싶다."

한창 혈기왕성한 나이, 남학생의 말뜻을 알기에 민서는 또다시 인상을 쓰고 말았다. 그걸 아는지 모르는지 그녀는 달랑달랑 다리를 움직이는 것을 멈추고 사슴처럼 까맣고 커다란 눈망울을 굴리며 누군가를 기다리는 듯 목을 길게 **뺐다**.

나이를 가늠할 수 없었지만 천진난만한 대학생처럼 보이는 그녀는 입고 있는 하얀 재킷만큼이나 피부가 하얗고 고왔다. 눈, 코, 입이 다 있다는 게 믿어지지 않을 만큼 작은 얼굴. 커다란 눈망울은 처음 세상의 빛을 보는 아이처럼 맑았다. 그건 민서가 처음 느낀 청순함이었다.

검고 긴 머리채가 얇고 새하얀 목을 감싸고 있었는데 앞머리가 내려오지 않게 집게핀 하나를 꽂은 것이 몹시 귀여웠다. 대학을 다니면서 많은 여학생들을 보았지만 이토록 눈에 띄는 여자는 처음이었다. 급작스런 호기심이 민서를 덮쳤다.

빵빵.

갑작스런 클랙슨 소리에 발딱 일어난 여자애가 얼굴 가득 함박웃음을 지었다. 그 웃음에 두 남학생이 헛바람을 삼키는 소리가 민서의 귀에 똑똑히 들려왔다.

"엄마."

가방을 메고 폴짝폴짝 뛰어가는 그녀에게만 눈부신 햇살이 내려앉은 것만 같았다.

도대체 저 아이는 누굴까?

마치 민서의 마음을 알아들은 것처럼 앞에 가던 녀석 중의 하나가 궁금증을 해결해 주었다.

"은성 고등학교 2학년 올라간다는데 그럴 줄 알았으면 나도 은성고로 갈걸, 쌍."

남학생의 말에 쌍이라고 말하고 싶은 건 오히려 민서였다.

대학 입학을 목전에 둔 새내기인 줄 알았던 그녀가 겨우 풋내 나는 고등학생이라니.

교복을 입었다면 단번에 그녀가 고등학생이라는 걸 알았겠지만 긴 생머리로 사복을 입은 그녀는 성숙한 대학생처럼 보였기에 민서는 저도 모르게 당황하고 말았다.

"뭐야, 우리보다 한 살 많잖아?"

"뭐 어때, 그것보다 열라 꼴리네."

"화장실 갔다 와, 새끼야."

앞에서 지껄이는 남학생들조차도 겨우 고등학교 1학년이라니, 민서는 입이 걸쭉한 두 남자애를 패 주고 싶은 마음을 억누르며 도서관으로 들어갔다.

그것이 민서가 유하를 처음 본 날이었다. 말도 안 되게 포근한 겨울의 어느 날, 민서의 호기심을 한껏 자극해 버린 겨우 고등학교 2학년의 정유하.

그녀는 단 한 번에 민서를 사로잡아 버렸다.

4장. 흔들리다

　

"안녕하세요."

우산을 접고 공방으로 들어가자마자 큰 소리로 인사부터 넙죽하는 유하와 태영을 공방 회원들이 웃으며 반겨 주었다.

"우리 정 선생이랑 강 선생은 오늘도 에너지가 넘치네."

"아직 젊으니까 그렇지. 좋을 때다."

"뭐 구경하고 계셨어요?"

유하와 단짝 친구이면서 같은 공방을 이용하고 있는 태영이 회원들이 모여 있는 나무탁자로 성큼성큼 걸어왔다.

"정 선생 이 부부상 물건이다, 물건."

나무탁자를 둘러싸고 뭘 그리 구경하고 있나 했더니 탁자 위에는 갓 가마에서 나온 작품들이 무작위로 진열되어 있었다. 재벌이 끝나고 아직 주인을 따라가지 못한 작품 중에서 모두가 유하가 만든 부부상을 보며 감탄했다.

흙으로 만들어 구워 낸 것이 아니라 돌을 깎아 만든 것 같은 매끄러운 질감, 그러면서도 풍부한 표정은 역시 정유하기 때문에 할 수 있는 것이었다.

"이야, 정유하 오늘 돈 좀 들어오겠네. 잘 만들었다."

기주에게 가마 문이 열렸다는 말을 듣자마자 태영과 함께 공방으로 온 유하는 길을 터 주는 회원들의 틈을 비집고 들어가 부부상을 유심히 살펴보았다. 균열 없이 잘 구워 나온 부부상을 보자 그녀의 얼굴에 만족스러움이 깃들었다.

그러나 얼마 가지 않아 인상을 찌푸리는 그녀를 보고 태영이 어리둥절한 표정으로 물었다.

"왜? 어디 깨졌어?"

"어? 아니."

"이렇게 잘 만들어 놓고 웬 한숨이야?"

저도 모르게 한숨을 내쉰 모양인지 곁에 있던 태영이 물끄러미 유하를 바라보자 그녀가 빙긋 웃으며 소리를 높였다.

"작품도 잘 나왔는데 제가 커피 쏠게요. 커피 드실 분!"

그러자 여기저기서 저요, 저요 하면서 손을 번쩍 들었다. 곁에 있던 태영만이 딴지를 걸었다.

"뭐야, 고작 여기 있는 커피 타 주는 걸로 그냥 넘어가려는 심사야? 난 진한 아메리카노."

"차 열쇠 줄 테니 직접 사 오든지."

"그럼 아메리카노 대신 저녁에 소고기 먹자."

주택가의 구석진 곳이라 카페와는 거리가 먼 공방에서 아메리카노를 내놔라 하더니 여의치 않자 소고기 운운하는 태영을 못 말린다는 듯 흘겨보았다.

"비싼 건 네 애인한테 사 달라고 해."

"형은 사 주는 것보다 캠핑 가서 직접 구워 주는 게 더 맛있는데. 언제 캠핑 같이 가자."

"눈칫밥을 먹느니 소고기 안 먹고 만다."

"형, 그런 사람 아니야."

태영의 강한 부정에 그녀는 픽 웃으며 종이컵을 꺼냈다. 부러워 본 소리였다. 백패킹에서 만나 연인이 되기까지 우여곡절을 겪은 태영과 민혁은 단단한 사랑을 키워 나가고 있었다.

"부러우면 지는 건데 애인 있는 강태영이 부럽다, 부러워."

"뭐가 그렇게 부러운데?"

볼멘소리를 하며 종이컵을 일렬로 세워 놓고 커피 믹스를 붓는 유하에게 정수기 앞을 지나치던 기주가 걸음을 멈추고 물었다.

"아, 하하. 별것 아니에요, 선생님."

"연애하고 싶대요, 선생님. 유하 짝 좀 찾아 주세요."

"짝 찾지 말고 연애만 하고 살아."

"어머, 선생님은 결혼해서 알콩달콩 재미있게 사시면서 왜 저한텐 연애만 하래요."

기주는 불과 이 년 전까지만 해도 올드미스였다. 그런 그녀가 결혼 소식을 전했을 때 화들짝 놀란 건 유하만이 아니었다.

쉰이 넘은 나이에 재처로 결혼을 한다고 했을 때 한사코 말린 사람이 공방 회원들이었다. 그 나이에 연애나 하면서 즐기지 왜 늙어서 고생을 하냐고. 하지만 기주는 꿋꿋하게 결혼을 했고 지금은 신혼처럼 알콩달콩 살고 있었다. 그러니 유하에게 결혼을 하지 말라는 기주가 의아할 수밖에 없는 것이다.

"난 자식도 시월드도 없으니 편하게 살지만 넌 영신 씨 같은 시어머니 만나면 뼈밖에 안 남을 거다. 의사 아들 중매시장에 내놓았더니 성에도 안 차는 간호사랑 연애질을 해서 임신을 했단다."

"어머, 그래요?"

"그래. 영신 씨는 아들이 꼬임에 넘어간 거라는데 알 게 뭐니. 머리 싸매고 누워 있느라 오늘 공방도 안 나왔다는데 내 딸 같으면 아무리 의사래도 결혼 안 시키지. 의사가 무슨 벼슬이야? 유하랑 태영이 둘 다 결혼하기 전에 나한테 허락 맡고 해. 내가 안 된다면 절대 안 되는 거야."

그러고 보니 다른 날보다 공방이 조용했다. 공방에만 오면 의사가 된 큰아들과 미국으로 유학 가 현지인과 결혼을 한 딸 자랑으로 입이 마를 날이 없는 영신이었다.

그런 그녀가 오늘 왜 안 보이나 했더니 성에 안 차는 아들의 애인 때문이라니. 좋은 집안의 여식과 결혼을 시키려고 거금을 주고 중매쟁이에게 말을 해 두었는데 이미 사고를 쳐 버렸으니 허탈하기도 할 것이다.

"사랑이 마음대로 되나요."

유하가 씁쓸한 표정으로 중얼거렸다.

"연애질 하는 여자처럼 말하네?"

"연애하는 강태영을 보니까 그렇더라고요. 전 연애라도 좀 했으면 좋겠네요."

"왜 가만있는 나를 끌어들이냐."

"연애를 하든 결혼을 하든 고만고만한 사람이랑 해. 괜히 욕심부렸다가는 시월드에 평생 갇히는 수가 있다."

"네, 네."

기주의 말에 유하와 태영은 키득키득 웃으며 커피 믹스를 부은 종이컵에 뜨거운 물을 채웠다. 엄마 같은 마음으로 유하와 태영을 대하는 기주의 마음을 알기에 두 사람 다 한쪽 귀로 흘려버리지 않고 담아 두고 있을 터였다.

공방 회원들과 커피를 마시며 담소를 나눈 그녀가 가마에서 나온 작품들을 정리하기 시작했다. 특히 부부상은 깨지지 않도록 발포지로 몇 번이고 감는 그녀의 손길이 조심스러웠다.

일을 끝내고 공방 문을 나서자마자 잠시 묻어 두었던 걱정이 샘솟기 시작했다.

민서의 키스에 도망치듯 차에서 내린 날로부터 어느덧 한 달이 지났다. 그사이 초벌과 재벌을 거친 부부상이 나왔고 마지막으로 그것을 전해 주기만 하면 다시 보지 않아도 되는 타인.

하지만 지금, 그 마지막이 두려웠다. 알 수 없이 흔들리는 제 자신을 잡을 수 없어 난감했다.

그날 유하는 문화의 거리에서 동화와 태영을 만나기로 한 약속 장소에 결국 가지 못했다. 민서의 차에서 내리자마자 택시를 잡아타고 집으로 돌아오던 길, 자신의 소유인 양 뜨겁게 몰아붙이던 민서와의 키스가 떠올랐다.

아직도 남아 있는 민서의 체취와 혀가 아릿하게 당겨 오는 느낌.

부들부들 몸이 떨렸다. 또한 가슴이 쉴 새 없이 두근거렸다. 다음 날도, 그다음 날도…….

십일 년 전의 첫 키스처럼 혼을 빼놓았던 거친 키스. 뜨거운 입술에서 건너오던 짜릿하고 달콤한 민서의 향기. 도망치듯 달아났지만 감전된 것처럼 자꾸만 몸이 떨려 와 아무것도 할 수가 없었다. 첫사랑의 열병이 다시 찾아온 것처럼.

우연히 그를 만난 후에도 이런 말도 안 되는 감정들이 계속 떠오르는데 그를 다시 만나게 되면 정말 어떻게 해야 하나.

꼿꼿하게 서 있고 싶은데 서민서란 존재가 자꾸 그녀를 흔들고 있었다. 마구 뒤섞인 퍼즐처럼 머리가 복잡해졌다.

그래, 피하지 말자. 어쩌면 마지막이 될지도 모르는 만남.

그리고 그 마지막 한 번, 민서를 피하고 싶지 않았다.

십일 년 전의 기억을 떠올려 봤자 어차피 지난 과거였다. 우연이라지만 판매자와 손님으로 만난 현재 두 사람의 관계가 변할 리 없었다. 너무 오랜 시간이 흘렀기에.

꼬박 하루를 고민한 결과 민서에게 보낼 문자 한 통을 지우고 쓰고, 지우고 다시 쓰는 데 삼십 분이 더 걸렸다. 전송 버튼을 누른 순간 꼭 제 자신이 민서에게 전송되는 것처럼 떨렸다. 그러나 그에 대한 답은 너무나 허무했다.

—안녕하세요, 서민서 상무님 비서입니다. 지금 서 상무님께
서는 일본 출장 중이십니다. 괜찮으시면 제가 2시쯤 작업실로
물건을 가지러 가도 되겠습니까?

물건이 완성되었으니 언제든 찾으러 오라는 문자를 보낸 후
십 분쯤 지났을까, 모르는 번호로 걸려 온 전화는 민서의 비서였
다. 나긋나긋한 비서의 음성에 유하는 안도와 동시에 아쉬움을
느꼈다. 애써 그걸 감추고 그러라고 짧게 대답한 그녀가 전화를
끊었다.

그리고 오후 2시, 긴 머리를 올려 묶은 여자가 단정한 정장
차림으로 들어와 곧바로 물건을 싣고 떠났다. 두통에 시달릴 만
큼 고민했던 결과는 허무였다.

도대체 왜? 무엇을 바란 것일까? 알 수 없는 제 마음이 너무
답답했다.

다음 날 통장에 입금된 돈을 보고서야 그녀는 그때의 키스가
그와의 마지막이었다는 것을 깨달았다.

민서와의 만남이 두려워 피하고 싶으면서도 한편으로는 기대
와 설렘이 공존했다. 애써 그 감정을 지우려 고개를 털어 내던
그녀가 탁자 위에 올려 둔 그의 명함을 뚫어져라 바라보았다. 한
참을.

"보고 싶다."

미련 가득한 눈빛으로 명함을 내려다보며 중얼거렸다.

얼마 전 카페에서처럼 일을 하는 그를 보고 싶었다. 어떤 말

도 하지 않고 그냥 지켜보고 싶었다. 그 생각을 하다 퍼뜩 고등학생의 정유하를 떠올렸다.

십일 년 전, 그를 처음 만난 날도 그랬다. 잊히지가 않았다. 자꾸만 그를 떠올리며 보고 싶다고 되뇌었다. 이끌리듯 도서관으로 가서 그를 찾았다. 그리고 지구가 태양의 둘레를 공전하듯이 그의 둘레를 빙빙 돌고 돌았다.

그때와 똑같은 짓을 저지르고 있는 자신의 모습에 퍼뜩 놀란 그녀가 자리에서 벌떡 일어났다. 그러고는 보고 있던 명함을 휴지통에 던져 넣었다. 마지막으로 그를 보지 못한 아쉬움까지 던져 버리듯.

머리를 흔들며 의자에 앉았다. 그리고 흙 한 덩이를 떼어 내 주물럭거리기 시작했다.

사흘 후.

아침부터 비가 내렸다.

끊임없이 내리는 빗줄기 소리를 들으며 그녀는 작업에 집중해 있었다. 주문받은 화분의 표면에 거친 빗살무늬를 새겨 넣는 그녀의 콧잔등에 땀이 송골송골 맺혔다.

드르르륵, 드르르륵.

천천히 손물레를 돌리던 그녀가 움직임을 멈추고 옆에 있던 물수건에 흙 묻은 손을 대충 닦아 냈다. 진동하는 휴대전화를 터치하자마자 어깨와 뺨 사이에 휴대전화를 끼운 그녀가 밝은 목소리를 냈다.

"엄마?"

―그래, 우리 딸. 아직 작업 중이지? 저녁은 먹고 하는 거야?

"이제 먹으려고요."

―퇴근하는 길인데 저녁 사가지고 갈까?

아직까지도 다 큰 딸의 저녁을 걱정하는 엄마 세현 때문에 비실비실 웃음이 터져 나왔다.

"제 걱정은 마시고 서방님께 가 보세요. 아버지 기다리시겠네."

―매일 보는 서방님 하루 안 보면 어때. 난 딸이 더 좋은데.

"입에 침은 바르셨죠?"

―지금 바르고 있어.

늘 친구 같은 엄마, 아니 친구가 되어 준 엄마는 항상 이렇게 지극정성이었다. 내게도 자식이 생기면 이렇게 키울 수 있을까 생각할 정도로 자상하고 재미있는 엄마였다.

"전 돈 벌게요. 돈 많이 벌어서 두 분 호강시켜 드려야지."

―어머, 그럼 매일 비만 왔으면 좋겠다.

"하하, 그것보다 아버지랑 둘만 있고 싶은 거죠?"

비가 내리는 날은 공식적인 그녀의 외박 날이었다. 비가 내리면 유독 작업이 잘되기 때문에 아침부터 작업을 시작해 회사 직원들이 야근을 하는 것처럼 늦게까지 일을 하곤 했다. 일이 끝나고 나면 어깨에 코끼리 한 마리가 앉아 있는 것 같아 집에 들어갈 엄두도 못 내고 작업실 안방에 쓰러지듯 잠을 자곤 했기에 싱글 침대까지 구비되어 있었다.

―설마, 오늘 안 들어올 거지?

"솔직히 말해 보세요, 그거 물어보려고 전화하셨죠?"

―들킨 거야?

"다 큰 딸은 열심히 돈을 벌 터이니 두 분은 뜨거운 밤을 보내시지요."

매일 보는 얼굴인데 지겹지도 않은지 아직까지 손을 꼭 잡고 다니는 부부였다. 어릴 때부터 자연스럽게 스킨십을 하는 두 분의 모습을 자주 봐 왔기에 낯부끄러운 말들도 거리낌 없이 할 수 있었다.

내일 집에 돌아가면 세현이 은호와의 데이트에서 있었던 일들을 조잘조잘 이야기할 것이다. 얼마 전에 개봉한 영화를 보고 싶다는 말을 언뜻 들은 적이 있으니 저녁을 먹은 후 영화관 데이트를 하지 않을까?

유하는 벌써부터 두 사람의 행보를 머릿속으로 가늠해 보았다.

―돈 버는 건 좋은데 끼니는 거르지 말고 꼭 챙겨 먹어.

"네, 조심해서 들어가세요."

―그래, 우리 딸 수고해.

"네."

전화를 끊고 어둠 속에서 내리는 비를 바라보았다.

저녁 일곱 시, 비는 끊임없이 내리고 있었다. 촉촉이 젖은 나뭇잎들이 어둠에 잠겨 비를 맞으며 서 있었다. 작업을 중단한 그녀가 식어 버린 커피 잔을 들어 입으로 가져갔다.

"웩."

또 곁에 둔 물병과 커피 잔을 헷갈린 것인지 커피에서 흙 향이 진하게 올라왔다. 굽을 달거나 흙이 마를 때 찍어 쓰는 물통과 곁에 둔 커피 잔을 매번 헷갈려 이런 일은 다반사였다.

곧바로 화장실로 달려가 입에 머금고 있던 물을 뱉고는 칫솔을 꺼내 들었다. 칫솔질을 하면서 작업용 앞치마를 벗어 냈다. 일단 샤워를 하고 나가서 끼니를 해결해야 할 것 같았다. 점심을 라면으로 때웠더니 몹시 허기가 졌다.

잠시 후 흙먼지를 덮어쓴 그녀가 말끔해진 모습으로 욕실을 나왔다. 대충 스킨 로션을 찍어 바르고 근처 김밥집으로 가기 위해 카디건을 걸쳤다. 우산을 챙겨 들고 현관문을 연 유하의 가벼운 발걸음이 우뚝 멈추어 섰다.

"어떻게……."

민서, 서민서가 서 있었다. 그녀와는 달리 눈빛이 마주친 순간에도 전혀 당황하지 않는 그가 지금 유하의 눈앞에 서 있었다.

문틀과 문 사이에 서서 나올 생각도, 들어갈 생각도 못 하고 멍하니 서 있는 유하를 민서가 내려다보았다. 사흘 내내 끊임없이 그녀의 머릿속을 지배하던 그. 그의 머리카락에 송골송골 맺혀 있는 빗방울이 도착한 지 얼마 되지 않았음을 대신 말해 주었다.

두 사람은 침묵한 채 서로를 바라보며 우두커니 서 있었다.

어째서 그가 여기 서 있는 것일까? 냉정하게 주시하던 눈동자가 오늘만큼은 뜨겁다고 느껴지는 건 착각일까?

수만 가지의 물음이 유하의 머릿속을 둥둥 떠다녔다.

잠시 후, 밤도깨비처럼 나타난 민서가 유하의 곁으로 다가왔다. 저도 모르게 뒷걸음치는 그녀의 발걸음을 따라 점차 가까워지는 거리.

쿵.

문이 닫혔다.

그녀의 심장은 어느새 전력 질주를 하고 있었다.

"작품에 무슨 문제라도 있는 건가요?"

"아니."

떨리는 유하의 목소리와 달리 깊숙이 가라앉을 것만 같은 낮은 목소리는 그녀를 더욱 당황스럽게 만들었다.

"그런데……."

갑작스런 그의 방문에 멍하게 서 있던 그녀는 물음의 끝을 맺지 못한 채 혼란스러움에 빠졌다.

닫힌 공간 안으로 백화등 향기와 함께 어둠이 강하게 스며들었다. 그리고 어둠 속에서도 밝게 빛나는 그의 눈동자에 속절없이 가슴이 떨렸다.

멀리에 있어도 빛을 내는 그는 한때 그녀의 등대였다. 그러나 지금도 여전히 빛을 밝히고 선 그의 모습을 보자 갑자기 소름이 훅 끼쳐 왔다.

빛이 필요했다. 서민서가 뿜어내는 빛이 아닌 그보다 더 밝은 빛이 필요했다.

그녀는 전등의 스위치를 누르기 위해 서둘러 신발을 벗으며 몸을 돌렸다. 그러나 몸이 다시 민서를 향해 돌아갔다. 그가 유하의 손목을 잡아당긴 탓이었다.

마주친 두 사람의 눈빛에 기묘한 긴장감이 흘렀다.

민서의 얼굴이 천천히 내려왔다. 밀어낼 생각도 못 하고 그녀는 저도 모르게 주먹을 쥐며 발가락을 오므렸다. 표정 없는 그의 얼굴은 도무지 무슨 생각을 하고 있는지 알 길이 없었다.

그저 얼음처럼 서서 그를 올려다보는 그녀에게 민서의 숨결이와 닿자 오소소 소름이 끼쳤다. 입술이 부딪친다고 생각한 순간 차마 눈을 감아 버렸다. 그러나 입술이 아니었다. 언제 방향을 튼 것인지 입술이 아닌 그녀의 귓불에 민서의 입술이 내려앉았다.

"아……."

그의 숨결이 귀에 내려앉자마자 소름 끼치게 간지러워 신음과 함께 몸을 부르르 떨었다. 손을 내밀어 그를 밀어내려는 찰나 입술이 부딪쳤다.

입술을 깨물고 입안으로 들어온 민서의 혀와 그녀의 혀가 얽혔다. 입이 한껏 벌어졌다. 폭풍우와도 같은 키스, 삼키지 못한 타액이 두 사람의 입술에 번져 턱에 비벼졌다. 정신이 아득해졌다.

비가 더 거세게 내리는지 보일러 연통을 때리는 빗줄기 소리만이 어둠에 빠진 집 안을 울렸다.

하얗게 비워진 머릿속은 오로지 민서의 입술만을 느끼고 있었다. 어느새 허리에서 올라온 그의 손이 그녀의 등을 쓸어내렸다.

그 손길에 저도 모르게 그의 뭉툭한 혀를 깨물고 말았다.

"음."

신음과 함께 그녀의 입술에서 천천히 입술을 뗀 민서가 그녀를 내려다보았다. 그 시선을 견딜 수 없어서 키스로 부풀어 오른 입술을 깨물었다.

재회.

성백원에서의 뜻하지 않은 재회가 아니라 오늘, 지금 이 순간, 십일 년 만에 처음 만난 사람처럼 두 사람은 서로를 뜨겁게 바라보았다.

"이상하지, 그 날 이후로 다시 나를 헤집는 너를……."

민서답지 않게 흐리는 말투가 그의 감정을 대신했다. 비서를 보낸 것으로 끝인 줄 알았는데 민서 역시 그녀와 마찬가지로 뒤늦게 제 감정을 깨달은 것일까? 냉정하게 주시하던 눈동자가 지금 이 순간은 유하를 담은 채 뜨겁게 타오르고 있었다.

이 사람 역시 나를 생각했구나, 보고 싶어 했구나.

안도와 함께 가슴이 더욱 세차게 뛰었다. 정전기와도 같은 짜릿함이 한 번으로 사라지지 않고 전기로 가슴을 지지는 것처럼 떨려 왔다.

두근두근.

전력 질주를 하는 그녀의 심장 소리가 민서에게까지 전해졌다. 어둠 속에서 민서가 설핏 웃음을 흘렸다.

"정유하."

그의 음성에 감고 있던 눈꺼풀을 천천히 올렸다.

“처음부터 그랬어, 넌.”

무슨 말일까? 그의 눈을 알 수 없는 눈동자로 바라보자 그가 낮게 읊조렸다.

“내 눈에 처음 들어온 순간부터 너는 바람처럼 나를 흔들었어. 그때도, 지금도.”

“아……!”

“왜지? 왜 또 나를 흔드는 거지?”

애절한 그의 목소리가 연통을 두드리는 비처럼 유하의 가슴을 마구 두드려 대고 있었다.

“말해 봐, 정유하.”

그의 물음에 무슨 대답을 해야 할까.

그가 토해 내는 진심에 울컥해서 도저히 말을 꺼낼 수 없었다.

똑같은 생각을 하고 있었다고, 갑자기 그녀의 앞에 나타난 서민서란 바람이 그녀를 흔드는 줄로만 알았는데 민서 역시 흔들리고 있는 줄은 몰랐다고 해야 할까? 십일 년 전처럼 갑자기 나타난 민서가 그녀를 자석처럼 끌어당기고 있다고 할까?

그러나 도무지 입이 떨어지지가 않았다.

뜨거운 눈빛으로 그녀를 바라보는 단 하나의 남자 서민서.

그가 바로 그녀의 앞에 서 있다. 십일 년을 지나 다시 그녀의 앞에 선 그를 당당하게 바라보고 싶은데 차마 그러지 못하고 고개를 떨구었다.

그가 손을 들어 그녀의 턱을 들었다. 시선이 다시 마주쳤다.

민서가 천천히 고개를 내렸다.

민서의 뜨거운 입술이 그녀의 입술에 닿았다. 곧 혀가 얽혔다.

서로가 서로의 입술을 원하고 있었다. 서로가 서로의 마음을 보고 싶어 했다. 확인하고 싶어 했다. 말하지 않아도 알 수 있었다.

그녀를, 그를 원하고 있다는 사실을.

민서의 힘에 밀린 그녀가 뒷걸음질을 시작했다.

걸어가고, 밀려나고.

또 걸어가고 밀려나고.

그것을 반복하는 사이 어느새 거실에 있는 벽에 그녀의 등이 부딪혔다. 이젠 더 이상 밀려날 수도 없는 공간에 선 두 사람.

민서는 늪처럼 그녀를 빨아들였다. 그러나 전혀 위험하게 느껴지지 않는 건 왜일까, 그냥 이대로 빨려 들어가고만 싶었다. 서민서라는 이유 하나만으로. 그녀는 민서의 허리를 잡고 매달렸다.

얼마만큼의 시간이 흘렀을까, 열정적으로 유하의 입술을 탐하던 그의 입술이 천천히 떨어졌다. 뜨겁게 감싸 주는 그의 입술이 떨어지는 순간 갑자기 드는 한기에 몸이 떨려 왔다.

"또다시 흔들리고 싶지 않은데 이렇게 돼 버렸어. 그래서 흔들리는 대로, 그대로 두기로 했어, 난."

"오……빠."

저도 모르게 나온 오빠라는 말. 그 말을 뱉어 낸 그녀가 당황스런 눈동자로 민서를 바라보자 그의 눈이 더욱 빛을 내고 있었다. 그리고 곧 한숨이 쏟아졌다.

"하, 여전히 갖고 싶다, 널."

그가 그녀의 허리를 바싹 안으며 낮게 읊조렸다. 그녀의 귀에 쏟아지는 민서의 한숨이 무엇을 뜻하는지, 무엇을 원하는지 알고 있다.

이 사람이, 서민서가 여전히 그녀를 원한다는 사실.

그 사실만으로 다른 생각의 여지가 없다. 그녀는 민서의 허리를 잡고 있던 손에 힘을 바싹 주었다. 그러자 그녀의 목덜미에 얼굴을 묻고 숨을 쉬던 그가 천천히 고개를 들었다.

5장. 그와 그녀의 이야기

  새해가 얼마 지나지 않은 겨울방학이었다.

  이제 열여덟이 되었다는 뿌듯함으로 가득 찬 겨울, 집 가까운 곳에 새로 지은 도서관이 개관을 했다. 처음엔 호기심으로 세현과 재미 삼아 다녀왔는데 워낙 다양한 책이 많아 보충수업이 끝나면 참새 방앗간처럼 도서관에 들르곤 했었다. 매달 나오는 잡지를 찾아보고 청소년 소설에 빠져 시간이 가는 줄 모르길 다반사였다.

  그 날도 폐관을 한다는 방송에 맞춰 읽고 있던 책을 빌려 나오는 길이었다. 타박타박 도서관 계단을 내려오는데 정면에 있는 벤치가 바로 눈에 보였다. 그 벤치에 앉아 책을 읽는 한 남자.

고개를 숙이고 있어 얼굴이 잘 보이진 않았지만 앉아 있는데도 기다란 다리가 눈길을 끌었다. 단지 앙상한 등나무 아래 앉아 넓은 등을 벤치에 한껏 기대어 책을 읽고 있을 뿐인데도 유하의 시선을 붙잡았다. 처음 느끼게 된 이상한 감정에 고개를 갸웃거렸다.

그러는 사이 그 남자가 고개를 들었다. 그리고 시선이 마주쳤다. 0.1초도 되지 않는 찰나의 순간이었다.

그 찰나의 순간으로 그 남자에게 시선을 빼앗겨 버렸다. 아니, 시선이 아니라 모든 것을 빼앗긴 것처럼 넋을 놓아 버렸다.

어떻게 이런 일이 가능할까 싶을 만큼 제 자신도 믿을 수 없는 순간이었다.

그런 유하와 달리 남자는 이미 무심한 시선을 책으로 돌린 후였다. 그러나 그녀는 고정되어 버린 눈빛과 함께 발걸음조차 그대로 멈추어 버렸다.

그의 잘생긴 얼굴 때문만은 아니었다. 그가 가진 분위기에 압도되어 버린 것만 같았다. 처음 보는 그 사람에게 한입에 삼켜져 꼼짝없이 갇혀 버린 것만 같았다. 고장 난 것처럼 가슴은 계속 덜커덕덜커덕 커다란 소리를 내며 뛰고 있었다.

겨울바람처럼 차가우면서도 한없이 무심한 시선. 그는 외따로 떨어져 투명한 얼음으로 결계를 치고 앉아 있는 것만 같았다. 현실에 존재하지 않는 만화 속 주인공처럼 신비로운 분위기를 지닌 낯선 남자.

남녀공학 고등학교에 다니면서 단 한 번도 느껴 보지 못했던 감정. 마법에 빠진 것만 같은 기분이었다. 뒤에서 누군가가 계단을 내려오는 소리에 퍼뜩 정신을 차리지 않았다면 언제까지고 그를 바라보고 있었을 것이다.

그러나 길을 비켜 주려고 시선을 돌린 사이 남자는 감쪽같이 사라지고 없었다.

꿈이었나? 꿈이라기엔 너무 생생했다.

처음 보는 남자를 단지 몇 초, 몇 분, 아주 짧은 시간을 본 것뿐인데 자꾸만 생각이 났다. 보고 싶었다. 열여덟 살, 유하는 그때부터 해일처럼 몰려온 열병을 앓았다.

그다음 날, 보충수업이 끝나자마자 쏜살같이 도서관에 달려가 그를 찾았다. 하지만 보이지 않았다. 허탈한 표정으로 터덜터덜 계단을 내려오는데 계단을 올라오는 한 남자.

순간 운명을 생각했다. 운명이 아니라면 이럴 수는 없는 거라고.

그를 보는 순간 가슴이 미친 듯 뛰기 시작하면서 불에 덴 듯 얼굴이 화끈 달아올랐다. 모든 조명이 그에게만 쏟아져 내리는 것처럼 눈이 부셨다.

저도 모르게 그에게 시선을 고정시키고 계단을 내려가는 사이 오른쪽 발이 헛발을 딛고 말았다. 몸 전체가 기우뚱 넘어갔다.

"어, 어!"

중심을 잃지 않으려고 파드득거렸다. 이대로 넘어질 것만 같아 머리가 쭈뼛 서는 찰나, 낮은 목소리와 함께 다가온 강인한 손이 그녀의 어깨를 잡아 주었다.

"괜찮아?"

그가 그녀에게 처음으로 했던 한 마디. 저음인 목소리조차도 황홀한 남자였다, 그는.

그의 물음에 대답하지 못하고 얼굴만 새빨갛게 붉히고 선 채 고개만 끄덕였다. 또다시 가슴이 덜커덕 큰 소리를 내기 시작했다. 입술이 바짝 타고 목구멍이 탁 막힌 것만 같아 어떤 말도 할 수가 없었다.

한 계단 위에 있는 유하보다 더 높은 눈높이로 그녀를 빤히 내려다보는 남자. 그에게서 남자의 향기가 났다. 은은하면서 시원한 머스크 향. 조금만 고개를 내리면 입술이 닿을 가까운 거리였다.

저도 모르게 침을 꿀꺽 삼키다가 부끄럽고 당황스러운 마음에 버릇인 듯 긴 생머리를 귀 뒤로 꽂았다. 그리고 아직도 그녀의 두 팔을 꽉 잡고 서 있는 그에게서 조심스럽게 몸을 빼며 말했다.

"가, 감사합니다."

도망치듯 계단을 벗어났다. 그렇지 않으면 심장이 폭주할 것만 같았다.

노을처럼 빨간 얼굴로 인사를 하고서 허둥지둥 내려가는 유하를 그가 오래도록 바라보고 있었다는 사실을 그녀는 알지 못했다. 다만 그의 손길이 지나간 어깨를 잡고 멍하니 그를 떠올렸다. 그의 목소리를 떠올렸다.

괜찮아, 괜찮아. 주문처럼 되뇌고, 되뇌었다.

짧지만 강렬했던 순간, 그녀의 마음을 확인 사살하듯 날아든

총알은 이미 **빼낼** 수 없을 만큼 깊이, 온전히 박혀 버리고 말았다.

아직은 1월의 추운 겨울, 그러나 유하의 가슴에는 이미 설레는 봄이 성큼 찾아와 버렸다.

민서's story

며칠 전 그녀가 겨우 비린내 나는 고등학생이라는 사실을 알고부터 우연히 눈이 마주칠 때마다 쯧, 하고 혀를 차며 고개를 돌려 버렸다. 고등학생을 눈에 담은 제 자신이 한심스러웠다. 그러나 계단에서 넘어지려는 그녀를 보고는 저도 모르게 어깨를 잡아 주고 있었다.

감사합니다, 그 흔한 말이 왜 그렇게 신비롭게 느껴진 걸까?

빨갛게 얼굴을 붉히고 선 그녀를 **빤히** 바라보았다.

보기에도 가녀려 보이는 그녀는 **뼈대** 또한 가늘어 더없이 약하게만 보였다. 보호본능까지 자극하는 재주를 가진 그녀가 당황했는지 동그랗게 뜬 큰 눈을 껌벅거렸다.

그게 또 귀여워 잡은 어깨를 놓아줄 생각도 못 하고 서 있었다. 입술은 또 얼마나 붉은지. 샴푸 향인지 향긋한 꽃향기까지 품고 선 그녀는 보면 볼수록 민서의 마음을 흔들었다. 살랑살랑 나무를 흔들고 가는 산들바람처럼.

그렇게 스쳐 지나가는 그녀의 뒷모습을 바라보며 그녀가 꺼냈던 말을 되뇌었다. 감사합니다, 감사합니다. 그러다 말고 한심한 제 자신을 비웃으며 혀를 찼다.

그날 이후부터였다. 어디선가 지켜보는 시선을 느꼈던 것은.

겨우 두 사람이 지나갈 수 있는 통로에 빽빽이 들어선 책장, 그 책장에 빈틈없이 꽂혀진 책과 책장 사이 작은 공간 너머에 있던 그녀와 눈이 마주쳤다. 우연인 듯 한 번 마주치고, 의식한 듯 두 번 마주치고…… 몇 번이고, 셀 수 없이 마주칠 때마다 새빨갛게 달아오른 얼굴을 돌리던 그 아이.

막연한 동경? 아니면 짝사랑?

새빨갛게 달아오르던 그 얼굴의 의미를 알 수 없었다. 그걸 알려고 나서는 순간 늪에 빠질 것만 같아서 모른 척 일관했다.

호기심 많은 여고생이니 며칠 저러다 말겠지, 무의미한 감정이니까.

겨우 고등학생, 그것도 막내 여동생과 같은 나이인 그 애와 불장난을 할 생각은 전혀 없었다. 곧 입대를 앞두고 있는 상태이기에 여자 친구를 사귈 마음은 전혀 없었지만 만약 사귄다면 여러모로 귀찮은 미성년자는 절대 사양이었다.

그러나 며칠 저러다 말겠지 하는 민서의 생각과는 달리 막연히 느껴지는 시선은 계속되었다. 그게 자꾸 민서의 신경을 거슬리게 만들었다. 짜증이 날 만큼.

어느 날, 민서는 결국 참지 못하고 읽고 있던 책을 탁, 덮어 버렸다. 그리고 그 눈빛을 찾아 걸었다.

방대하지만 기침 소리 하나 없이 조용한 종합자료실에서 민서는 신발 소리조차 내지 않고 그녀를 쫓았다. 마치 숨바꼭질을 하는 것처럼 그녀를 찾아다녔다.

그러나 이미 꼭꼭 숨어 버린 그녀는 좀처럼 모습을 드러내지 않았다. 마치 고양이를 피해 달아나는 쥐처럼 몸을 감추어 버렸다.

그렇게 쫓고 쫓기다 먼저 지쳐 버린 건 민서였다. 이러다간 도무지 잡을 수 있을 것 같지가 않았다.

걸음을 멈춘 민서가 한숨을 내쉬며 눈앞에 꽂혀 있는 제목도 모르는 책 두 권을 꺼냈다. 그리고 무인 대출기로 걸어가 책을 대출하고 종합자료실을 빠져나왔다.

집으로 돌아가지 않고 벽면에 몸을 기대고 선 민서는 그녀가 나오기를 기다렸다. 그리고 예상대로 어깨를 늘어뜨린 그녀가 종합자료실을 빠져나왔다.

터벅터벅.

아까 그 잽싼 걸음은 어디로 가고 그녀는 축 처진 어깨로 계단을 내려가며 한숨을 내쉬었다. 그런 그녀에게 성큼성큼 다가간 민서가 그녀의 팔목을 잡고 돌려세웠다.

"아!"

깜짝 놀란 두 눈이 휘둥그레지더니 민서를 보자마자 감탄사를 내뱉는 그녀. 마치 못 볼 것을 본 사람처럼 그녀가 민서의 눈길을 피하자 민서는 저도 모르게 인상을 쓰고 말았다.

"왜 훔쳐보는 거지?"

물음에 대답할 생각은 않고 애꿎은 입술을 깨물었다.

"관음증 있나?"

"아, 아니에요!"

화들짝 놀란 얼굴로 고개를 내젓는 그녀의 얼굴은 이미 새빨갛게 물들어 있었다. 노을처럼. 그게 또 민서의 마음을 흔들었다. 분명 그녀 때문에 짜증스러운 건 민서였는데 오히려 그가 그녀에게 몹쓸 짓을 저지른 것 같은 기분이었다.

"그럼 왜 스토커처럼 따라다니는 거야?"

그의 물음에 부정하지 못하고 묵비권을 행사하는 그녀를 뚫어지게 바라보며 물었다.

"이름."

대뜸 이름을 묻는 것이 당혹스러운지 큰 눈을 굴리는 그녀에게 다시 한 번 다그쳤다.

"이름이 뭐야?"

"정……유하요."

"몇 살?"

"열여덟이요."

모기만 한 소리로 대답하는 그녀를 보며 민서는 얼굴을 구겼다.

얼굴부터 이목을 끄는 여자. 아니 여자가 아니라 겨우 풋내나는 고등학생 주제에 예쁘다는 말로는 부족할 만큼 예뻤다. 맑은 눈망울에 오롯이 민서만을 담고 서 있는 그녀가 겨우 고삐리라는 사실이 못내 짜증스러워졌다.

"정유하, 고등학생이면 고등학생답게 공부나 하시지?"

남자답지 못하게 그녀에게 짜증을 풀어내며 민서는 냉정하게 일갈했다. 그리고 집으로 가기 위해 계단을 내려갔다.

쯧.

저도 모르게 혀를 차며 얼굴을 구겼다. 금세 눈물을 쏟을 것 같던 그녀의 눈망울.

알면서도 물어보았다. 혹시나 하는 마음에.

하지만 변하지 않은 열여덟. 애써 모른 척했지만 막냇동생과 나이가 같은 그녀에게 두근거리는 감정을 느낀다는 게 못마땅했다. 민서의 고무신이 되어 군대에 다녀올 때까지 기다리겠다는 동기들과 후배들을 두고 왜 하필 고등학생에게 이런 마음이 드는 건지.

도서관의 주 출입구를 나와 어둠이 스며드는 거리를 걷고 있던 민서는 다시 혀를 차며 돌부리를 걷어찼다.

타닥타닥, 돌이 벽을 치고 구르는 소리에 오버랩 되어 들려오는 발자국 소리, 그리고 숨을 헐떡이는 소리.

"잠시만요!"

뒤를 돌아보자 그곳에는 뛰어온 것인지 헐떡이며 숨을 몰아쉬는 정유하가 서 있었다. 민서와 눈이 마주치자마자 몸을 똑바로 세운 그녀가 나이를 말할 때처럼, 겨우 알아들을 수 있는 작은 목소리로 말했다.

"좋아해요."

그럼에도 불구하고 민서의 귀에 똑똑히 들려오는 고백.

또다시 노을처럼 얼굴을 붉힌 그녀가 이번에는 민서의 눈길을 피하지 않고 바라보았다. 민서의 말에 상처받고 울고 있을 줄 알았는데 이제 보니 꽤나 강단이 있었다.

눈이 마주칠 때마다, 새빨간 얼굴을 감출 때마다 설마설마했는데 언제 그녀의 마음에 민서가 오롯이 담겨 버린 것인지 용기 있게 고백을 해 왔다.

스물두 살, 곧 입대를 앞두고 있는 민서. 그런 그가 고삐리와의 연애라······.

피식, 웃음이 나와 버렸다. 아니, 웃을 가치조차 없었다. 대답할 가치도 없었다. 민서는 언제 웃었냐는 듯 표정을 지우고 뒤돌아섰다. 완벽한 무시였다.

"좋아한다고요!"

민서의 넓은 등에 또다시 날아든 고백. 그것은 아까의 작은 소리와는 비교가 되지 않았다. 천천히 뒤돌아섰다.

"그래서?"

그녀의 눈이 왕방울만 해졌다.

귀엽다.

고삐리 주제에 어쩌자고 이렇게 귀여운 걸까, 어쩌자고 숨까지 헐떡이며 뛰어와 고백을 하는 것일까. 어쩌자고······.

"오빠를 좋아하는 것 같아요. 오빠만 보면 심장이 미친 듯이 뛰고 숨을 쉴 수가 없어요."

목소리가 떨려 나왔다. 가슴에 꼭 모아 쥐고 있던 그녀의 손 역시 가늘게 떨리고 있었다.

그녀의 모든 것이 민서의 눈길을 사로잡았다. 젖비린내 나는 저 조막만 한 애가 민서의 가슴을 끊임없이 두드리고, 또 두드렸다. 마치 첫사랑을 앓는 고등학생으로 돌아간 것 같아 더욱 짜증스러워진 민서가 이번에는 더욱 냉정한 말을 던져 버렸다.

"이봐, 고삐리. 겨우 고등학생 주제에 공부할 생각은 않고 사랑 놀음이야? 그런 건 네 친구들이랑 해, 알았어?"

다시 가던 길을 갈 요량으로 몸을 돌리려 할 때였다.

"고등학생이라고 무시하지 마세요!"

"뭐?"

"고등학생도 충분히 사랑을 아는 나이라고요. 그러니까 애송이라고 무시하지 말아요."

이리저리 휘둘릴 것같이 생겨서는 제 할 말은 하는 그녀의 주먹 쥔 두 손이 바르르 떨렸다. 무시당한 것 같아 화가 난 것인지 격양된 그녀의 얼굴, 보면 볼수록 새롭고 마음이 가는 아이.

저 조그만 여고생이 가을바람처럼 민서를 흔든다.

낙엽처럼 우수수 떨어지는 마음이 불어오는 바람을 따라 그녀에게 가려는 것을 추스르며 민서는 말했다.

"난 6월이면 입대하는 사람이야. 그러니 괜한 사람 마음에 두지 말고 접어, 애송이."

격양된 그녀의 얼굴이 금세 하얗게 질렸다. 더 이상 대꾸하지 못하고 멍하니 민서를 바라보는 그녀를 두고 뒤돌아섰다.

이젠 정말 어쩌지 못하겠지.

왠지 작고 여린 꽃을 꺾은 것 같은 기분이었다. 뒤통수가 자꾸 따끔거렸지만 민서는 뒤돌아보지 않았다.

더 이상 그를 훔쳐보지 않았다. 도서관에 나타나지 않으니 그러고 싶어도 할 수가 없었다.

충동적인 고백이었다. 한없이 냉정한 시선과 말로 제 순정을 무시하는 것 같아 속이 상했다. 서늘하고 신비로운 분위기에 한눈에 반해 놓고 그 순간만큼은 그런 그가 미웠다. 그런데 곧 입대를 앞두고 있다는 말에 가슴이 무너지고 말았다.

이제 겨우 온전한 마음을 품었는데 떠난다니……. 야속하고, 서러웠다.

다이어리에 꽂아 놓은 확인증을 꺼내어 마치 그 사람인 것처럼 뚫어지게 바라보았다.

그가 무인 대출기에서 대출을 하고 나온 확인증을 휴지통에 버리고 나가는 것을 보고 휴지통을 뒤져 찾은 것이었다. 손바닥보다도 작은 종이 쪼가리를 유하는 제가 가진 그 어떤 것보다 소중하게 여기고 있었다. 구겨질까 코팅까지 해 둘 정도로.

서민서.

한없이 부드러운 그 이름을 그녀는 몇 번이고 부르고, 불러 보았다.

민서, 서민서, 민서야, 민서 오빠.

저도 모르게 까르르 솟아나는 웃음. 그러다가도 군대에 간다는 말이 떠오르면 시무룩해지는 그녀였다.

　피하는 걸까? 오늘도 끝내 나타나지 않는 민서를 기다리는 유하의 눈빛이 아련해졌다.

　그리고 기다림의 보상처럼 그는 일주일 만에 도서관에 나타났다. 아니, 도서관에서 볼일을 보고 정문으로 빠져나가는 그를 발견하고 놓치지 않기 위해 뛰어야만 했다.

　처음 고백했던 그 장소까지 가서야 가까스로 그를 따라잡을 수 있었다. 그리고 내내 하려고 담아 놓은 이야기를 꺼내어 놓았다.

　"오빠, 하아."

　그를 부르며 차오르는 숨을 크게 내쉬는 사이 길을 걷던 그가 돌아섰다.

　"기다릴게요."

　무심한 그의 눈길에도 만나면 꼭 하고 싶었던 말을 하고야 말았다. 이 한 마디를 하기 위해 일주일을 기다렸다. 덜덜 떨리는 두 손을 맞잡았다. 처음으로 마음에 품은 사람을 이대로 놓쳐 버리면 두고두고 후회할 것만 같아 용기를 내어 다시 고백을 했다.

　"그게 문제가 되는 거라면 기다릴 수 있다고요."

　그러나 돌아오는 건 콧방귀였다.

　"편지도 자주 할게요."

　무슨 말이라도 해 주었으면 좋겠는데 그는 또다시 표정 없이 서서 유하를 바라보기만 했다. 그러다 곧 애절한 그녀의 말에도 대답할 가치조차 없다는 듯 그는 등을 돌렸다.

완벽한 무시. 열여덟의 치기 어린 말이라고 생각하지 않기를 바랐는데 역시 그는 그렇게 생각하고 있는 것이 분명했다.

"무슨 말이든 한마디만 해 주고 가지, 진짜 너무해."

상처를 입었다. 하지만 포기하지 않았다.

삼 일 후, 다시 똑같은 장소.

이번에는 그녀가 고백을 하기도 전에 길을 걷던 그가 뒤돌아섰다. 그녀가 자신의 뒤를 밟고 있는 것을 이미 알고 있었다는 듯.

당황스러워 하려던 말을 잊고 서 있는 그녀에게 그가 말했다.

"언제까지 이럴 거야?"

나무라듯 묻는 물음에 대답 대신 고개를 흔드는 유하를 보며 그는 혀를 찼다.

"괜한 고집부리지 말고 가."

"고집을 부리는 게 아니에요. 정말 좋아한단 말이에요."

아니라고 했지만 유하는 결국 고집을 부리고 있었다. 내 마음을 알아 달라고.

"넌 정말 못 말리는 고삐리구나."

"맞아요, 전 못 말리는 고삐리예요. 오늘이 안 되면 내일, 내일이 안 되면 모레, 모레가 안 되면 그 모레도 다시 고백할 거예요."

상대조차 해 주지 않아 너무 서러운 마음에 절망적인 목소리로 중얼거렸다.

"애송이라고 해도 좋아요."

그는 말없이 고집을 부리는 그녀를 바라보고 서 있었다.

이번에도 무시하고 돌아서 가 버리겠지. 삼 일 전처럼.

그러나 그게 아니었다. 다가오고 있었다. 그녀의 생각과는 다르게 그는 유하를 향해 뚜벅뚜벅 걸어왔다. 심장이 철렁, 주저앉는 것만 같아 침을 꿀꺽 삼키고 말았다.

조금씩 거리를 좁혀 오던 그가 유하의 앞에 서더니 두 손으로 그녀의 얼굴을 잡았다. 한없이 커지는 그녀의 눈을 보고 피식 웃기까지 했다. 그가 얼굴을 내렸다. 순식간에.

그의 눈동자가 그녀의 눈앞에 있었다. 그의 코가 그녀의 코와 곧 맞닿을 것만 같았다.

"헉!"

더는 커질 수 없을 만큼 눈이 커졌다. 금방이라도 입술이 닿을 것만 같아 저도 모르게 숨을 멈추고 말았다.

"……"

금방이라도 닿을 것만 같은 그의 입술은 닿지 않았다. 정지한 듯 그 자세로 서로를 바라보고 있는 두 사람. 그는 입술을 내리는 대신 물었다. 얼음처럼 차가운 목소리로.

"키스, 처음이지?"

입술에 와 닿는 그의 입김, 눈을 깜박이는 걸 잊을 만큼 놀란 그녀에게 그는 다시 한 번 냉정한 말을 쏟아 냈다.

"이래서 너 같은 애송이는 안 된다는 거야. 난 귀찮은 건 딱 질색이거든."

그 말과 동시에 멀어졌다. 유하의 눈앞에 있던 그의 눈동자도,

맞닿을 것만 같던 코도, 입술에 와 닿는 그의 입김과 얼굴을 잡고 있던 커다란 손까지 순식간에 멀어져 버렸다.

정신이 돌아올 때까지 몇 분의 시간이 지났을까, 멍하게 그가 떠난 자리를 둘러보던 그녀가 급하게 몸을 움직이기 시작했다.

그녀를 떼어 내려고 했던 행동이라면 그의 계획은 실패였다. 오히려 그녀를 더욱 홀려 버렸다. 지금껏 누구에게도 느끼지 못했던 강인한 남자의 향기에 풍당 빠져 버렸다.

다행히 멀리 가지 못한 그는 두 손을 패딩 주머니에 넣은 채 골목길을 걷고 있었다.

뒷모습만으로도 가슴이 이렇게 뛰는데 그런 그를 어떻게 놓을 수 있을까. 절대 그럴 수는 없다.

"그래도, 그래도 좋아할 거예요!"

절망적인 목소리로 그녀는 끝내 울먹였다. 흐릿한 시야 사이로 돌아서는 그의 모습이 보였다. 못 말린다는 표정으로 얼굴을 구긴 채 그녀를 바라보고 있는 한 남자.

정말 못 말리는 애송이라고 생각하고 있겠지. 고집만 부리는 귀찮은 아이로 생각하고 있겠지. 그렇다고 해도 할 수 없는 일이다.

이번에는 유하가 그의 앞으로 뚜벅뚜벅 걸어갔다. 거리를 좁힌 그녀가 까치발을 하고 서서 그의 얼굴을 두 손으로 부여잡고는 얼굴을 들이밀었다. 아까 그가 그랬던 것처럼. 하지만 민서처럼 코앞에서 멈추지 않았다. 그리하여 부딪친 두 입술.

부드럽고 감미로운 첫 키스가 아니었다. 그저 맞닿은 그의 입술에 제 입술을 대고 있을 뿐이었다. 이것이야말로 아무것도 모르는 열여덟이기에 가능한 치기 어린 짓이었다.

"너, 너는……."

탄식 섞인 그의 한숨이 유하의 입술에 쏟아졌다.

"하……!"

아, 질려 버렸구나.

이미 일을 저질러 놓고 뒤늦게야 두려움이 몰려들었다. 그러나 차가운 입술로 냉정한 말을 쏟아 낼 것 같은 그는 아무런 말이 없었다. 미간을 모으고 눈썹을 삐딱하게 세운 채 그녀를 바라보기만 했다. 서로가 서로를 뚫어지게 바라본 채 두 사람은 잠시 그렇게 서 있었다.

"후."

입술이 떨어질 듯 말 듯 한 가운데 한숨을 쏟아 낸 그가 갑자기 그녀의 어깨를, 허리를 잡고 끌어당겼다.

"네가 먼저 시작한 거야."

곧 뜨거운 그의 입술이 유하의 입술을 삼켰다.

민서's story

다짜고짜 얼굴을 잡고 입술을 부딪친 채로 눈만 깜박이고 서 있는 그녀 때문에 민서는 기가 막혔다. 대책 없는 고삐리라는 건 지난 며칠 사이 알아 버렸지만 이렇게까지 충동적으로 나올 줄은 몰랐다. 그러나 그 충동을 부추긴 건 바로 민서였다.

키스랍시고 입술을 부딪쳐 놓고 눈도 감지 않은 채 제 눈동자를 바라보는 그녀를 떼어 내야 한다는 걸 알면서도 머리보다 몸이 먼저 움직였다.

"네가 먼저 시작한 거야."

은은하게 퍼져 오는 그녀의 향기에 홀린 듯 민서는 유하의 어깨를, 허리를 잡고 끌어당겼다. 그리고 그녀의 먹음직스런 입술을 단번에 삼켜 버렸다.

도톰하고 빨간 아랫입술을 먼저 입속에 넣자 움찔, 몸을 떠는 그녀를 더욱 단단히 안았다. 두려움에 물든 눈동자를 보면서도 멈추지 않았다. 멈출 수가 없었다. 어떻게 입술까지도 이렇게 향기로울 수 있을까.

이미 이 순간 민서는 그녀가 고삐리라는 것도, 미성년이라는 것도 잊어버렸다.

두근두근, 두근두근.

요동치는 그녀의 심장 소리가 민서의 가슴으로 전해졌다. 쉴 새 없이 질주하는 민서의 심장박동 소리 또한 그녀에게 전해질 테지.

부드러운 윗입술까지 빨아들인 민서는 그녀의 입술 사이로 혀를 밀어 넣었다. 깜짝 놀란 그녀의 몸 전체가 바르르 떨리자 민서의 몸까지 덩달아 떨렸다. 그러나 결코 밀어내지 않았다. 다만 눈가에 주름이 질 정도로 눈을 꼭 감아 버리는 그녀.

키스가 처음이라는 걸 대번에 알아 버린 그는 척추를 타고 올라오는 강한 쾌감에 젖어 두려움에 이를 닫아 버린 그녀를 달랬다. 치아를, 잇몸을 핥으며 그녀가 열어 주기만을 기다렸다.

"아!"

아프지 않게 아랫입술을 자근자근 물었을 때야 이가 벌어졌다. 닫히기 전에 이 사이를 파고든 민서의 혀가 도망가는 그녀의 혀를 잡아 얽었다.

"으, 으음."

그의 혀가 그녀의 입안으로 고스란히 들어가자마자 거부하듯 민서를 밀어내는 그녀의 손을 꼭 잡았다. 서툰 움직임이 민서를 더욱 자극하고 있었다. 시작은 그녀가 했을지 몰라도 **빠져든** 건 민서였다.

솜사탕보다 더 부드럽고, 달콤한 그녀를 이대로 먹어 버리고 픈 충동. 제어가 안 될 만큼 온 신경이 곤두서 버렸다. 너무 보드라워서 안타까운 그녀의 혀를 놓아줄 수가 없었다. 그러나 그녀는 아직 고등학생이다. 그걸 깨달은 민서의 입술이 가까스로 떨어져 나갔다.

그녀의 입술은 물론이고 입가에 남아 있는 민서의 타액. 그것 또한 자극적이라 눈을 뗄 수가 없었다. 주머니에 있는 손수건을 꺼내 타액이 번진 입술과 입가를 닦아 주었을 때야 그녀는 감고 있는 눈을 뜨고 민서를 바라보았다.

두려움과, 떨림, 그리고 혼란. 그것들이 섞여 마구 흔들리는 눈동자에 느껴지는 죄책감.

그녀가 이대로 달아날 것만 같아 불안해진 건 민서였다. 노을처럼 발갛게 물든 얼굴을 숙이며 입술을 깨무는 그녀가 후회하고 있는 것만 같아 짐승처럼 키스하고야 만 자신이 못내 원망스러웠다.

도대체 어쩌자고 입술 박치기에 홀라당 넘어가 버렸을까. 아찔해진 민서에게 그녀가 고개를 들며 말했다.

"허락…… 하는 거죠?"

하!

수줍은 표정으로 물어 오는 그녀 때문에 저도 모르게 웃음이 나오고야 말았다.

"넌 정말 못 말리는 고삐리야."

"그래도…… 좋아요."

막무가내로 제 마음을 알아 달라고 조르는 그녀를 더는 밀어낼 수 없다는 것을 알아 버린 민서가 한숨을 내쉬며 제 앞머리를 쓸어 올렸다.

그를 바라보며 꿋꿋하게 서 있던 유하에게 먼저 흔들렸던 건 민서였다. 덜 여문 고등학생이라는 이유로 한눈에 제 마음에 들어와 버린 유하를 밀어내려고만 했다. 그러나 더 이상은 무리였다.

이제 더는 정유하를 거부하지 못할 것 같다. 더는 제 마음을 숨기지 못할 것 같다. 밀어내도 밀리지 않으면 당겨 안을 수밖에.

"그래, 어디 한번 해보자."

겨우 입대를 다섯 달 남겨 놓고 어린 그녀와 연애놀음을 하겠다는 자신이 우스워서 저도 모르게 허탈하게 웃어 버렸다.

그런 민서를 보며 그녀가 활짝 웃었다. 웃음이 그녀의 얼굴을 더욱 빛나게 만든다는 걸 깨달으며 민서는 이미 가슴에 콕 박혀 버린 정유하를 보며 한숨을 삼켰다.

6장. 그녀에게 스며들다

여기까지 찾아온 그의 마음을 알아 버렸다.

'또다시 흔들리고 싶지 않은데 이렇게 돼 버렸어. 그래서 흔들리는 대로, 그대로 두기로 했어, 난.'

그를 다시 만나고 유하 역시 끊임없이 흔들리고 있었다는 걸 읊조리는 그의 말로 깨달아 버렸다. 흔들어 대는 바람으로 가까스로 나무에 매달려 있던 낙엽이 떨어지듯이 그동안 그를 향한 감정을 뚝뚝 흘려 대고 있었다는 걸.

'하, 여전히 갖고 싶다, 널.'

그의 말에 당황스러우면서도 왜 기쁜 걸까. 그건 아마 서로가 같은 생각을 하고 있기 때문이라는 것 또한 알아 버렸다.

십일 년 전 그때처럼 그가 보고 싶었다. 그리웠다. 그때와 다르다는 걸 알면서도 마음이 자꾸만 그를 향해 달려가고 있었다.

잃어버린 용기가 솟구쳤다.

무모하게 덤벼든 열여덟의 첫 키스처럼 유하는 이번에도 민서의 허리를 잡은 손에 힘을 바짝 주며 까치발을 들었다. 그리고 그의 입술을 머금었다.

열여덟, 치기 어린 마음에 처박는 듯 입술만 갖다 대던 키스가 아니었다.

입술이 부딪히자마자 천천히 입술을 열었다. 그리고 민서의 아랫입술을 머금었다. 촉촉한 혀를 내밀어 그의 입술을 그리자 타액으로 젖어 들어 더욱 부드러워졌다. 그 입술을 감질나게 빨아들였다. 아랫입술을 놓자마자 윗입술 또한 그렇게 촉촉하게 적셔 주었다. 봄비처럼, 처음 그가 유하에게 키스했을 때처럼.

문화의 거리에서 민서가 안겨 준 폭풍우 같은 키스는 아니었지만 서툰 그녀의 움직임은 해일이 되어 민서를 덮치기에 충분했다.

드디어 민서가 입술을 열었다. 그와 동시에 유하의 입술을 삼켜 버린 그가 그녀의 입안을 마구 휘젓기 시작했다. 그러나 벽에 딱 붙어 있는 그녀의 뒤통수 덕에 더 깊이 파고들 수가 없었다.

민서는 그녀의 허리를 잡고 있던 손을 올려 그녀의 뒤통수를 붙잡은 채 잡아당겼다. 공간을 확보하자마자 그녀의 목을 뒤로

꺾어 각도를 달리하고 들어온 그의 혀가 유하의 입안 깊은 곳까지 열정적으로 탐했다. 마치 그대로 집어삼킬 듯한 키스에 그녀는 몸을 떨며 그의 목에 매달렸다.

이젠 빗소리조차 들리지 않았다.

춥춥춥.

서로를 허락한 두 사람의 키스 소리가 빗소리에 화음을 넣고 있다는 걸 모른 채 둘은 서로를 탐했다. 깊어지는 키스에 그녀의 입가가 온통 타액으로 젖어 있었지만 개의치 않았다. 다만 서로를 더욱 깊이 느끼길 원했다. 숨이 막힐 만큼 뜨겁게, 몰아치는 폭풍우처럼 그렇게.

"하아, 하아."

입술이 떨어지자마자 숨을 몰아쉬는 그녀와 달리 그는 허리를 끌어안으며 그녀의 목덜미에 얼굴을 묻었다. 그리고 귓가에 뜨거운 숨결을 뱉으며 말했다.

"이번에도 시작한 건 너야."

간질거림과 두려움, 기대로 물들어 버린 그녀의 몸이 민서를 더욱 세게 끌어안았다.

민서의 말대로 불씨에 기름을 끼얹은 건 그녀였다. 부끄러움을 느낄 새도 없이 이 순간 자신을 열망하는 이 사람을 놓쳐서는 안 된다는 판단이 퍼뜩 들었다. 가장 솔직하게 그에게 다가가고 싶었다. 이제 정유하는 열여덟이 아닌 스물아홉, 수줍음과 망설임은 없었다.

그녀의 허벅지를 당겨 가볍게 유하를 안고 선 민서가 움직이기 시작했다. 걸을 때마다 그녀의 중심에 느껴지는 그의 것. 마치 금방이라도 옷을 뚫고 들어올 것처럼 기세등등한 그것에 당황스러운 것도 잠시였다. 두렵지만 결코 피하고 싶지 않았다. 그이기에, 서민서이기에 내일 당장 후회하더라도 갖고 싶었다.

안방 문이 열렸다. 이미 어둠에 적응한 민서의 눈에 들어온 싱글 침대.

민서는 그녀를 안은 채 침대에 앉았다. 더욱 적나라하게 느껴지는 그의 것이 옷을 뚫고 들어올 것만 같아 그녀는 저도 모르게 무릎으로 침대를 짚으며 몸을 올렸다.

"네가…… 꼴도 보기 싫을 만큼 미웠는데 도대체 무슨 마법을 부린 거야? 말해 봐, 정유하."

그에게 미움을 받는 건 끔찍이 싫은데 아무런 말도 할 수가 없어 그의 목에 감고 있던 팔에 더욱 힘을 주었다.

"이게 어떤 감정인지 알 수 없어도……."

민서답지 않게 말끝을 흐렸다.

사랑? 그따윈 모르겠다.

다만 그녀가 미치도록 가지고 싶었다. 울면서 매달리는 모습을 보고 싶었다. 더 이상 사랑에 매달리는 철부지가 아닌데 성백원에서 그녀를 다시 만난 이후로 순간순간마다 정유하가 떠올랐다. 날이 갈수록 그녀에 대한 열망이 가슴 가득 차올랐다.

가만히 그의 목에 매달린 그녀의 얼굴을 잡은 그가 유하의 눈동자를 똑바로 바라보며 말했다.

"가져야겠다."

그녀는 홀린 듯 민서를 바라보았다.

원하고 있다. 그가 나를, 내가 그를.

"오⋯⋯빠."

오래전 그를 부르던 그녀의 속삭임이 저도 모르게 튀어나와 버렸다.

"하, 유하야."

그가 다정하게 불러 주는 이름. 눈물이 날 만큼 달콤한 그의 한 마디를 얼마나 절박하게 원했던가.

"난 멈출 생각 없어."

멈출 수 있는 건 지금뿐이라는 걸 모를 정도로 숙맥은 아니었다. 그녀는 대답 대신 고개를 끄덕이며 천천히 그에게로 내려앉았다.

다시 옷과 옷 사이로 꿈틀거리는 그의 욕망이 허벅지 사이에 비벼졌다. 이번에는 그것을, 그의 눈을 피하지 않고 오롯이 받아들였다.

욕망이 번진 눈빛으로 그녀를 바라보던 민서가 그녀가 입고 있던 면 원피스를 머리 위로 벗겨 냈다. 세게 움켜쥐면 바스락 부서질 것처럼 가는 그녀의 상체가 고스란히 드러났다. 이미 머릿속은 비워진 지 오래, 잠시 떨어진 입술이 다시 맞붙었다.

한 손으로 유하의 어깨를 움켜쥔 채 남은 손으로 제 와이셔츠를 벗은 민서의 손이 그녀의 벗은 등을 쓸어내렸다. 아직 마르지 않은 촉촉한 긴 머리카락을 함께 쓸어내리다 가냘픈 허리를 지나 겨드랑이로 올라왔다. 그리고 면 브래지어를 한 그녀의 가슴을 움켜쥐었다.

"아아!"

그의 어깨를 잡고 있던 손에 바짝 힘이 들어가면서 그녀는 저도 모르게 신음했다. 그러나 아무 일도 없었다는 듯 브래지어를 벗겨 낸 민첩한 민서의 손이 그녀의 맨가슴을 움켜쥐었다. 그의 손안에서 소리 없이 일그러지는 가슴. 이번에는 숨을 헐떡이고 말았다.

"하아."

"넌…… 가슴도 이렇게 예뻤구나."

감탄이 섞인, 낮은 그의 목소리가 방 안이 아니라 유하의 가슴에서 울렸다. 부끄러움으로 빨갛게 물든 얼굴로 그녀는 민서를 꼭 껴안고 말았다.

달래듯 다시 등을 쓰다듬는 그의 손길이 그녀의 얼굴 쪽으로 다가와 긴 머리를 쓸어내렸다. 그건 몸이 아닌 마음을 달래는 다정하고도 부드러운 손길, 십일 년 만에 느낀 그 정다운 손길에 눈물이 날 것만 같았다.

잠시 후, 그녀를 안고 민서가 천천히 일어났다. 고스란히 그녀의 무게를 감당한 채로 키스를 하던 그가 그녀를 천천히 침대에 눕혔다. 체온이 닿지 않은 서늘한 이불과 공기가 그녀를 바르르 떨게 만들었다.

"떨지 마."

떨고 있는 그녀를 내려다보며 민서는 벨트를 풀고 바지를 벗었다. 어둠 속에서 하얗게 빛나는 그녀의 나신에서 눈을 떼지 않은 채. 그런 그의 시선을 견딜 수가 없어 그녀는 부푼 입술을 깨물었다.

곧 서늘함에 몸을 떠는 그녀에게 민서가 다가왔다. 뜨거운 그의 체온이 그녀의 서늘한 몸과 맞붙자마자 금세 온몸이 따뜻해졌다.

그녀의 입술에 내려앉았던 그의 입술이 뺨을 타고 귀로 내려와 뜨거운 숨결을 뿜어내며 핥았다. 까슬한 턱이 그녀의 보드라운 뺨을 스치며 빨간 자국을 냈다. 귓불을 물고 붉은 혀를 내밀어 할짝할짝 핥아 내려가자 차마 눈을 뜨지 못하고 감긴 그녀의 속눈썹이 파르르 떨렸다. 발가락이 절로 오므라드는 느낌과 함께 그녀에게 찾아온 간지러움과 짜릿함.

"하아."

유하는 저도 모르게 고개를 저으며 헐떡이고 말았다. 그녀의 신음에 탄력받은 그의 입술이 잘근잘근 씹고 있던 귓불을 지나 목을 타고 내려와 그녀의 향기를 마음껏 들이마셨다.

은은하고 달콤한 그녀의 향기는 처음 만나는 순간부터 그를 유혹했다. 참았던 인내가 바닥나고 있었다. 그는 말랑말랑하고 세상 무엇보다 부드러운 가슴을 손에 쥐고 흔적을 내듯 목을 지나 쇄골을, 가슴을 핥아 댔다.

그건 다른 곳을 핥을 때와는 또 다른 느낌이었다. 그가 가슴을 움켜잡고 유두를 빨아 대자 온몸에 힘이 바짝 들어가면서 느껴지는 야릇함에 그녀가 몸을 떨었다.

그는 얼굴만큼이나 예쁜 가슴을 핥으며 팬티 속에 손을 넣어 그녀의 엉덩이를 쓸었다. 아이처럼 작고 탄력적인 엉덩이는 가슴만큼이나 예쁘고 말랑말랑했다. 엉덩이를 반죽 주무르듯 주무르면서 거치적거리는 팬티를 벗겨 내 버렸다.

움찔, 그녀의 몸이 떨려 왔지만 밀어내지는 않았다. 가슴을 빨던 입술을 떼고 그녀를 돌려 엎드리게 했다. 곧장 그녀를 누를 것처럼 위로 올라가 똑같이 엎드린 민서가 그녀의 등에도 흔적을 내듯 입술로 찍기 시작했다.

"너를 그렇게나 미워했는데…… 더 이상 미워할 수 없을 만큼……."

"아, 아파!"

말랑말랑한 엉덩이를 입술로 핥고 깨물자 그녀가 처음으로 반항을 시작했다. 하지만 민서는 봐주지 않았다. 귀여운 엉덩이를 깨물며 그녀의 배 아래로 손을 넣어 허벅지 사이의 길을 파고들었다.

"예뻐."

"아아!"

손가락이 검은 수풀 아래 숨은 클리토리스를 문질렀다. 낯선 감각에 몸부림치며 엉덩이를 들어 올리려 했으나 위에서 누르고 있는 민서 때문에 달아날 수가 없는 그녀는 속절없이 신음만 흘렸다.

손가락이 조금 더 아래로 내려갔다. 두 장의 꽃잎을 누르고, 벌리고, 다시 벌어진 그곳을 문지르는 손가락 때문에 계속해서 흘러나오는 신음, 부끄러움에 얼굴을 베개에 묻어 버렸다.

"우린 인연일까, 우연일까?"

손가락이 좁은 질 안으로 진입을 시작하면서 민서의 몸이 그녀의 몸 위에 포개졌다. 그리고 엉덩이 사이로 그의 욕망이 금방이라도 뚫고 들어올 기세로 내리눌렀다. 앞으로는 그의 손가락에, 뒤로는 그의 욕망에 꼼짝없이 갇혀 버린 그녀가 꿈틀거릴 수있는 것이라고는 손가락과 발가락뿐이었다. 기다란 손가락이 들어와 내벽을 문지르며 휘젓기 시작하는데 반항을 할 수가 없는그녀는 손가락과 발가락을 오므리며 몸을 떨었다.

"하아악."

손가락이 커다란 원을 그리고 빠져나가자 참지 못하고 결국고개를 든 그녀가 허공에 신음을 뱉어 냈다. 그녀의 몸을 빠져나온 손가락을 타고 애액이 흘러내렸다.

그가 다시 그녀를 뒤집었다. 다시 부딪힌 눈길.

"아무래도 좋아."

"……오빠."

"인연이든 우연이든 내가 너를 다시 만났으니까."

낮게 속삭이는 그의 목소리는 지나치게 관능적이었다. 거부할수 없도록 만드는 마법을 속삭이는 것만 같았다.

속삭임을 멈추고 그녀의 입술에 키스를 하던 민서가 만개한꽃처럼 열린 그녀의 몸으로 들어올 준비를 했다. 제 손으로 남성을 잡고 그녀의 클리토리스에 문질렀다.

"아웃."

손으로 만져 주는 것과는 또 다른 느낌에 그녀는 민서의 가슴을 밀며 몸을 뒤틀었다. 입술이 떨어졌다. 그녀가 거칠어진 호흡에 신음하며 당황스러운 듯 몸을 떨었다. 하지만 그만둘 생각이 없는 듯 그는 뜨거운 눈동자로 그녀를 내려다보며 살살 달래듯 다시 그곳을 문지르며 그녀를 안달 나게 만들었다.

"그, 그만."

자극적인 움직임에 괴로운 숨을 토해 내는 그녀의 부탁에도 그는 들어줄 생각이 없는지 그 움직임을 멈추지 않았다.

"하아, 싫어."

예민해질 대로 예민해진 그녀가 곧 울음을 터트릴 것처럼 고개를 저었다. 민서는 부드러운 그녀의 입술을 핥으며 그녀를 달랬다.

"아까 말했어야지."

그녀의 입술에 입술을 대고 속삭이는 그는 무척이나 자극적이었다. 욕망에 부푼 남성이 이젠 그녀의 입구를 툭툭 건드리며 문질렀다.

"이젠 늦었어."

말과 동시에 그녀의 입술 안으로 자신의 혀를 밀어 넣은 민서가 그녀에게 들어오기 시작했다. 천천히 파고들기 시작하자 바르르 떨리며 굳어지는 그녀의 몸. 들어왔던 것처럼 민서는 천천히 엉덩이를 물렸다. 그러자 민서의 어깨를 쥐고 있던 그녀의 손에서 힘이 빠지는 것이 느껴졌다. 그 순간 한 번에 쑥, 그녀의 질 안으로 파고들었다.

"허억."

깊은 삽입과 함께 크게 떠는 그녀의 몸을 붙잡으며 민서는 움직임을 멈추었다.

마치 심장을 찔린 것처럼 숨이 탁, 멈추면서 사고를 멈춰 버린 그녀가 눈과 입을 크게 뜨고 민서를 바라보았다. 그가 입술을 놓아주며 고개를 들었다.

민서의 입술에 누구의 것인지 모를 타액이 실처럼 길게 딸려 올라왔다. 흔들리는 눈동자에 담겨 있는 그녀의 고통.

민서는 저도 모르게 혀를 차며 그녀의 목덜미에 얼굴을 묻으며 말했다.

"멈추지 않겠다고 말했지, 그러니 참아 봐."

아파도 봐주지 않겠다는 냉정한 말. 그러나 말과는 다르게 쑥, 들어가 그녀에게 박힌 남성을 움직이지 않은 채 그는 입술을, 손가락을 바삐 움직였다. 그녀의 귓불을 깨물고, 젖가슴을 주무르고 빨았다.

가슴과 귓불을 자극하는데 그가 박혀 있는 곳에 점점 뜨거운 것이 울컥울컥 차오르는 것만 같은 이상한 기분이었다. 그런데 가슴에서 내려온 손가락이 다시 클리토리스를 자극하는 순간 그녀가 그의 어깨를 잡고 온몸에 힘을 주었다.

"하윽."

처음 입을 맞추었을 때처럼, 그녀가 처음이라는 걸 몸소 느낀 민서는 날뛰는 욕망과 싸우며 그녀가 열리기를 기다렸다. 그런데 그녀의 입구는 활짝 열렸다가도 이내 또 조여 왔다. 힘들게 들어와 몸이 열리기를 기다렸는데 그녀는 더욱 민서를 조이고 있었다.

이대로 하늘로 치솟을 것 같은 느낌. 하지만 아직은 아니다. 그녀를 더욱 느끼고 싶다, 조금만 더.

자극을 하던 손길을 떼어 낸 민서가 그녀를 꼭 끌어안고 허리를 높이 쳐들었다. 빠져나가는 줄로만 알았는데 그의 남성이 다시금 빠른 속도로 밀려들었다.

"하앗, 하웃."

갑작스러운 움직임에 놀라 저도 모르게 두 손을 민서의 목에 감은 그녀가 탁탁탁 하체를 부딪쳐 오는 소리와 함께 신음을 높이기 시작했다.

삽입 때만큼은 아니지만 여전히 고통스러웠다. 그러나 그가 눈앞에 있다는 사실이, 아직도 자신을 원한다는 사실이 모든 걸 참아 내게 만들었다. 그 마음과 함께 닫혀 있던 그녀의 몸이 열렸다. 눈물을 머금은 말간 눈으로 그녀는 민서를 올려다보았다.

"유하야, 정유하."

감동적일 만큼 황홀한 기분에 휩싸여 쉴 새 없이 몸을 움직이는 민서가 한숨처럼 그녀를 불렀다. 도무지 놓아주지 않고 조이기만 하는 그녀의 깊은 여성 속을 드나들며 더 깊이 들어가기 위해 그녀의 엉덩이를 잡아 올리기까지 하고 있었다.

"하앗!"

"윽."

드디어 그녀의 몸 안에 깊이 뿌리를 박으며 그는 사정했다. 신음과 함께 깊은 만족감을 느끼며 민서는 그녀의 입술을 찾았다. 그리고 사정없이 빨아들이며 게걸스럽게 탐닉했다.

절대 놓아주지 못할 소유욕을 느끼며 내리는 비처럼 민서가
그녀에게 스며들었다.

끊임없이 내리는 빗소리가 이제야 귀에 들어왔다. 정사의 향
으로 가득 채워진 방의 좁은 싱글 침대에 누워 두 사람은 서로
를 안은 채 잠시 그 소리를 들었다.

"말해 봐, 내게 왜 그랬는지."

그녀를 품에 안은 채 머리를 쓸어내리던 민서가 물었다.

감옥 같은 군대에서 매일 생각했다. 때론 그립다가 때로는 미
친 듯이 그녀가 미워져 이를 악물어야 했다. 제대를 하고는 순
간순간 그녀가 생각났다. 그녀가 즐겨 듣던 노래가 나올 때마
다, 의자에 앉아 발을 달랑달랑 흔들어 대는 누군가의 모습을
볼 때마다, 학원에서 우르르 쏟아져 나오는 여학생들을 볼 때마
다……

술이라도 마시는 날이면 저도 모르게 그녀가 살던 집 앞을 걷
고 있었다. 저도 모르게 그녀의 집 전화번호를 누르고 있었다.
더 이상 그녀의 집이 아닌데, 더 이상 그녀의 집 전화번호가 아
닌데 무의미한 그 짓을 휴가를 나올 때마다, 제대를 하고 나서도
반복하고 있었다.

어쩌자고 고등학생을 마음에 품었을까, 기다리겠다는 순정을
믿었을까, 순간순간 후회를 했다.

버려졌는데, 말 한 마디 없이 잔인하게 그를 떠났는데 보고

싶었다, 그녀가.

순간순간이 지옥이었다.

묻고 싶었다. 다시 만나게 된다면 왜 자취도 없이 사라져 버렸느냐고, 좋아한다고, 기다린다고 할 때는 언제고 군대에 가자마자 잔인하게 버렸느냐고 그녀에게 묻고 싶었다.

긴 세월을 지나 십일 년이 지난 지금에야 그는 물을 수 있었다.

가만히 그의 품에 안긴 그녀가 입을 열었다.

"은성고는 남녀공학이지만 합반은 아니었어요."

"알고 있어."

낮게 읊조리는 그의 대꾸에 유하는 아주 오래전의 기억을 펼쳐 보았다.

고등학교 2학년, 새 학기가 시작되고 두 달이 채 되지 않았던 봄날이었다. 그 해 유하에게 찾아온 봄은 민서가 함께라서 더욱 설레고 싱그러웠다.

어느 날, 유하의 반이었던 2학년 6반에 조회가 끝나자마자 남학생들이 우르르 들어왔다. 국악이라 불리는 남학생들의 담임선생님과 함께.

국어 악질마녀의 줄임말인 국악은 젊은 선생님임에도 체벌을 주는 선생님으로 유명했다. 이미 유하의 담임과 약속을 해 두었는지 국악은 당당하게 그들을 끌고 교실로 들어왔다. 금세 교실이 웅성웅성해졌다.

"자, 조용!"

담임이 탁자를 탁탁 내려치자 순식간에 교실이 조용해졌다.

이런 일은 간혹 있곤 했다. 숙제를 하지 않은 남학생들을 여학생 반으로 데려와 민망함으로 벌을 주는 국악 특단의 처벌이 가끔 행해졌기 때문이었다.

그날 들어온 남학생은 총 여섯 명, 모두 국악의 반인 2학년 1반 학생들이었다. 그런데 놀랍게도 그중에 모범생이라 불리는 이성재도 함께였다. 착한 훈남 이미지인 이성재가 숙제를 하지 않아 여기까지 왔다는 게 믿기지 않는 듯 여학생들의 시선은 이성재를 향해 있었다.

"자, 약속대로 여기서 읊어라. 현민이부터."

국악이 제일 왼쪽에 있는 남학생을 지명했다. 그러자 부끄러운지 얼굴을 붉히며 뒤통수를 벅벅 긁던 커다란 덩치의 남학생이 교탁 앞으로 나왔다.

"달, 달하 노……피곰 다다샤 어……긔야 머, 머리곰 비취오시라. 어그야 어, 어강됴리."

정읍사였다. 아마 중요해서 외우라고 낸 숙제를 하지 못한 여섯 명이 결국 여기까지 오게 된 것이리라.

현민이라는 남학생이 새빨갛게 얼굴을 붉힌 채 더듬더듬 정읍사를 외우는 소리를 들으며 여학생들은 풉, 하고 웃음을 터트렸다. 그에 더욱 불타오르는 남학생의 얼굴이 안쓰러울 지경이었다.

"다음."

차례로 정읍사를 외우는 남학생들 중 가장 마지막으로 여학생들의 우상이라는 이성재가 교탁 앞에 섰다.

잘생기기도 했고, 늘 반장을 도맡아 하는 그는 신사적이라고 소문이 나서 1학년은 물론 3학년 선배까지 그를 향해 러브레터를 날리곤 했다. 이성재가 몇 시에 등교를 하는지 알 정도로 그가 교문 앞에 나타났다 하면 여학생들이 창문가에 달라붙어 환호를 하곤 했다.

그런 성재를 향해 학생뿐 아니라 두 선생님의 관심 어린 눈길이 쏟아졌다. 전혀 떨리지 않는지 그는 당당한 표정으로 교탁 앞에 서자마자 유하가 있는 쪽을 향해 씩, 웃기까지 했다.

"달하 노피곰 다다샤 어긔야 머리곰 비취오시라. 어그야 어강됴리 아으 다롱디리. 져재 녀러신고요. 어긔야 즌 데를 드드욜셰라. 어그야 어강됴리 어느이다 노코시라. 어그야 내 가논 데 졈 그랄셰라. 어그야 어강됴리 어으 다롱디리."

다른 남학생들과 달리 더듬거리지도 않았다. 한 번에 죽 외우고 싱긋 웃는 그를 보며 여학생들은 박수까지 치며 환호했다.

"야, 이성재. 넌 여기 왜 왔냐?"

"고새 창피당하지 않으려고 외웠냐?"

매끄럽게 정읍사를 읊은 그를 보며 담임과 국악이 차례로 물었다. 성재가 능청스럽게 대답했다.

"아닙니다. 정읍사를 다 외우지 못해서 여기까지 온 게 아니라 여기에 오고 싶어서 정읍사를 외우지 않았습니다."

"뭐? 왜!"

국악이 기가 막힌 표정으로 물었다.

"정유하 보려고요."

"뭐, 이 자식이!"

얼굴을 구기는 국악, 그리고 서서히 일그러져 가는 여학생들의 얼굴.

조금 전까지만 해도 환호하던 여학생들이 유하와 성재를 번갈아 바라보며 수군거리기 시작했다. 당혹스러운 건 오직 유하뿐이었다. 모든 시선이 자신에게로 집중되는 이 순간이 낯설고 당황스럽기만 했다.

피식 웃던 담임이 물었다.

"그래, 유하 얼굴 보니까 어때?"

"좋습니다."

그러자 여학생 모두 우, 하며 비난의 목소리를 높였다. 유하는 처음 나와서 정읍사를 읊던 남학생보다 더 붉은 얼굴을 손으로 가리며 고개를 떨구었다. 비난에도 개의치 않는 듯 싱긋 웃는 성재는 한마디를 더 덧붙였다.

"정유하, 친하게 지내자."

고개를 떨군 유하를 바라보며 개구쟁이 초등학생처럼 말하는 성재 때문에 마치 제 일인 양 여학생들 몇몇의 얼굴이 붉게 물들었다.

"야, 이성재! 숙제 안 해 와서 창피 주려고 끌고 왔더니 누가 여기서 연애하라고 했어, 엉? 당장 교실로 돌아가."

"네, 선생님."

국악의 신경질적인 소리에도 씩 웃으며 성재는 함께 온 남학생들을 인솔해 교실을 빠져나갔다.

그 후 유하는 유명 인사가 되어 버렸다. 전혀 뜻하지 않게.

그와 더불어 여학생들의 공공의 적이 되어 버린 유하.

설레던 봄날에 먹구름이 드리워졌다.

7장. 어린 사랑

책장에 꽂혀 있는 책 사이의 조그마한 틈, 그 틈으로 느껴지는 시선에 눈을 들자 역시 아무도 없었다. 민서는 읽고 있던 책으로 얼굴을 가리며 픽, 웃고 말았다. 하는 짓이 영락없는 고등학생이다.

웃음을 지운 민서가 책을 내리자마자 반대편 책장과 책 사이로 그를 훔쳐보고 있는 유하의 얼굴이 보였다. 그와 눈이 마주치자마자 붉게 물든 얼굴로 그녀는 방긋 웃었다. 그 웃음에 물든 민서의 얼굴에도 미소가 번졌다.

이리 와.

손을 들어 검지를 까딱였다. 그러자 여전히 웃으며 도리질 치는 그녀. 부끄러워서 하고 싶은 말도 겨우 하던 정유하가 사귀기 시작한 지 석 달이 지났다고 이젠 장난까지 친다. 좋아한다며 입

118

술 박치기를 할 땐 언제고 이젠 밀당까지 달려 주시는 유하는 민서의 해맑은 고삐리 연인이었다.

모른 척 책을 제자리에 두고 자료실을 빠져나왔다. 타닥타닥, 예상대로 등 뒤에서 발걸음 소리가 들려왔다.

"오빠, 어디 가요?"

"집."

"왜요?"

"배고파."

금세 시무룩하게 울상을 짓는 그녀. 민서의 말을 듣지 않은 것을 후회하며 속으로 제 발등을 찍고 있을 그녀를 두고 그는 모른 척 돌아섰다. 그러나 그의 발걸음을 따라 걷는 유하.

"왜, 할 말 있어?"

"데려다줄게요."

함께 있고 싶다고 솔직하게 말하지 못하는 그녀가 민서의 걸음을 따라 멈추고는 씩 웃었다. 그에 아랑곳 않고 민서는 다시 걸었다.

도착한 곳은 패밀리 레스토랑 앞, 집에 간다던 그가 그곳에서 발걸음을 멈추자 유하는 의아한 표정으로 그를 바라보았다. 민서는 말없이 손을 내밀어 그녀의 가방을 벗겨 냈다. 그리고 제 어깨에 걸었다.

오라고 할 때 진즉 왔다면 처음부터 이랬을 것을.

동그란 눈을 뜨고 민서를 올려다보던 그녀가 이제 상황을 눈치챈 것인지 이내 환한 웃음을 지었다. 그리고 그녀의 가방을 메고 앞서가는 그를 냉큼 따라갔다.

그닥 말이 많지 않은 그의 앞에서 유하는 참새처럼 재잘거렸다. 보기엔 냉정한 것 같아도 민서는 그녀의 앞에 나온 스테이크를 가져가 잘라 주는 세심하고 다정한 연인이었다. 그를 알면 알수록 유하는 더욱 깊이 빠져들고 있었다. 헤어 나오지 못하는 늪처럼.

"있잖아요, 정말 기쁜 일이 생겼어요."

또 무슨 말을 하려고 흥분한 표정을 짓는 것인지 민서는 그녀의 다음 말을 기다렸다.

"저 내년에 동생이 생긴대요."

"뭐?"

스테이크를 자르다 말고 그녀를 힐끗 보자 고삐리 주제에 동생이 생긴다는 것이 그렇게 기쁜지 환한 웃음을 가득 머금고 있었다.

"놀랍지 않아요?"

"전혀."

"오빠 너무 감정이 없어요."

투덜거리다 말고 금세 표정을 바꾼 그녀가 다시 물었다.

"아, 동생이 둘이나 있다고 했죠? 전 혼자 자라서 언니나 동생이 있는 친구들이 무척 부러웠다고요. 그런데 어제 부모님께서 갑자기 할 말이 있다고 하시더니 제게 동생이 생긴다는 거예요! 깜짝 놀랐어요. 너무 기대되는 거 있죠."

민서였다면 이 나이에 동생이 생긴다는 말에 부끄러워서 숨겼을 일을 그녀는 기쁘게 받아들이고 있었다. 생긴 것답지 않게 꾸밈없이 맑아서 더 마음이 가는 아이, 아직 때 묻지 않은 순수함은 그를 늘 설레게 만들었다.

"사랑 방식도 유전일까요?"

잘라 준 스테이크를 먹으려다 말고 뜬금없는 소리까지.

"제가 오빠에게 한눈에 반한 것처럼 우리 부모님도 대학교 때 한눈에 반해서 결혼을 했대요. 아니, 저부터 먼저 낳은 거래요."

그 말을 하면서 킥킥 웃는 그녀를 보며 민서 역시 웃어 버렸다.

첫눈에 반해 버린 사랑.

정말 사랑 방식도 유전이 되는 것일까?

대학교 2학년이었던 유하의 엄마 세현과 막 제대를 한 유하의 아빠 은호는 축제에서 우연히 만나 불같은 사랑을 시작했다.

그러나 뜻하지 않은 임신. 두 사람은 집안의 반대에도 불구하고 아이를 포기하지 않았다. 결국 집과 인연을 끊어 버리고 가출을 감행한 세현은 은호의 집에서 그의 보살핌을 받으며 치대를 다녔다. 그 때문에 은호는 휴학계를 내고 닥치는 대로 일을 해서 세현의 등록금을 벌었고 생활비를, 병원비를 감당했다. 그리고 유하가 태어났다.

세현은 학교를 다니며 과외를 했고 은호는 세현이 올 때까지 유하를 돌보다가 저녁에 할 수 있는 아르바이트를 하며 어렵게 가정을 꾸려 갔다.

세현이 치과 의사로 취직을 하면서 형편이 나아졌을 때야 둘

째를 가지려고 했지만 임신이 되지 않아 결국 포기하고 만 두 사람이었다.

그런데 유하가 열여덟이 되어서야 뜻하지 않게 동생을 보게 된 것이었다. 세현의 나이 이제 마흔하나, 둘째를 낳기에 늦은 나이는 아니었다.

스테이크를 먹으면서 가족사에 대해 종알종알거리는 유하 때문에 도무지 지루할 틈이 없었다.

"아무래도 교회를 다녀야 할까 봐요."

"교회는 왜?"

"멋진 남자 친구에 귀여운 동생까지 생기는 축복이 생겼는데 교회라도 다녀야 당연하다고 생각할 것 같아서요."

레스토랑을 나와 손을 잡고 걸어가는 길, 그녀의 엉뚱한 말에 또 웃음이 나와 버렸다. 말도 많고 웃음도 많은 정유하와 있다 보면 어느 순간 저도 모르게 웃고 있었다.

걸음을 멈춘 그녀가 웃고 있는 민서를 빤히 바라보았다.

"왜?"

"그거 알아요? 늘 표정 없이 제 말만 듣고 있던 오빠가 가끔 이렇게 웃어 주면 심장이 폭주하는 것만 같아요. 너무 설레어서."

"그럼 네 심장이 폭주하는 일이 없도록 웃지 않아야겠네."

장난스런 민서의 말에 화들짝 커지는 눈, 놀려 먹는 재미가 쏠쏠해서 금세 시무룩해지는 걸 모른 척해 버렸다.

"늦었다, 얼른 들어가."

아직 고등학생인 유하를 일찍 들여보내야 하는 민서의 마음을 알지 못하는 그녀가 입을 쑥 내밀었다.

그 새빨간 입술을 쭉 당겨 보고, 또 이로 잘근잘근 물면서 뜨겁게 키스하고 싶은 마음을 그녀는 알지 못하겠지.

"조금만, 조금만 더 있으면 안 돼요?"

"벌써 늦었어."

그의 속도 모르고 유하는 저만 이렇게 애가 타는 것 같아 속이 상했다. 갑자기 축 처진 그녀의 어깨에 민서가 혀를 찼다.

"아무리 생각해 봐도 오빠의 어디가, 어떻게 좋은지 딱히 떠오르는 게 없어요."

그 말에 민서는 심장이 툭 떨어지는 것만 같았다.

얘가 또 무슨 말을 하려는 걸까? 좋아한다고 따라다니며 고백할 때는 언제고 딱히 좋은 데가 없다니? 그래서 어쩌자는 걸까?

"하고많은 사람 중에 단 한 사람 서민서가 좋아요. 이유 없이 그냥 좋아요. 서민서의 머리끝부터 발끝까지, 서민서라는 이름까지도 그저 좋아요."

하! 심장을 들었다 났다 하는 이 고삐리를 정말 어쩌면 좋단 말인가. 정말이지 저 빨간 입술을 한입에 삼켜 버리고 싶은 마음이 굴뚝같았다.

하지만 그녀는 아직 미성년이었다. 먼저 입술을 부딪쳐 온 그녀를 뿌리치지 못하고 첫 키스를 해 버리고 말았지만 그날 이후 더 이상의 키스는 없었다. 아직 미성년인 그녀에게 키스를 하는 것은 금기를 범하는 것만 같아 민서는 늘 인내해야 했다.

"그러니까 가끔은 저를 위해 웃어 주세요."

안도의 한숨을 내쉬는 민서가 천천히 그녀를 품에 안았다. 이렇게나 귀엽고, 예쁜 그녀를 볼 때마다 안고 싶고, 키스하고 싶은데 그럴 수 없어 답답하고 갑갑하다는 걸 그녀는 정녕 모르겠지.

"휴. 내가 미쳤지, 새파랗게 어린 너랑 뭘 하겠다고."

그녀의 머리에 턱을 괴고 한숨을 쉬는 민서를 그녀가 꽉 안았다. 놓아주지 않을 것처럼. 그의 숨소리를 들으며 그녀는 시간이 그저 이렇게 멈추면 좋겠다고 생각했다.

열여덟, 스물둘. 어린 사랑은 수줍게 꽃을 피우고 있었다.

그러나 주어진 시간은 다섯 달, 그사이 겨울방학과 봄방학이 지나고 3월의 가운데에 와 있었다. 벌써 석 달이 훅 달아나 버린 것이다.

봄이 시작되면서 더욱 가슴 설레고, 떠나보내야 하는 걸 알기에 더욱 애틋한 사랑.

어린 사랑은 영원할 줄만 알았다. 그러나 성재의 고백 이후 유하에게 쏟아지던 관심과 시기, 질투는 그 영원할 것만 같았던 사랑을 망쳐 놓았다.

은성고의 건물 동쪽은 남학생 반으로 1반부터 5반까지, 서쪽은 5반부터 10반까지 여학생 반으로 이루어져 있었다. 남녀 합반도 아니고 학생 수가 많다 보니 같은 반이 아니거나 대표를 맡고 있지 않으면 같은 학교 학생이라도 모르는 경우가 많았다.

남학생과 여학생이 함께 쓰는 곳이라고는 중앙 계단이나 지하에 있는 음악실, 미술실 정도였다.

고교 입학 때부터 이미 여학생들의 우상, 성재의 존재를 알고 있던 유하와 달리 성재가 유하의 존재를 알게 된 것은 2학년 때 음악실에서가 처음이었다.

음악 선생님답지 않게 피아노 치는 것을 유독 싫어하는 음악 선생님은 반주를 학생들에게 시키곤 했는데 2학년 음악 수업 첫 날, 유하가 반주자로 지목을 당했다. 1학년 때도 반주를 도맡아 했다는 이유였다. 그래서 음악 수업이 끝난 후 쉬는 시간을 이용해 다음 수업을 위한 곡을 연습해 보았다.

그땐 6반 수업이 끝나고 바로 1반의 음악 수업이 있다는 걸 알지 못했다. 그래서 피아노를 치다가 등 뒤로 남학생들의 말소리가 들렸을 때는 크게 당황하고 말았다.

유하 말고는 온통 남학생들뿐인 음악실.

당황한 나머지 유하는 새빨갛게 얼굴을 물들인 채 음악 책을 들고 일어섰다.

"네가 이번에 반주자로 걸렸구나."

그녀가 피아노 의자 사이로 빠져나오려는데 그 사이를 막아서 던 성재. 그것이 성재와의 첫 대면이었다.

성재의 말에 대꾸 없이 얼굴을 붉힌 채 음악실을 빠져나온 이후로 화요일 5교시 음악 수업이 끝나고 교실로 돌아갈 때면 수업을 하러 내려오는 성재와 꼭 마주치곤 했다. 성재가 유하에게 알은척을 하며 웃어 줄 때면 유하 역시 작은 웃음으로 인사를 대신했다.

단지 그뿐이었다. 친구들과 선생님 앞에서 성재가 유하에게 고백할 줄은 몰랐다.

게다가 이미 유하의 마음에는 커다란 산처럼 민서가 우뚝 자리하고 있었다. 유하는 그저 민서와 오랜 시간을 함께할 수 있는 주말을 손꼽아 기다리는, 그러다 입대할 민서만 떠올리면 저도 모르게 눈물을 뚝뚝 흘리고야 마는 여고생일 뿐이었다.

그런 유하의 마음과는 다르게 무수한 러브레터와 고백을 단 한 번도 받아 주지 않던 성재가 유하를 마음에 품었다는 사실에 어린 여고생들이 느꼈을 시기심, 배신감, 질투.

수업이 끝나고 화장실을 가거나 급식을 먹을 때면 낯선 시선들이 어느새 공공의 적이 되어 버린 유하를 괴롭혔다.

"쟤가 이성재가 찍은 정유하래."

"헐."

수군거림은 가끔 도를 지나쳐 그녀의 귀에 들려오기도 했다. 그러나 무시할 수 있었던 건 유하의 관심사는 오직 민서이기 때문이었다.

시간이 흐를수록 겁이 나는 건 따돌림이 아니라 민서와의 이별이었다. 헤어지는 게 아니라 단지 떨어져 있을 뿐인데 겁이 났다. 두려웠다. 철없이 기다리겠다고, 편지를 하겠다고 큰소리쳐 놓고는 그의 얼굴을 몇 년간 볼 수 없다는 것, 만날 수도, 목소리를 들을 수도 없다는 것이 두려워졌다.

그 날도 점심시간 종이 울리자마자 급식도 마다하고 공중전화로 뛰어갔다.

최근 계속해서 점심을 굶어 가며 전화를 해 대는 유하를 꾸짖으며 민서는 그녀가 학원이 끝나는 시간에 맞춰 학원 앞으로 가겠다고 했다. 그 한마디로 우울했던 기분을 지워 버린 유하는 환하게 웃으며 전화를 끊었다.

"정유하."

누군가 유하를 부르는 소리에 교실로 향하던 유하의 발걸음이 멈췄다. 동시에 웃음도 지워졌다.

성재였다.

"친하게 지내자고 했더니 왜 피하냐?"

마치 그전부터 친하게 지낸 사이처럼 성재는 싱긋 웃으며 유하를 향해 걸어오고 있었다.

정읍사 일 이후 일부러 성재와 마주치지 않으려고 음악 수업에 최대한 늦게 가고 중앙계단은 절대 이용하지 않았었다. 그러나 눈치 없는 이성재가 또다시 유하를 찾아왔다.

"커피 마실래?"

손에 쥐고 있던 캔커피를 내미는 성재에게 유하는 대답 대신 고개를 흔들었다. 성재의 일방적인 감정을 거부하는 것처럼.

좋아한다고 했다면 정확하게 잘라 냈을 것이다. 하지만 친하게 지내고 싶다는 그의 두루뭉술한 말이 문제였다. 친하게 지내자고 하는데 너랑 친하게 지내기 싫다는 초딩스러운 말을 내뱉는 건 상황에 맞지 않다고 생각했다. 그래서 다른 말을 꺼내기로 마음먹은 유하가 입을 열었다.

"나, 남자······."

"성순아!"

남자 친구가 있다는 말을 꺼내려는데 누군가 성순을 부르며 성재에게 다가왔다. 기가 막힌 타이밍이었다. 이미 두 사람 다 소리가 들린 곳을 향해 고개를 돌리고 있었다.

긴 생머리를 나풀거리며 뛰어오는 사람은 옆 반 반장 민영이었다. 민영과 매일 붙어 다니는 이조희는 빠른 걸음으로 다가와 성재와 유하의 앞에 섰다.

"여기서 뭐 해?"

"어, 민철이."

성재를 향해 방긋 웃으며 인사를 건네는 그녀가 성재와 유하를 번갈아 바라보았다.

대외적인 활동이 많은 반장들은 남녀를 불문하고 스스럼없이 어울리는 경우가 많았는데 왜 성순이라 부르고 성재에게 다가온 것일까?

서로가 서로의 이름을 달리 부르며 인사하는 두 사람을 유하는 의아한 표정으로 바라보았다. 후에야 친한 두 사람이 여학생과 제법 잘 어울리는 성재에게는 성순이라는 별명을, 오빠들 사이에서 자라 남자처럼 털털한 민영에게는 민철이란 별명을 지어 부른다는 것을 알게 되었다.

"오, 캔커피네. 나 줘."

"네 거 아니야."

"그래도 줘. 안 그래도 커피가 고팠어."

스스럼없이 대화하는 두 사람, 그리고 민영이 손을 잡은 채 유하를 쏘아보는 조희. 그들 가운데 이방인이 된 것 같아 유하는 조희의 시선을 피하며 인사도 없이 빠져나왔다.

"안 돼."

"줘."

"유하 거야."

그 말과 함께 소리 없이 달아나는 유하를 부르는 성재.

"어! 정유하!"

유하는 못 들은 척 교실로 종종걸음을 쳤다.

"아까 무슨 말 하려던 거야? 기다려!"

"캔커피 내놓고 가."

그녀를 따라가려는 성재를 막은 민영과 조희 덕분에 유하는 겨우 교실로 돌아올 수 있었다. 그러나 점심시간이 끝나 가기 직전, 민영은 조희와 함께 유하를 찾아왔다.

"성재가 너 갖다 주래."

그 말과 동시에 유하의 책상에 내려놓은 캔커피. 아까 성재가 들고 있던 것이었다.

"너 마셔."

커피가 고프다는 민영의 말이 생각나 유하는 그녀에게 캔커피를 내밀었다. 그러나 받지 않은 채 캔커피를 뚫어져라 바라보고 있는 민영이었다.

"너, 은근 재수 없다."

고개를 든 민영이 설핏 웃으며 유하에게 말했다.

유하는 단지 먹고 싶다던 민영에게 그것을 주려고 했을 뿐이었다. 그러나 웃음을 지운 민영은 상처받은 얼굴로 유하를 바라보았다.

아, 그녀가 성재를 좋아하는구나.

그제야 유하의 얼굴에 당황함과 미안함이 서렸다.

"캔커피 하나 가지고 꼴값은, 가자."

옆에서 두 사람을 지켜보고 있던 조희가 쌀쌀맞은 말을 뱉고서는 민영의 손을 끌고 교실을 빠져나갔다. 또다시 술렁이는 교실에서 유하만이 난감한 표정으로 그들의 뒷모습을 바라보았다.

학교생활도, 민서와의 연애도 아슬아슬 줄타기를 하고 있는 것만 같았다.

"학교에서 무슨 일 있었어?"

학원 앞에 온 민서와 손을 잡고 유하의 집으로 걸어가는 길, 근심 가득한 유하의 얼굴을 보며 민서가 물었다.

교실이 아닌 다른 곳으로 움직일 때마다 느껴지는 수군거림. 스트레스였다. 그러나 더욱 큰 스트레스는 민서가 떠난다는 것이었다. 그를 믿고 의지했다, 생각보다 더 많이. 그런 그가 곁에 없으면 어떻게 해야 하나. 자꾸 우울해져 가는 마음을 어찌할 수가 없었다.

이제 일주일, 일주일 후면 그는 떠난다. 그런 그에게 근심을 끼치고 싶지 않아 고개를 흔들었다.

"아뇨, 그것보다 입대하는 날 따라가면 안 돼요?"

"안 돼!"

생각조차 하지 않고 끊어 버리는 민서. 야속한 남자.

무작정 꺼낸 말인데 뱉고 보니 정말 따라가고 싶어졌다.

함께 가고 싶은 마음은 굴뚝같지만 학교를 빠질 수도 없는 노릇이고 민서와의 교제 사실을 모르는 부모님께 거짓말을 할 수는 없는 일이었다. 유하는 처음으로 미성년자라는 사실이 절망스러웠다.

"대신 매일 집까지 데려다줄게."

혼자 애태우는 그녀를 향해 민서는 선심 썼다는 듯 빙긋 웃었다. 잘 웃지 않는 남자, 서민서. 그가 유하를 향해 웃을 때면 세상이 환하게 빛나는 것만 같았다. 유하의 등대가 되어 언제 어디서든지 그가 그녀를 부를 것만 같았다. 유하는 잡고 있던 민서의 손을 더욱 꼭 잡았다. 영원히 놓지 않을 것처럼.

허나 재깍재깍, 시간은 흐르고 있었다. 그리고 그들에게 잠시간 이별의 시간이 와 버렸다.

친구들과 술을 마시다 부랴부랴 달려온 그는 처음으로 흐트러진 모습이었다. 그 모습조차 세상 누구보다 멋져 보였다.

두 사람은 서로의 손을 잡고 천천히 걸었다. 집은 너무 가까웠다. 영원히 이 밤이 끝나지 않기를, 함께 걷는 이 발걸음이 멈추지 않기를 바랐다.

집 앞에 도착했지만 놓지 못하고, 놓아주지 못하는 두 사람은 아쉬움에 놀이터를 서성였다. 놀이터를 몇 바퀴 돌았는데도 꼭 잡은 손은 떨어지지 않았다.

결국 돌아가지 못하고, 돌려보내지 못하는 두 사람이 그네에 앉았다. 마지막은 이렇게나 아쉬운 거였다.

"편지 자주 할게요."

"그래."

"답장 꼭 해 주세요."

"그래."

"매일매일 제 생각 해 주세요."

"그래."

"서랍엔 꼭 제 사진 걸어 놓기예요."

"그래."

"휴가 날짜 나오면 제일 먼저 저한테 알려 주기예요."

"그래."

유하는 원하는 모든 것들을 말하기 시작했고 민서는 그래, 로 일관했다. 그렇지만 그가 모든 걸 들어주리라는 걸 알고 있었다. 냉정하게 보여도 다정한 사람이니까. 정유하가 사랑하는 서민서 는 그런 사람이니까.

"기다릴게요."

"그래."

"사랑해요."

그는 더 이상 그래, 하고 대답하지 않았다. 타고 있던 그네를 멈추고 자신을 바라보는 그녀를 뚫어지게 바라보았다. 느리게 움직이던 그의 그네가 멈추었다.

그는 전혀 아무렇지 않은 줄 알았는데 그의 눈동자에도 유하 와 똑같은 안타까움과 슬픔이 담겨 있었다. 좀처럼 감정을 드러내지 않는 그가 감정을 보일 때면 진심을 그대로 보는 것 같아 더욱 가슴이 떨리곤 했다.

"사랑해요, 오빠. 기다리고 있을 테니까 잘 다녀와요."

끝내 울음 섞인 말을 뱉으며 유하는 웃었다. 그러나 민서는 함께 웃어 주지 않았다. 불같이 뜨거운 눈동자로 그녀를 뚫어질 것처럼 바라보았다. 아무 말 없이.

그녀의 눈에서 눈물방울이 또르르 흘러내렸다. 순간 그가 유하가 앉아 있던 그네를 끌어당겼다. 두 사람의 거리가 더욱 가까워졌다. 잡고 있지 않으면 그대로 멀어져 갈 그네 대신 유하의 다리에 제 다리를 감은 민서가 그녀의 목덜미를 잡아당겼다. 마치 하늘을 솟구쳐 오르는 새처럼 빠른 손길로. 그리고 입술이 겹쳐졌다.

불같은 그의 키스. 첫 키스처럼 민서는 열정적으로 유하의 입술을 탐했다. 아랫입술을 질근거리며 빨아 대다 다짜고짜 입술 사이로 혀를 집어넣고는 어루만지고 쓸어 내기 시작했다.

첫 키스 이후 그녀의 이마에, 볼에, 입술에 다정하게 뽀뽀만 해 주고 돌아서던 민서가 오늘은 폭풍우 같은 키스로 유하의 정신을 혼미하게 만들었다.

이대로 시간이 멈추었으면……. 열정적인 그의 키스를 서툴게 따라가며 그녀는 놓아주지 않을 것처럼 민서의 옷자락을 꽉 움켜잡았다. 흐르는 시간이 야속하기만 했다.

"울지 마."

민서는 떠날 때까지 기다려 달라는 말도, 사랑한다는 말도 하지 않았다. 울지 말라는 단 한마디, 그리고 마지막 선물.

촉. 유하의 이마에 살포시 내려앉은 입술의 온기를 두고 그는 떠났다. 그러나 말하지 않아도 알 수 있었다. 그녀의 목에 걸어 준 목걸이와 그가 쓰던 휴대전화는 민서가 하지 못하는 말들을 대신 간직하고 있었다.

내일도 학원 앞에서 그녀를 기다리고 있을 것만 같은 민서는 그렇게 떠났다.

그의 말대로 울지 않았다. 잠을 자는 듯 마는 듯 하고 등교를 했지만 수업은 전혀 귀에 들어오지 않았다. 창백하게 질려 멍하니 앉아 있는 유하를 보고 담임은 보건실에 가기를 권했고 유하는 그 말에 따라 보건실 신세를 져 버렸다.

지금쯤 머리를 깎고 있을까? 훈련소에 도착했을까?

결국 따라가지 못한 것이 후회가 되어 저도 모르게 눈물이 주르르 흘러내렸다. 그러다 울지 말라는 그의 말이 떠올라 그가 걸어 준 목걸이에 걸린 반지와 함께 휴대전화를 꼭 쥐고 애써 눈물을 참았다.

그와 함께 있을 때는 순식간에 흘러가던 시간이 지금은 왜 이렇게 더디게만 흐르는지……. 애가 타서 또 입술을 꼭 깨물어 버렸다.

그러는 사이 거짓말처럼 손에 쥐고 있던 휴대전화가 진동을 했다.

윙, 윙.

베드에서 벌떡 일어나 앉은 유하가 떨리는 손으로 휴대전화

버튼을 눌렀다. 입안이 다 말라 버려 침이 넘어가지 않아 갈라진 목소리로 그녀는 조심스럽게 말했다.

"여……보세요."

―나야.

민서의 목소리에 가슴이 울컥했다. 아침은 든든하게 먹었냐고, 기분은 어떠냐고 묻고 싶은데, 묻고 싶은 게 너무 많은데, 울컥거리는 가슴 때문에 어떤 것도 물을 수가 없어 답답했다. 그저 눈물만 툭툭 떨어져 내렸다.

―또 울고 있었지?

그의 물음에 그녀는 입만 벙긋거리며 아니라고, 고개를 흔들 뿐이었다.

―울지 마.

마치 그녀의 앞에 있는 것처럼 민서는 말했다.

―아침은 먹고 왔어?

"네."

다정하게 물어 오는 민서를 위해 그녀는 퍽퍽 가슴을 치다 겨우 대답을 했다.

―점심 굶지 말고 꼭꼭 먹고.

"네."

―유하야.

전화기 사이로 안타까운 한숨과 함께 그가 유하를 불렀다. 한 없는 다정함으로 그녀의 이름을 부르고 있었다.

―편지 할게.

"흑, 네……."

울음이 터져 나와 겨우 대답을 했다.

—답장 꼭 해.

"네."

—매일매일 내 생각 해.

"흑, 흑. 알았어요."

마치 그가 앞에 있는 것처럼 고개를 끄덕였다.

—잊지 않고 네가 준 사진 걸어 놓을게.

"네."

—휴가 나오면 제일 먼저 고삐리 정유하한테 달려갈게.

"꼭!"

설핏 그의 웃음소리가 들려왔다. 그는 역시 그녀가 한 말들을 고스란히 기억하고 있었다. 그가 작게 웃고 있는 모습을 떠올리며 함께 미소를 지었다. 눈물을 뚝뚝 흘리며 웃었다. 붉게 물든 얼굴, 흘러내리는 눈물, 그와 함께 웃으려고 늘어뜨린 입술.

두 사람은 서로를 마주 보고 있는 것처럼 말없이 웃었다.

드르륵, 보건실의 문이 열렸다.

그러나 그녀는 누군가 문을 열고 들어오고 있다는 사실을 알지 못했다. 다만 민서의 작은 웃음을, 울려 퍼지는 숨결을 느끼고 있었다.

—이제 들어가야 해.

"흑."

—내가 열심히 훈련받고 있을 때, 너는 열심히 공부하면 돼.

"네."

웃고 있던 그녀의 얼굴이 일그러졌다.

―유하야.

위로를 하듯 다정하게 그녀의 이름을 불러 주는 민서 때문에 울컥, 울컥 더 쏟아지는 눈물.

―유하야.

"네."

―사랑한다.

"으앙."

끝내 해 주지 않을 것만 같았던 말을 그가 달콤하게 속삭여 주었다. 여태껏 단 한 번도 해 주지 않은 그 말을.

그녀는 끝내 목 놓아 울어 버렸다.

"사……랑, 우욱……해요."

눈물과 함께 쏟아 낸 고백.

전화가 끊기자마자 유하는 무너져 내렸다.

8장. 가혹한 운명

그저 슬퍼하고, 울고 있을 수만은 없었다.

'내가 열심히 훈련받고 있을 때, 너는 열심히 공부하면 돼.'

민서가 떠난 지 이제 이틀, 그의 말을 생각하며 힘을 낸 유하는 민서가 없는 날을 이겨 내려고 애를 썼다. 그러나 이미 유하는 공공의 적이 되어 버린 상태였다.

1학년 때 친했던 친구와 같은 반이 되지 못하고, 학기 초에 성재의 정읍사 사건이 일어나면서 쉽게 친구를 사귈 수 없었던 유하는 늘 혼자였다. 그렇다고 대놓고 유하를 따돌리지는 않았다. 부러움과 질투 어린 시선, 가끔 선후배들의 따가운 눈총과 뒷담화. 그런 것들을 무시하고 유하는 학교생활을 해 나갔다. 겉

138

보기엔 평온한 일상이었다.

그 날도 보충수업이 끝나고 학원에 가기 전에 화장실을 다녀오는 길이었다.

"정유하."

터벅터벅 복도를 걷고 있는데 마침 계단을 오르고 있던 민영이 유하를 불렀다.

"마침 잘 만났네. 너네 담임선생님이 미술실로 오라고 전해 달래."

"어? 어, 고마워."

얼떨결에 고맙다고 인사하는 그녀에게 민영은 쌩긋 웃더니 그 대로 지나쳐 갔다. 상처받은 얼굴을 하고 유하를 보던 민영이 쌩긋 웃어 주는 게 고마워서 저도 모르게 웃어 버렸다.

곧바로 지하의 미술실에 내려간 유하는 미술 선생님인 담임을 기다렸다. 심부름을 시킬 게 있어 불렀나 보다, 생각을 하며 흐트러진 책상과 의자를 정리했다. 가끔 청소를 시키거나 심부름을 시킬 때가 있었기에 지저분한 미술실을 대충 정리해 놓고 시계를 보자 벌써 영어 학원 수업까지 시간이 간당간당하게 남아 있었다.

혹시 잊어버리신 건가?

고개를 갸웃거리던 그녀가 교무실에 가기 위해 미술실 문을 열었다.

"어?"

이상하다. 내가 잘못 열었나?

아무런 의심 없이 다시 손잡이를 잡고 돌렸다.

찰칵찰칵.

열리지 않는 문의 손잡이를 몇 번이고 돌려 보았지만 굳게 닫혀 있는 문. 그제야 뭔가 잘못됐다는 생각과 함께 머리카락이 쭈뼛 섰다.

찰칵찰칵, 찰칵찰칵, 찰칵찰칵.

손잡이를 돌리는 횟수가 잦아질수록 두려움과 공포도 잦아졌다. 급기야 식은땀이 흘러내렸다.

고장일까, 아니 그럴 리가 없었다. 문을 열고 미술실에 들어올 때까지만 해도 문은 전혀 이상이 없었다. 그렇다면 왜 문은 열리지 않는 걸까?

오만 가지 생각이 스쳐 갔다. 결국 문을 두드리기 시작했다.

탕탕탕!

"여기 사람 있어요! 문 좀 열어 주세요!"

문을 두드리며 소리쳤다. 그러나 주위에 아무도 없는 것인지 돌아오는 건 침묵뿐이었다.

갇혀 버렸다. 손잡이를 잡고 있던 그녀의 손이 덜덜덜 떨려 왔다.

미술실 문을 밖에서 누군가 잠그지 않고서야 문이 열리지 않을 리가 없었다. 그 생각과 함께 퍼뜩 민영의 얼굴이 떠올랐다.

'마침 잘 만났네. 너네 담임선생님이 미술실로 오라고 전해 달래.'

생긋 웃던 민영일까? 민영은 왜 나에게 이런 짓을 저질렀을
까?

'너, 은근 재수 없다.'

성재가 준 캔커피를 마시라고 내밀었을 때 상처받은 얼굴로
유하를 빤히 바라보던 민영. 고작 그런 이유로 미술실에 가둬 버
린 걸까? 아니, 그럴 리 없다. 민영이 성재를 좋아한다고 해도
차마 그렇게까지 하진 않을 것이다.

침착하려고 애썼지만 침착할 수가 없었다. 다시 문을 두드렸
다. 돌아오는 건 여전히 침묵. 몰려드는 두려움에 눈물이 후드득
떨어졌다.

어린 시절, 비가 내리던 오후였다.

낮잠을 자는 유하를 두고 은호가 잠시 쓰레기를 버리러 간 사
이 잠에서 깨어난 적이 있었다. 눈을 비비며 아빠를 찾았지만 집
안 어디에도 은호의 모습은 보이지 않았다. 다만 깜깜한 어둠에
잠긴 집 안에 비가 후드득 떨어지는 소리만이 들려왔다.

어린 유하는 왈칵 울음을 터트렸다. 처음 느낀 막연한 두려움
과 공포에 은호를 찾아 대며 밖으로 뛰쳐나갔다. 장대비에 온몸
이 젖는 줄도 모르고 굳게 닫힌 대문을 흔들며 아빠를 불렀다.

쓰레기를 버리고 돌아오던 은호가 울음소리를 듣고 곧장 달려
와 안아 주었지만 그 이후, 화장실조차 혼자 갈 수 없었다. 커

가면서 점점 나아지긴 했지만 유난히 겁이 많은 유하였다.

"도와주세요! 사람이 갇혔어요!"

이를 악물고 다시 문을 두드리며 평정심을 잃지 않으려고 애썼다. 혹시 담임이 올 수도 있는 일이고, 지하에 있던 누군가가 듣고 열어 줄 수도 있다는 생각에 끊임없이 문을 두드리고 소리쳤다. 손이 너무 아파 발로 문을 차면서 열어 달라고 외쳤다. 그러나 돌아오는 건 역시 침묵뿐이었다.

한 시간도 채 되지 않아 지쳐 버린 그녀가 미술실 문에 기대어 섰다. 악을 쓰며 문을 두드린 덕분에 이마를 타고 흘러내린 땀과 눈물로 얼룩진 얼굴은 이미 엉망이 되어 있었다.

그러나 그런 건 안중에도 없었다. 단지 혼자 갇혀 버렸다는 것, 어쩌면 이곳에서 영원히 빠져나갈 수 없을지도 모른다는 불안감이 밀려올 뿐이었다.

저도 모르게 고개를 들어 창문을 찾았다. 하지만 지하이기 때문에 창문이 있을 리가 없었다. 창문 대신 눈에 들어온 석고상. 그들이 빤히 유하를 노려보고 있었다. 마치 유령처럼 유하에게 다가오는 것만 같았다.

은성고의 학교 괴담은 늘 지하실에 위치한 음악실과 미술실에서 시작되었다. 매일 밤마다 미술실에서 슥삭슥삭 작은 소리가 나곤 하는데 그 소리가 학교에서 사고로 죽은 한 영혼이 학교를 떠나지 못하고 크로키를 하는 소리라고 했다. 가끔은 피아노 소리가 울려 퍼지곤 한다는 음악실은 미술실의 바로 옆에 있었다.

소름이 끼쳤다. 생각하지 않으려 해도 자꾸만 떠오르는 학교

괴담들이 생각나자 유하는 다시 문을 두드렸다.

"살려 주세요, 살려 주세요! 제발 꺼내 주세요."

미친 듯이 문을 두드리고, 발로 차고, 급기야 손톱으로 문을 긁어내렸다.

"여기 사람이 갇혔다고요!"

손톱이 부러지고 깨져도 아픈 줄 모르고 긁고, 두드리고, 발로 찼다. 온몸으로 문을 밀었다. 몸이 아픈 것보다 무서움과 두려움이 더 고통스러웠다.

"흐윽, 나한테…… 왜 이래……."

끝내 열리지 않는 문에 기대어 서서히 무너지는 그녀가 울부짖었다. 목이 쉬어 쇳소리를 내면서 꺽꺽 울었다.

누군가에게 피해를 준 적 없었다. 해코지를 하거나 물건을 훔친 적도 없었다. 그런데 왜 이런 일이 나에게 일어난 것일까.

도무지 믿을 수가 없어 괴로웠다.

차단기를 내려 버린 것인지 어둠이 내린 미술실에는 유하가 가까스로 문을 두드리는 소리와 울음소리, 커다란 괘종시계가 재깍재깍 돌아가는 소리만이 안을 가득 채웠다.

어째서 아무도 오지 않는 걸까, 왜 나를 찾아 주지 않는 걸까.

정각에 맞춰 시계가 둥둥둥 울릴 때마다 등줄기가 서늘해지면서 흘러내리는 식은땀, 그때마다 누군가 유하를 지켜보고 있는 것만 같은 끔찍함에 몸이 덜덜덜 떨려 왔다. 온몸이 아파 왔지만 문을 두드리는 것을 멈추지 않았다. 그렇게라도 하지 않으면 공포에 미친 정신병자가 될 것만 같았다.

"너무해, 어떻게 이렇게까지…… 흑."

끝내 열리지 않는 문 앞에서 민영에게 쌓여 가는 원망.

차라리 시간이 빨리 흘렀으면 좋겠다고 생각하면서도 12시가 되는 게 무서웠다. 할 수만 있다면 정각마다 공포에 떨게 만드는 무시무시한 괘종시계의 울림을 멈추게 하고 싶었다.

"하아, 하아. 문 좀…… 열어 주세요, 제발……."

힘이 빠져 버린 손으로 악착같이 문을 두드리는 순간이었다.

댕댕댕댕…….

괘종시계가 정확히 열두 번을 울렸다. 훅 끼쳐 오는 공포에 그녀가 천천히 고개를 돌렸다.

슥삭슥삭, 슥삭슥삭.

어디선가 연필심이 종이에 슥삭거리는 음산한 소리. 유하는 심장을 옥죄어오는 공포에 차마 입을 다물어 버렸다. 온몸이 파들파들 떨렸다.

딩딩동, 딩동댕.

이번에는 음악실에서 나는 음울한 피아노 소리. 얼어붙은 것처럼 꼼짝할 수가 없었다.

슥삭슥삭, 딩딩동.

시간차를 두고 번갈아 가면서 유하의 귀를 괴롭히는 공포에 눈을 감고 손으로 귀를 막은 채 고개를 내저었다.

"싫어, 이러지 마, 이러지 말라고!"

하지만 없어지지 않는 환청.

"흐으윽."

주저앉아 버렸다. 파랗게 질려 버린 입술을 깨물고 흐느꼈다. 끊이지 않는 환청은 더욱 빠른 간격으로 그녀를 괴롭혔다.

뚜벅뚜벅, 뚜벅뚜벅.

누군가 다가오는 소리에 흐느낌을 삼킨 유하가 고개를 들었다.

그 순간 유하를 내려다보는 두 개의 하얀 빛. 언제 그랬냐는 듯 조용해진 미술실 안은 재깍재깍 흘러가는 괘종시계 소리만 남아 있었다.

구원처럼 하얀 빛을 바라보았다. 그러자 어스름하게 보이는 남자의 형체, 그 하얀 빛이 검은 눈동자가 없는 눈이라는 걸 뒤늦게 깨달았다.

얼음처럼 단단하게 굳은 유하는 숨을 멈추었다. 두 눈이 천천히 내려오고 있었다. 유하와 눈높이를 맞추려는 듯 아래로, 아래로.

"아아아아악!"

그녀의 손이 힘없이 툭 떨어졌다.

악몽에서 깨어나기 위해 머리를 흔들며 신음하던 그녀가 눈을 번쩍 떴다.

"허억!"

꿈이었나? 너무 오싹하고 생생했는데 꿈이라서 다행이다, 다행이야.

미술실에 갇혀 버린 것이 꿈이라고 안도한 것도 잠시, 눈을 끔벅이던 유하는 이곳이 자신의 방이 아니라는 사실을 알았다.

어떻게 된 걸까? 하얀 천장을 바라보던 유하가 천천히 고개를 돌렸다. 그러자 세현이 환자복을 입고 그녀를 안은 채 잠들어 있었다.

"어, 엄……마……."

목소리가 나오지 않았다. 목이 꽉 막힌 것처럼 잠겨 버려 억지로 끄집어내야 했다. 쉬어 버린 까끌까끌한 쇳소리가 그녀의 입에서 튀어나왔다. 그러자 세현이 눈을 번쩍 떴다.

"잘 잤어?"

깜짝 놀란 것도 잠시, 세현은 유하의 가슴을 다독이며 웃었다. 평소처럼 잘 잤느냐고 물으면서.

뭔가 이상하다는 느낌에 주위를 둘러보자 세현의 팔과 이어진 링거, 그리고 유하의 팔과 이어진 링거가 링거대에 걸려 있었다. 철제 침대와 링거, 가습기가 켜진 이곳은 물어보지 않아도 병원인 걸 알 수 있었다.

아, 악몽이 아니었구나…….

동시에 뚫어져라 유하를 바라보던 흰 눈동자가 떠올랐다. 슥삭슥삭, 딩동댕 음산하게 울려 퍼지던 소리들도. 눈물이 주르르 흘러내렸다.

"엄……마……."

고통스러운 기억이 되살아난 그녀가 쇳소리로 세현을 불렀다. 이제야 부르짖었던 목이 욱신욱신 아파 왔다. 열리지 않는 문을 마구 두드려 대고 찼던 팔다리가 아파 왔다.

"문 열어 줘, 열어 줘!"

지금도 미술실에 갇혀 버린 착각, 검은 눈동자가 없는 하얀 눈이 그녀의 눈앞에 다가와 유하를 바라보고 있었다.

그녀는 발작했다. 팔과 다리를 마구 휘저었다. 그 끔찍한 눈빛에서 벗어나기 위해 안간힘을 쓰는 덕에 링거 줄을 타고 역류하는 피는 안중에도 없었다. 미친 듯 팔다리를 휘저으며 소리치는 그녀 때문에 놀란 세현이 간호사를 부르며 유하를 힘주어 안았다.

"제발 문을 열어 줘! 열어 달라고!"

"유하야!"

"아악, 싫어, 싫어!"

"괜찮아, 괜찮아, 우리 딸. 엄마가 여기 있으니까 다 괜찮아."

"흐으윽, 엄마."

"유하야, 기억하지 마, 아무 일도 없었던 거야. 기억하려고 애쓰지 마."

등을 토닥이는 세현에게 안겨 유하는 엄마를 잃어버린 아이처럼 서럽게 울었다. 기억하고 싶지 않은데 미술실에 있던 석고상들이 유하를 노려보며 다가오는 것만 같아 견딜 수가 없었다. 그 중간에 우뚝 선 한 남자가 하얀 눈빛으로 유하를 노려보며 음울하게 웃고 있었다.

영원히 이 어둠 속에서 빠져나가지 못할 것 같아 얼른 문을 찾았다. 그러자 하얗게 희번덕이는 두 눈이 유하의 앞에 나타났다.

"으, 으아아아악!"

결국 그녀는 진정제를 맞고서야 겨우 잠이 들었다. 그러나 악몽은 그 한 번으로 끝나지 않았다. 도돌이표가 붙은 것처럼 깨어날 때마다 계속되는 악몽에 진정제가 아니고서는 견딜 수가 없었다. 몸과 마음이 만신창이가 된 기분이었다.

"유하는 어때?"

아득했던 정신이 돌아오는 것인지 부스럭거리는 소리와 함께 은호의 목소리가 들려왔다. 눈을 뜨고 싶은데 남아 있는 진정제의 여운으로 몸이 물먹은 솜처럼 무거워 손가락 하나 까딱할 수가 없었다.

"낮에 진정제 맞고 잠들었어."

"당신은 괜찮아?"

"난 괜찮아, 우리 유하만 괜찮으면."

"미역국 끓여 왔어. 유하 깨기 전에 한 그릇 먹어."

"싫어, 유하는 물 한 모금 마시지 못하는데 내가 그걸 어떻게 목구멍으로 넘겨."

세현의 말과 동시에 들려오는 두 사람의 한숨 소리. 늘어진 몸을 움직일 수 없어 유하는 그저 두 사람의 이야기를 들을 뿐이었다.

"학교는 어떻게 됐어?"

"최대한 알아보고 있다고 말은 하지만 CCTV도 없고, 유하가 미술실에 가는 걸 본 애들이 없어서 유하가 정신을 차리고 말해 주기 전에는 상황 파악이 어려울 것 같아. 학교에서는 묻어 버리기를 원하는 눈치고."

"어쩜 그럴 수가 있어? 누군가 일부러 가두지 않았다면 우리 유하가 왜 미술실에 갇혀 있었던 거야?"

"나도 궁금해. 무슨 억하심정으로 그랬는지."

"그런데 진상 파악도 하지 않고 묻어 버리겠다고? 말도 안 돼! 아이들을 가르치는 선생이라면 유하의 입장도 생각해 주어야 하는 거 아니야? 어떻게 다들 쉬쉬하려고만 할 수 있어!"

매사에 늘 침착하기만 한 세현이 흥분에 휩싸여 목소리를 높였다.

"흥분하지 마, 유하 깰라."

"옷 줘, 내가 학교에 찾아갈 거야."

진정제의 여운으로 나른하게 가라앉은 몸을 움직일 수 없을 뿐 이미 두 사람의 이야기를 듣고 있는 유하였다. 그걸 알지 못하고 금방이라도 학교로 쫓아갈 것만 같은 세현 때문에 걱정스러운 유하가 입을 벙긋거렸지만 목소리가 나오지 않았다.

"무슨 소리야, 당신 환자야. 유산한 것도 아이를 낳은 거랑 똑같다는 거 몰라? 수혈까지 해야 할 정도로 위험했어, 당신. 당신이나 유하나 둘 다 안정을 취해야 돼. 내가 다녀올 테니까 당신은 몸 추스르면서 유하 곁에 있어 줘."

벙긋거리던 입술이 그대로 멈추었다.

유산!

그 단어의 의미를 깨닫는 순간 앞이 캄캄해지면서 숨이 막혀 왔다.

유하는 세현의 팔목에 연결되어 있던 링거를 떠올렸다. 도대체 어떻게 이런 일이 있을 수 있을까!

안 돼, 안 돼!

세현은 연락도 없이 집에 오지 않는 딸을 가만히 기다리고만 있을 엄마가 아니었다. 그러다 잘못된 것인지 어렵게 가진 아이를 유산했다는 말에 몰려드는 죄책감.

이미 감고 있던 눈에 주름이 질 정도로 세게 눈을 감으며 힘이 들어가지 않는 주먹을 꼭 쥐었다.

아이를 가졌다고 유하에게 조심스럽게 이야기하던 세현과 은호. 그녀가 함박웃음을 짓자마자 참고 있던 기쁨을 터트리던 두 사람의 모습이 아직도 생생했다. 케이크까지 사 들고 와서 새 생명을 위한 축하 파티까지 벌이던 세 사람이었는데 어떻게…… 어떻게…….

18년 만에 어렵게 가진 아이를 잃어버리고, 잃어버린 딸을 되찾아 품에 꼭 안았을 나의 엄마.

그러고도 아무 일 없었다는 듯 유하를 향해 웃어 주었다. 잘 잤냐고, 괜찮다고 가슴을 토닥여 주었다.

"내 잘못이야, 온몸에 멍이 들도록 문을 두드리고, 손톱이 다 망가지도록 문을 긁었는데 엄마라는 사람은 그 소리를 못 듣고 정작 다른 곳에서 헤매다니……."

늘 웃는 모습만 보여 주던 나의 엄마가 딸을 더 빨리 찾아내지 못했다며 자책하다 끝내 울먹이고 있었다. 자신은 전혀 아프지 않은 사람처럼.

아니야! 아니야!

그건 절대 엄마의 탓이 아니라 말하고 싶은데 영혼만 남은 것처럼 아무것도 할 수가 없었다.

"여보, 세현아. 이건 누구의 잘못도 아니야. 단지 사고였다고 생각하자. 우리가 강해져야 유하 역시 강해질 수 있어. 무슨 말인지 알지?"

"응."

"그럼 얼른 미역국 먹자."

"흐윽."

유하에게 단 한 번도 우는 모습을 보여 준 적 없던 세현이 울고 있었다. 다정하고 강한 엄마의 모습을 보여 주던 그녀가 울고 있었다.

그 눈물이 유하의 가슴에 수천 개의 바늘이 되어 박히는 것 같았다. 가슴이 아파서, 너무 아파서 죽을 것만 같았다.

"울지 마. 우린 유하의 부모로서 누구보다 강해져야 돼."

"난 어떻게든 우리 유하를 지켜 낼 거야."

"그래."

곧 달그락거리는 소리와 함께 그릇에 수저가 부딪히는 소리가 들려왔다.

숨을 쉬는 것밖에 할 수 없는 유하는 속으로 울부짖고 있었다.

나 때문이라고, 나 때문에 어렵게 가족에게 찾아온 새 생명이 그렇게 되어 버린 거라고, 모두 내 탓이라고. 감겨 있는 그녀의 눈에서 눈물이 새어 나왔다.

슬픔은 또 다른 슬픔을 낳아 버렸다. 그건 그녀의 가족에게 너무도 큰 시련이었다.

다시 눈을 떴을 때 그녀는 더 이상 발버둥 치지 않았다. 울지 않았다. 그녀 앞에서 힘든 내색 한 번 하지 않는 세현과 은호에게 미안해서, 미치도록 미안해서 정신을 다잡으려고 노력했다.

"우리 딸, 일어났어?"

다정하게 유하를 불러 주는 세현. 아픈 가슴을 감추고 평상시처럼 그녀를 대하는 세현이 애처로워서, 슬픈데도 슬프다 하지 못하고 유하를 다독이는 세현이 너무 애처로워서 눈을 마주칠 수가 없었다. 미안해서 눈을 똑바로 바라볼 수가 없었다. 그래서 눈길을 피해 버렸다.

생생했던 눈빛과 말을 잃어버린 그녀는 껍데기만 남아 있는 사람처럼 빛을 잃었다. 죽어 가고 있었다.

잘 다니던 심리치료마저 거절해 버린 그녀 때문에 속이 바짝 타들어 가는 건 세현과 은호였다.

이대로 있다간 하나뿐인 딸도 잃겠다 싶은 마음에 두 사람은 빠르게 일을 수습했다. 제 자식이 학교 폭력의 피해자가 되었다는 사실을 받아들이고 피해자의 수순을 밟았다. 그리고 진상 파악을 할 생각은 않고 숨기기에 급급한 학교에서 유하가 설 자리가 없다는 걸 깨달았다.

결국 뻔뻔하게 학교를 다니는 가해자가 누군지도 알지 못한 채 전학 수속을 했다.

　세현과 은호의 결정에 유하는 무심하게 고개를 끄덕였고 모든 상황은 이 주일 만에 끝이 났다. 세 사람은 서울에서의 삶을 정리하고 세현의 지인이 추천해 준 지리산 한 자락에 보금자리를 얻었다.

　그녀가 집을 떠나던 날은 여름비가 내렸다. 이삿짐을 실을 동안 은호의 차 안에서 멍하니 내리는 비를 바라보았다. 빛을 잃어버린 그녀의 눈동자에도 비가 내리고 있었다.

　이삿짐을 실은 차가 출발을 했다. 곧 은호와 세현이 차에 타고, 운전석에 앉아 있던 은호가 시동을 걸었다. 차는 천천히 골목길을 빠져나갔다.

　그사이 우비를 입은 집배원의 오토바이가 그들이 탄 차를 지나쳐 갔다. 오토바이는 곧 유하의 집 앞에 멈춰 섰다. 집배원이 쥐고 있던 편지가 그녀의 집 우체통에 들어갔다.

　군사우편이라 도장이 찍힌 하얀 규격봉투에는 서민서라는 이름이 빗물에 번져 있었다.

　마치 드라마의 한 장면처럼 간발의 차이로 엇갈려 버린 두 사람.

　가혹한 운명이었다.

　엇갈려 버린 그 날처럼 비가 내리고 있었다. 비에 방해가 될세라 나직이 그간의 일을 이야기하는 그녀의 어깨를 민서는 저도 모르게 꽉 움켜쥐고 말았다.

"왜 신고하지 않았지?"

편지를 하겠다고 철석같이 약속한 그녀를 생각하며 민서는 편지를 썼다. 잘 지냈느냐고, 혹시 지금 이 편지를 읽고 있는 순간에도 울고 있지 않느냐고. 나는 잘 지내고 있으니 걱정 말라고 쓰면서 관물대에 붙여 놓은 그녀의 사진을 보았다. 언젠가 놀이동산에 가서 함께 찍은 그녀의 사진을 보면서 그리운 편지를 써 내려갔다.

편지가 반송되어 왔을 때는 수첩에 적어 온 주소가 잘못된 줄만 알았다. 그래서 전화를 했다. 그러나 유하의 집 전화는 없는 번호로 나왔고 그가 준 휴대전화 역시 꺼져 있었다.

무슨 일이 생긴 것일까?

그저 답답함에 한숨밖에 내쉴 수 없었던 민서는 휴가 날짜만을 기다렸다. 고된 훈련을 받으면서도 이를 악물고 버텼다. 연락이 되지 않아 저보다 더 힘들어할 애송이 정유하를 생각하면서.

몸도 마음도 지옥 같은 시간은 아주 느리게 흘러갔다. 흐르지 않을 것 같던 시간이 흐르고 드디어 첫 휴가를 나오던 날, 민서는 약속대로 유하에게 달려갔다.

'그런 사람 여기 안 살아요.'

어떻게 된 것일까?

부푼 가슴을 안고 그녀를 찾아갔지만 정유하는 어디에도 없었다. 그녀가 살던 집에서도, 학교에서도, 그녀를 찾을 수가 없었다. 처음엔 도대체 어떻게 된 영문인지 몰라 황당해하다가, 답답해서 돌부리를 툭툭 걷어찼다. 이럴 줄 알았더라면 이메일 주소라도 알아 놓을 걸, 그제야 후회를 했다.

휴가 내내 그녀의 흔적을 찾아 헤매었지만 전학을 가 버린 그녀의 소식은 어디에서도 들을 수가 없었다. 늘 그 자리에 있을 줄로만 알았던 그녀가 사라져 버렸다. 어떤 연락도 없이.

짧은 휴가가 끝이 나고 다시 군대에 복귀하는 날, 그녀의 옛 집 앞을 서성이면서 걱정은 급기야 화로 바뀌어 버렸다. 받아들이고 싶지 않지만 인정해야 했다. 정유하에게 버려졌다는 걸.

누군가를 그토록 애타게 그리워하고, 보고 싶어 한 건 처음이었다. 그런데 감히, 고삐리 주제에, 민서의 마음을 갖고 달아나 버렸다. 그녀와 함께했던 다섯 달의 시간은 장난이었을까?

'사랑해요, 오빠. 기다리고 있을 테니까 잘 다녀와요.'

사랑한다고, 기다린다고 할 때는 언제고 감쪽같이 자취를 감춰 버린 고삐리에게 농락당한 것만 같아 화가 났다. 더욱 화가 나는 건 겨우 애송이에게 휘둘려 괴로워하고 있는 자신이었다. 툴툴 털어 내 버리면 그만인 것을 그럴 수가 없었다. 마음을 추스르지 못하는 나약한 제 자신이 한없이 미웠다.

군대에서 그녀를 그리워하며, 미워하며 보낸 시간은 지옥과도 같았다. 그런데, 그런데도 그녀가 보고 싶었다.

"남자의 순정을 짓밟아 버린 고삐리를 내 눈에 띄기만 하면 가만두지 않겠다고 벼르고 별렀지. 그런데 정말 내 눈앞에 네가 나타났어. 십일 년이 흘러 버린 후에."

성백원에서 단번에 그녀를 알아보았다. 그런데도 모른 척했다. 너무 오랜 시간이 흘러 버려서 미련조차 퇴색되어 버렸기에 스쳐 지나는 인연이라고 생각했다.

그러나 기은이 도예가로 그녀를 소개시켜 주었을 땐 기가 막혔다. 이런 것이 거부할 수 없는 인연인 건가.

시간은 햇볕에 색이 바래 버린 그림처럼 그녀와의 추억을 바래 놓았다. 그런 줄만 알았다. 그런데 어느 순간, 도서관에서 그녀를 처음 만났을 때처럼 흔들리고 있는 자신을 발견했다.

버림받은 여자에게 어떻게 똑같은 감정을 느낄 수 있는 것일까?

자꾸 그녀가 생각나고, 보고 싶고, 그녀를 향해 달려가고 싶었다. 이제 그는 철부지 대학생이 아닌데, 지고지순한 사랑을 믿던 군바리가 아닌데 순간순간마다 정유하가 떠올랐다.

"그날의 기억이 제가 만들어 낸 환상인지 아니면 실제인지 모르겠지만 그 후 폐소공포증으로 오랫동안 힘들었어요. 닫혀 있는 문이 싫었어요. 그래서 엄마와 아버지는 이사를 한 집에 현관문 외에 문이란 문은 다 떼 내어 버렸어요. 엘리베이터는 아예 타지도 못했고, 차를 타고 가다 터널이 나오면 기겁을 할 정도였어요."

바람처럼 그를 흔들던 그녀에게 닥친 일들을 알았다면 달라졌을까?

"이렇게 오랜 시간이 흘렀지만 가끔 꿈을 꾸곤 해요. 그날의 악몽을."

되돌릴 수 없는 시간들에 대한 원망이 한숨처럼 쌓였다. 그 사실을 알았더라면, 그녀가 군사우편을 받았더라면, 두 사람이 이렇게 어긋나지는 않았을 것을.

"학교에서 일을 크게 만들지 않으려고 숨기기에 급급했다고 들었어요. 아버지가 진절머리가 날 정도라고 했으니 오죽했을 까. 그래도 그 애는 나를 찾아올 줄 알았어요. 최소한 사과 정도 는 할 줄 알았거든요. 만나면 오빠가 준 휴대전화를 돌려 달라 고 말하려 했어요. 흐트러진 가방 안에서 오빠가 준 휴대전화가 사라지고 말았거든요. 사과보다도 그것만은 꼭 돌려받고 싶었는 데……. 그땐 유산한 엄마에게 너무 미안해서, 죄책감 때문에 뭐 든 될 대로 되라는 심정이었어요. 그래서 먼저 찾아가 왜 그랬냐 고 원망 한 번 하지 못했어요."

가끔 후회가 되기도 했다. 서민영을 찾아가지 않은 것을.

"시간이 많이 흐르고 난 후에야, 그때서야 후회를 했어요."

"무엇을?"

"낚싯줄에 걸린 물고기처럼 온 힘을 다해 파닥거리지 못한 것 을요. 온몸으로 파닥이며 최선을 다했다면 입이 찢어지는 한이 있더라도 물속으로 다시 풍덩 뛰어드는 행운을 얻을 수 있지 않 았을까, 그랬다면 오빠와 헤어지는 일은 없지 않았을까, 하고 요."

정신을 차리기도 전에 귀에 들려온 세현의 유산은 유하에겐 청천벽력이었다. 심신이 모두 지쳐 버렸다.

휴대전화만 있었더라면 두 사람이 헤어지는 일은 없었을는지 모른다. 그렇기에 더욱 안타까운 이별이었다. 그러나 이별에 대한 아픔보다 무너진 가족에 대한 아픔이 더 크게 다가왔다.

흐트러진 가방만 남긴 채 사라져 버린 유하를 찾기 위해 헤매고 헤매던 세현과 은호. 새벽녘, 유하를 찾기도 전에 하혈을 하며 무너진 세현은 구급차에 실려 병원으로 옮겨졌고 결국 유산을 하고야 말았다. 그리고 출근한 담임에 의해 실신한 채 발견된 유하 역시 병원으로 옮겨졌다.

두 모녀를 참담한 표정으로 지켜보던 은호는 두 사람의 손을 잡으며 뜨거운 눈물을 흘려야 했다.

한동안 말을 잃어버렸다. 잊히지 않는 공포와 세현의 유산에 대한 죄책감으로 삶의 의욕을 잃어버렸다. 인생이 뜻대로 돌아가지 않는다는 걸 너무 빨리 알아 버렸다.

안타까움으로 말끝을 흐린 유하는 세현을 떠올렸다. 유하가 눈을 뜰 때마다 아무 일도 없었다는 듯 웃어 주던 세현. 더 이상 임신을 할 수 없는 몸이 되었는데도 유하를 위해 웃어 주었다. 어렵게 개업을 했던 병원까지 동료 의사에게 팔아 버리고 지리산으로 함께 가길 원했다. 가족은 늘 함께여야 하는 거라면서.

"여자아이였대요. 태어났다면 얼마나 예뻤을까……."

저도 모르게 흘러내린 눈물을 다가온 민서의 손가락이 스윽 닦아 냈다. 가슴 저미는 그의 위로.

왜 우린 헤어져야 했을까, 왜 이제야 만나게 된 것일까.

두 사람은 야속한 시간을 이제야 되돌려 보고 있었다.

"세 들어 온 사람에게 편지가 오면 보관을 해 달라고 부탁을 했어요. 그 땐 어린 마음에 오빠가 편지를 보내지 않은 거라고 생각했는데……."

첫 단추를 잘못 끼우면 다른 단추까지 어긋나 버리는 것처럼 그 사건 하나로 두 사람의 사랑은 길을 잃고 말았다.

마음을 잡지 못하고 군대에서 방황을 한 건 민서만이 아니었다. 유하 역시 똑같이 아파하고 똑같이 힘들어하고 있었다.

어느새 만개한 꽃처럼 피어난 그녀에게 흔들리는 자신을 발견하고 비서에게 부부상을 가지고 오라 지시를 하고 일본으로 떠났다. 상처만 가득했던 시간을 보내게 한 그녀를 다시 만나고 싶지 않았다. 이별에 대한 예의조차 없이 사라진 그녀기에.

그러나 비행기에서 내리자마자 그녀를 생각하고 있었다. 발길이 저절로 이곳을 향하고 있었다, 정유하가 있는 이곳에.

차라리 그녀가 없었으면 했다. 그러나 환하게 켜진 불빛. 마치 그녀가 그를 기다리고 있는 것만 같아 이끌리듯 걸어 들어왔다. 그리고 그녀를 만났다.

"울지 마."

헤어지던 그날처럼 그는 말했다. 그러나 이미 그녀의 눈물은 뺨을 타고 내려가 귀를 적시고 있었다. 민서는 천천히 입술을 내려 눈물의 줄기를 따라 그녀의 귓속에 고인 눈물을 핥았다.

"네 탓이 아니야."

위로를 전하는 그의 입술에 안타까움이, 죄책감이 조금씩 풀리기 시작했다.

"하아."

눈을 감았다. 귓불에서 다시 올라온 그의 입술이 그녀의 입술을 덮었다. 야금야금 그녀의 혀를 씹어 먹는 것처럼 이로 그녀의 혀를 잘근잘근 씹었다. 아프지 않게.

이상하다, 깊이를 알 수 없는 늪에 빠진 듯 빨려들 것만 같다. 꺼질 것 같은 어지러움에 덜컥 겁이 난 그녀가 그의 목을 끌어안았다.

그의 뜨거운 호흡이 그녀의 입안으로 쏟아졌다. 끈질기게 입술을 맛본 그의 입술이 귓불을 지나 혀를 귓속으로 밀어 넣자 그녀가 흠칫 몸을 굳혔다.

달래듯 그의 손이 그녀의 얼굴을 쓸어 주었다. 그의 혀는 그녀의 몸을 음미하듯 맛보았다. 목덜미를, 어깨를, 그리고 봉긋한 가슴을. 숨겨진 그녀의 곳곳을 혀로 음미했다.

그의 움직임에 그녀의 몸이 기대감으로 떨기 시작했다. 열기에 휩싸인 몸 구석구석을 탐하는 그는 그녀에게 달콤한 고문을 하고 있었다.

"하악."

두 번째 삽입은 처음과 달리 부드러웠지만 격통은 여전했다. 민서는 안타까운 눈동자로 그녀를 내려다보며 땀에 젖은 머리칼을 쓸어 주었다. 꼭 깨문 그녀의 입술에 위로가 담긴 입술을 내려 부드럽게 핥아 주었다.

"천천히 따라와 봐, 내가 이끄는 대로."

말간 눈빛으로 고개를 끄덕이는 그녀.

"어쩌면…… 나는 아직도 너를……."

민서의 눈앞에 있는 여린 꽃망울은 그의 손에서 수줍은 꽃을 피우고 있었다. 향기로운 냄새를 뿜어내고 있었다. 그 향기를 가득 머금은 민서가 뜨거운 눈빛으로 그녀를 바라보았다.

사랑하고 있을까?

차마 그 말을 뱉지 못한 민서가 움직이기 시작했다. 차오르는 열망에 물결처럼 흔들리는 그의 몸을 따라 그녀는 서툰 몸짓으로 그 물결을 타려 노력하고 있었다. 또 한 번의 격정이 두 사람을 덮쳤다.

고르게 내쉬는 그녀의 숨소리를 가만히 듣고 있던 민서가 소리 없이 일어났다. 조그마한 싱글 침대는 두 사람이 눕기엔 좁았기에 그녀가 편히 잘 수 있도록 자리를 봐준 민서가 거실로 나와 불을 켰다.

오롯한 그녀의 공간.

처음 왔을 때부터 단박에 이곳이 마음에 들었다. 집도 주인을 닮는다는 말이 맞는지 그녀를 닮아 예쁘고 사랑스러운 공간이었다. 천천히 거실을 서성이던 그가 처음 이곳에 왔을 때 눈길을 끌었던 도자기 앞에 멈추었다.

처음 왔을 때 매화꽃이 둥둥 떠다니는 그릇은 비워진 채였다. 아니 비워졌다고 생각했다. 그런데 뭔가 반짝이는 그것. 한 걸음 더 가까이 다가가 바닥까지 내려다보았다. 그리고 천천히 그릇에 담긴 물건을 손으로 들었다.

그가 입대하기 전날 그녀의 목에 걸어 준 목걸이, 펜던트 대신 걸어 준 반지까지 그대로였다. 고등학생인 정유하를 위해 끼워 주지 못하고 걸어 줘야 했던 반지.

그녀는 아직까지 그것을 간직하고 있었다. 매화꽃잎이 아닌 이 목걸이를 그릇에 담아 두었다는 건 그만큼 민서를 생각했다는 증거 같아 가슴이 먹먹해졌다.

"가 버린 줄 알았어요."

그새 잠이 깬 것인지 그녀가 그를 향해 다가왔다.

"미궁 속을 헤매다 빠져나온 기분이야."

돌아보지 않은 채 목걸이를 뚫어지게 바라보며 그가 말했다. 그러고는 목걸이에 걸려 있던 반지를 뺐다. 다가온 유하의 손을 잡은 그가 그녀의 약지에 반지를 끼웠다.

꼭 들어맞는 반지.

십일 년이 지난 후에야 주인을 찾은 반지가 드디어 제자리를 찾았다.

아, 이제 알 것 같다.

사랑.

그래, 사랑이다.

자꾸 민서의 눈앞을 어지럽게 만드는 그녀를 마구 괴롭히고, 울게 만들고 싶었는데 그 역시 사랑에서 비롯된 감정이었다.

여전히 그녀가 보고 싶고, 갖고 싶고, 모든 걸 소유하고 싶었다.

그것은 기적처럼 십일 년을 돌아 다시 마주하게 된 사랑이었
다.

"이젠 놓지 않을 거다, 널."

그의 말에 대답 대신 웃으며 고개를 끄덕이는 그녀.

이젠 운명의 장난에 놀아나지 않을 것이다. 온전히 그녀를 소
유할 것이다.

봄을 두드리는 빗소리와 함께 설레는 봄이 두 사람에게 다시
돌아왔다.

9장. 치유

　재스민 차를 마시던 그녀가 따뜻하게 내리쬐는 봄 햇살을 막기 위해 롤스크린을 내리다 말고 벚꽃 나무의 하얀 벚꽃 잎이 불어오는 바람에 우수수 떨어져 내리는 것을 바라보았다. 멀리 그 꽃잎을 맞으며 걸어오는 한 남자.

　민서였다.

　언제 한국에 온 것일까? 며칠 전에 터키로 출장을 떠났던 그였다. 일주일 동안 단 한 번 전화를 한 것 외에 소식이 없던 그였는데 어째서 여기에 있는 것일까?

　그녀는 내리던 롤스크린을 다시 올리며 창가에 바짝 다가섰다.

　그는 가끔 바람처럼 나타나곤 했다. 그녀가 없는 작업실에 혼자 앉아 기다리고 있는가 하면 어떤 날은 출근 전에 그녀보다 먼저 와서 그녀를 기다리기도 했다. 재벌을 들어갈 기물들에 그림을 그리고 유약을 입히느라 하루 종일 공방에서 일을 하는 줄도 모르고 그녀를 기다리기도 했다. 그러다 허탕을 치고 돌아간 적도 있으면서 여전히 연락 없이 이곳을 방문하는 민서였다.

정장 차림으로 꽃눈을 맞으며 걸어오는 민서를 보며 십일 년 전 청바지에 하얀 티셔츠를 입고 걸어가던 민서를 떠올렸다. 유하를 집에 데려다주고 돌아가는 그의 뒷모습을 보이지 않을 때까지 대문 안에서 지켜보곤 했었다.

그때나 지금이나 멋있긴 매한가지지만 나이 탓인지 그때보다 지금이 더욱 냉철해 보여서 쉽게 다가갈 수 없는 분위기를 온 사방에 흩뿌리며 걸어오는 남자.

처음부터 그런 분위기에 끌린 유하였다. 그러나 그는 한없이 차가운 겨울바람 같은 남자가 아니라는 걸 안다. 말없이 묵묵하게 사랑을 주는 민서. 그가 그녀를 만나러 오고 있다.

미소를 얼굴 가득 채운 그녀가 앞치마를 입고 탁자에 앉았다. 얼른 하던 일을 마무리해 놓아야 그와 함께 점심을 먹으러 나갈 수 있을 것 같았다.

늘 그렇듯 인터폰을 누르지 않고 도어록을 열고 들어오는 소리가 들렸다.

서걱서걱. 작업을 하는 척하고 있었지만 심장이 떨려서 손이 제대로 움직여 주지 않았다. 곤두선 신경은 온통 그를 향해 있었다.

그녀의 등 뒤로 그의 옷깃 소리가 점차 가까이 들리기 시작하더니 이내 멈춰 선 발길. 그와 함께 인형의 머리를 다듬던 그녀의 손길 역시 멈춰 버렸다.

등 뒤에서 그가 바라보고 있다는 사실, 그 사실만으로 가슴이 두근거리고 심장이 위태롭게 뛰기 시작한다.

"바빠?"

"아!"

그의 움직임을 느끼려 애쓰는 사이 어느새 그녀의 뒤에 선 민서의 말에 깜짝 놀란 덕분에 손이 멋대로 움직여 버렸다. 공들여 만든 인물상의 머리가 똑 부러져 버리자 그녀는 울상을 지으며 민서를 올려다보았다. 그런 그녀를 바라보며 민서는 혀를 찼다.

"바쁘구나."

이게 다 서민서 당신 때문이야. 내 가슴을 너무 떨리게 만든 당신 때문이야. 나를 만나러 와 준 당신이 좋아서, 기뻐서.

그러나 그 말을 하는 대신 고개를 저었다.

"바쁘지 않아요. 언제 한국에 온 거예요?"

"음, 어제."

"아……."

"왜, 연락 기다렸어?"

어제 도착했다는 소리에 저도 모르게 신음이 나와 버렸다. 그런 그녀를 보며 민서는 픽, 웃더니 커다란 손을 내밀어 그녀의 머리를 쓰다듬어 주었다.

"일찍 오려고 서둘러 일을 처리하느라 바빴어."

그의 말에 그녀가 붉게 물든 얼굴로 고개를 끄덕였다.

"네, 그런데 이 인형들 초벌 들어갈 때 가마에 넣어야 하는 거라 얼른 완성해서 말려야 하니까 조금만 기다려 줘요. 이것만 다 하고 나가서 맛있는 점심 먹어요."

붉어진 얼굴을 감추려 그녀는 재빨리 부러진 인형 목을 다듬는 데 전념하려 애썼다.

바쁘냐는 물음에 아니라고 했지만 봄은 꽃 축제나 차 축제 같은 행사들이 많기 때문에 일 년 중 도자기가 가장 많이 팔리는 계절이었다.

그녀는 다관과 다기를 만들지 않지만 꽃 축제에 쓰이는 화분이나 화병, 수반과 연지, 차 행사에 소품으로 쓰이는 인형이나 다식접시 등이 인기가 좋아 매년 이맘때쯤 새로운 디자인을 만들어 내고 있었다.

오늘 그녀가 만들고 있는 것은 기존의 작품인 인물상 다화꽂이를 본뜬 것으로 한복을 입은 아낙네가 두 손으로 찻잔을 들고 있는 인형이었다. 찻잔 속에 차가 들어가 있는 것처럼 반짝이는 효과를 주기 위해 재벌에 들어갈 때 찻잔 속에 소주병을 깨어 넣기도 했다.

삼 일 후 있을 초벌에 기물을 넣으려면 오늘 만들어서 충분히 말려야 하기 때문에 바쁘지만 일주일 동안의 긴 출장 후 시간을 내어 그녀에게 와 준 민서 앞에서 감히 바쁘다는 소리를 할 수가 없었다.

만들고 있던 인형만 마저 만들어 놓고 민서와 시간을 보내려는 그녀의 손놀림이 바빠졌다. 그러나 그 바쁜 손놀림을 한순간에 멈추게 만들어 버린 민서.

그는 어느새 그녀의 뒤로 다가와 무릎을 굽힌 채 그녀의 목덜미에 뜨거운 숨결을 뿌리며 물었다.

"도와줄까?"

"오, 오…… 빠?"

장난스런 그의 말에 말까지 더듬은 그녀가 간지러운 숨결에서 벗어나려 했으나 그의 품에 갇혀 옴짝달싹할 수가 없었다.

"금방 끝나요. 그러니까……."

말을 끝낼 수 없었던 건 그를 향해 고개를 돌리던 그녀의 입술을 민서가 훔쳐 버린 탓이었다. 살짝 부딪힌 입술, 멀어지다 다시 부딪혀 버린 입술.

키스는 봄 햇살처럼 따뜻하고 부드러웠다. 손에 흙이 잔뜩 묻어 있다는 것도 까맣게 잊어버린 채 그의 입술을 받아 내던 그녀는 천천히 몸을 돌려 그의 목에 팔을 두르고 있었다.

노골적인 키스에 그녀의 입가를 시작으로 턱까지 타액으로 흥건해졌다. 마치 집어삼킬 것만 같은 키스. 열정이 고스란히 담겨 있는 키스는 그녀를 빠져들도록 만들었다.

"유하야, 다시 만들어야겠다."

민서가 그녀의 목덜미에 대고 속삭였다. 키스가 끝났음에도 몽롱함에 빠져 있는 그녀는 화들짝 정신이 들자마자 만들고 있던 인형을 바라보았다. 부러진 목을 간신히 수습했는데 갑작스런 키스에 손에 힘을 주는 바람에 얼굴에는 납작하게 손 모양이 찍혀 버렸다.

"난 몰라, 어떡해……."

다시 손볼 생각에 울상을 짓는 그녀와는 달리 아무 일도 없었다는 듯 어깨를 으쓱이는 민서. 결국 그에게 눈을 흘기고 말았다.

다시 작업을 시작하던 유하가 계속되는 민서의 눈길에 손을 멈추었다. 온전히 그녀에게 쏟아지는 그의 눈빛이 의식되어 일에 전념할 수가 없었다.

"기다리기 심심하면 하나 만들어 볼래요?"

낚싯줄로 흙 한 덩이를 잘라 그에게 내밀자 거절하지 않고 흙을 받아 든 민서. 뭔가 고민하는 듯하더니 그가 물었다.

"저렇게 만들 수 있어?"

그의 손끝이 향한 곳은 거실 한켠에 놓여 있는 도자기였다. 그녀의 목걸이를 품고 있던 볼품없어 보이는 도자기. 그것은 화려하지는 않지만 볼수록 사람의 눈을 끄는 신비함을 지니고 있었다.

"눈도 높으셔라, 그건 소성의 마술이에요."

한쪽으로 들린 민서의 눈썹이 무슨 말이냐고 묻고 있었다.

"가스 가마나 전기 가마에서 소성한 게 아니라 전통 가마에서 무유 소성한 거예요. 저도 도자기를 잘 모를 때 만든 건데 사부님이 유약을 바르지 않은 채 가마에 넣으시기에 왜 저러시나 했어요. 그런데 다 이유가 있었어요. 장작이 타고 남은 재가 유약처럼 도자기에 내려앉은 불의 예술이죠. 신기해서 똑같이는 아니더라도 비슷한 걸 만들어 보려고 했는데 결국 만들지 못했어요. 그건 아마 제 평생에 다시 나올 수 없는 작품이지 않을까 해요."

이젠 그런 노력도 해 볼 수 없는 이유가 장작 가마를 찾기 어려운 탓이었다. 아무리 잘 만들었다 해도 대차가 가마 안으로 들어갈 때 흔들릴 경우 가끔 지지대가 기울어지면서 내화판이 함께 기울어져 작품과 작품이 붙어 나온다거나, 산소 공급이 원활하게 되지 않아 산화가 되어 나온다거나, 제일 아래 넣은 기물은 온도가 낮아 유약이 탁하게 나온다거나, 이런 뜻밖의 일들이 벌어지기에 도자기를 불의 예술이라 부르는 것이다.

"저게 마음에 들었어요?"

"그래, 정유하만큼."

솔직하게 대답하는 그의 말에 유하는 그만 얼굴을 발갛게 물들이고 말았다. 그런 그녀를 보며 민서는 픽, 웃어 버렸다.

"저건 소중한 보물이에요, 돈으로 가치를 따질 수 없고, 무엇과도 바꿀 수 없는 보물."

"그럼 저게 나보다 더 소중하단 말이야?"

"오빠만큼."

그녀는 그 도자기를 무척이나 아끼고, 사랑하고 있었다. 민서 역시 그 도자기에 남다른 애정을 보이면서 그것과 제 자신을 비교하고 있었다.

"그렇다면 나와 바꾸지도 않겠다는 말인가?"

"그럴 일은 없겠지만 오빠와 이걸 바꿀 일이 생긴다면……."

다음 말을 기다리고 있는 민서를 향해 그녀는 웃었다.

"어떤 미련도 없이 서민서죠."

오글거리는 대답이 선뜻 나와 버렸다. 그녀의 대답이 마음에 들었는지 그는 오만한 미소를 지어 보였다. 그러나 그 미소도 잠시 민서가 흙덩이를 들고 난감한 표정을 지었다.

"뭘 어떻게 해야 하는 거야?"

뭐든 알아서 척척 할 것 같은 이 남자가 처음으로 유하에게 도움을 청하고 있었다. 유하는 옆에 있던 흙을 떼어 내 두 손으로 비비며 흙가래를 만들었다.

"이렇게 흙가래를 만들어서 원하는 모양대로 돌돌돌 말아 쌓으면 돼요. 그리고 틈과 틈 사이를 이어 주면 되는 거죠."

그녀가 먼저 시범을 보이자 그가 고개를 끄덕이며 책상에 대고 흙가래를 만들었다. 입구가 점점 넓어지기 시작하는 것이 그릇을 만들 생각인지 민서는 흙에 초집중해 있었다. 그 모습에 유하는 문득 흙을 처음 만졌을 때의 제 모습을 떠올렸다.

"왜 웃어?"

아득한 지난날을 생각하며 저도 모르게 웃고 있었던 것인지 민서가 흙가래를 쌓아 올리다 말고 물었다.

"비웃는 거야?"

"아뇨. 제가 흙을 처음 만졌을 때의 기억이 떠올라서."

"넌 잘했다 이거지?"

그의 말에 유하는 고개를 내저었다.

"전혀요. 오히려 제 마음대로 되지 않아 화가 났었던 것 같아요. 그래서 만들던 것도 뭉개 버리고 막 울어 버렸어요."

그러자 의외라는 눈빛으로 그가 유하를 바라보았다.

"억눌렀던 감정을 표현하고 싶은데 그게 잘 되지 않으니까 더 화가 났던 것 같아요."

커다란 그의 손에서 으깨지는 흙을 보며 그녀는 아득한 기억을 떠올렸다.

여름이 다가오고 있었지만 시골의 새벽 공기는 꽤나 차가웠다. 덜 마른 빨래처럼 찌뿌둥한 몸이 절로 움츠러들었다. 늦게까지 이삿짐을 정리하느라 몸은 피곤했지만 눈이 일찍 떠진 것은 하염없이 지저귀고 있는 새들 탓이었다. 마치 사이좋은 여고생들처럼 연신 수다를 떠는 것 같은 새들의 지저귐. 싱그럽게 서 있는 나무들과 초록의 무성함으로 가득 찬 논과 밭을 오가며 새들은 끊임없이 지저귀며 날고 있었다.

"우리 딸, 일찍 일어났네?"

토요일 아침, 산책을 하기 위해 슬리퍼를 신고 대문 밖을 나서는 유하에게 세현이 반갑게 손을 흔들며 아침 인사를 했다. 읍내에 들러 떡을 가지고 돌아오는 길인지 은호의 두 손에는 떡 상자가 들려 있었다.

"마침 잘 만났네. 오늘은 우리 딸이 떡 돌리는 것 좀 도와줘야겠다. 그럴 수 있지?"

유하는 대답 대신 고개를 끄덕였다. 말을 잃은 유하에게 은호와 세현은 재촉하지 않았다. 가끔은 답답하기도 할 텐데 언성을 높이지도 않았다. 평소와 같이 유하를 대해 주었다.

세현이 은박접시에 싸 준 떡을 가지고 유하는 아랫집으로 걸어갔다. 발목을 스치는 잡초들마다 물기를 털어 낸 덕분에 반바지를 입은 그녀의 다리가 촉촉하게 젖어 들었다.

길을 따라 내려가자 드문드문 집들이 보였다. 시골이라 마을 안에 집들이 옹기종기 모여 있을 거란 생각은 이사를 오는 길에 전부 달아나 버리고 말았다. 집들이 옹기종기 모여 있는 것은 오히려 도시였다. 한참을 내려가자 이층집 한 채가 나타났다.

흙의 노래

가게를 하는 집인지 나무에 새겨진 이름은 멀리서 보아도 세월의 흔적을 고스란히 느낄 수 있었다. 세월을 머금은 간판은 투박하지만 정다워 보여 단박에 유하의 눈길을 빼앗았다. 흙의 노래란 상호만 보아서는 도무지 알 수 없는 곳.

유하는 초인종도 없이 열려 있는 문 안으로 무작정 걸어 들어갔다.

그곳은 정리되지 않은 물건들이 여기저기 흩어져 있는 창고 같았다. 자세히 보니 흙과 물레, 커다란 책상 위에는 흙으로 만든 접시와 다관, 컵들이 널려 있었다. 그제야 이곳이 도예 공방이라는 걸 알 수 있었다.

"혹시 네가 어제 서울에서 이사 온 애니?"

깜짝 놀라 소리가 들리는 쪽을 향해 고개를 돌렸다. 이 층에서 누군가가 내려오고 있었다. 하얀 고무신에 황토로 염색한 개

량 한복을 입은 그는 턱과 인중에 수염이 덥수룩하게 나 있었다. 유하는 말없이 고개를 숙이며 인사를 했다.

"그래, 신기한가 보구나. 구경하고 싶으면 마음껏 하고 가거라."

멀뚱히 서 있는 유하에게 어떠한 경계심도 없이 털보 아저씨는 웃으며 말했다. 오히려 경계심을 가지고 선 사람은 말도 없이 남의 집에 발을 들인 유하였다.

"아버지, 아침 다 됐어요!"

목소리와 함께 누군가 또 이 층에서 내려오는 소리가 들렸다. 이번에는 하얀 고무신 대신 하얀 운동화가 보였다. 청바지에 하얀 티셔츠를 받쳐 입고 나타난 남자애가 유하를 보고는 멈춰 섰다.

"어? 넌 1반에 전학 온다던 전학생?"

"네가 그걸 어떻게 알아?"

털보 아저씨가 남자애를 향해 묻자 장난스럽게 어깨를 으쓱이며 대답했다.

"당연한 거 아냐? 겨우 두 반밖에 되지 않는 시골 학교에 다니면서 모르는 게 이상한 거지. 아마 몇 날 며칠은 뜨거운 감자일걸."

그의 말에 동감한다는 듯 수염을 긁적이던 털보 아저씨도 고개를 끄덕였다.

"남의 집 부엌에 숟가락이 몇 개인지도 알 수 있는 게 시골 마을의 장점이자 단점이랄까? 너무 놀라지는 마."

잔뜩 움츠러든 유하의 속내를 읽은 듯 남자애가 빙긋 웃으며 안심을 시켰다.

"그 떡, 이사 떡이지? 다시 가져갈 게 아니라면 주지 그래?"

떡을 들고 있다는 사실을 깜박 잊고 있었던 유하는 이제야 이곳에 온 이유를 떠올렸다. 은박접시에 담겨 랩에 싸인 수수팥떡이 유하의 손에 따끈따끈한 온도를 전달하고 있었다. 떡 접시를 남자애에게 내밀었다.

"이야, 아직도 따뜻하네. 맛있겠다."

"떡에도 위아래가 있는 법이다, 아들아."

"네, 알다마다요."

따뜻한 떡은 곧 남자애의 손을 거쳐 털보 아저씨에게 넘어갔다. 큼직하고 투박한 손으로 랩을 벗겨 낸 남자가 커다란 떡 한 덩어리를 그대로 집어 입으로 가져갔다. 팥고물이 수염을 비롯해 바닥으로 떨어져 내렸지만 개의치 않는 듯했다.

"아버지, 체면 차려 가며 드세요."

"마있는데 체며이 어디냐(맛있는데 체면이 어딨냐). 어마라 같이 먹으라다(엄마랑 같이 먹을란다)."

"예, 예. 아들 입은 입도 아니지요."

연신 입을 우물거리던 털보 아저씨는 옆에 있는 아들에게 떡한 조각 건네지 않은 채 떡 접시를 들고 이 층으로 성큼성큼 올라가 버렸다.

"진짜 못 말려."

털보 아저씨의 모습이 보이지 않을 때까지 지켜보던 남자애는 얼굴을 찌푸리며 고개를 저어 댔다. 그러나 툴툴거리는 것도 잠시, 시선은 다시 유하에게 향했다.

"그게 마음에 든 거야?"

책상 위에 어지럽게 널려 있는 도자기 중에 사람의 형상을 하고 있는 네발 달린 동물. 그건 마치 그리스신화에서 툭 튀어나온 것만 같았다. 그걸 뚫어져라 바라보는 유하에게 남자애는 물었고 유하는 고개를 끄덕였다.

"너도 취향 참 독특하구나. 예쁘고 귀여운 것들도 많은데 하필이면 그게 마음에 들었다니. 다른 작품도 많은데 온 김에 보고 갈래?"

거리낌 없이 선뜻 말을 건네는 남자애는 입고 있는 흰 티셔츠만큼 하얗고 고른 이를 내보이며 빙긋 웃었다. 넉살이 좋은 건 아버지라고 부르던 털보 아저씨와 꼭 닮아 있었다.

"난 이동화라고 해. 너랑 같은 지리산 고등학교 2학년. 소문에 1반으로 전학 온다던데 난 2반이야."

제 소개를 하든 말든 고개를 돌린 채 도자기에만 관심을 보이는 유하의 태도에도 그는 전혀 화를 내지 않았다. 대신 가만히 서서 그녀를 바라보다가 뭔가를 툭 내밀었다.

"만들어 봐."

흙, 그것은 흙 한 덩어리였다.

받을 생각을 않고 흙을 빤히 바라만 보고 있는 유하의 손에 그것을 쥐어 준 동화가 의자를 하나 가져와 그녀의 곁에 놔 주었다. 오늘 처음 본 이웃사촌임에도 선뜻 친절을 베푸는 것이 그녀로서는 당황스럽기만 했다.

"난 밥 먹고 올 테니까 네가 만들고 싶은 걸 만들어 봐."

일부러 자리를 비켜 주려는 것인지 아니면 정말 밥을 먹으러 가는 것인지 알 수 없었지만 동화가 이 층으로 걸어가는 소리에 유하는 자신의 손 위에 있는 흙을 말없이 바라보았다.

흙을 만져 본 건 초등학교 시절 미술 수업이 마지막이었다. 그러니 손 위에 올라 있는 흙 한 덩이가 그녀를 난감하게 만들었다. 잠시 알 수 없는 시선으로 흙을 바라만 보다가 살짝 손에 힘을 주자 힘을 주는 만큼 일그러지는 흙덩이.

잠시 후 그녀는 동화가 가져다준 의자에 앉아 양손으로 흙을 만지작만지작거리고 있었다.

처음엔 흙에 대한 순수한 호기심이었지만 시간이 흐를수록 오기를 부리며 이를 악물어야 했다. 부드러운 흙으로 쉽게 뭔가를 만들 수 있을 거라는 생각은 오산이었다. 그저 단순하게 생긴 동그란 화병을 만들려고 했다.

그러나 시간이 흐를수록 손놀림이 점점 굳어져 갔다. 흙을 치대어 흙가래를 만들어 쌓을수록 구겨지고 어긋나는 통에 다시 만들고, 다시 만들기를 수차례. 흙이 마치 유하를 비웃고 있는 것만 같았다. 무시당하고 있는 것만 같았다.

급기야 의지와는 다르게 매몰되어 버리는 흙덩이에 대한 분노가 커졌다. 그것은 이미 가슴속에서 들끓고 있던 분노까지 터져 나오게 만들었다. 늘 푸르기만 하던 마음을 황폐하게 만들어 버린 좌절. 그런데 흙조차도 그런 유하를 비웃는 것만 같아 만들고 있던 것을 종이 구기듯 구겨 버렸다.

눈물이 뚝뚝 떨어져 내렸다. 언제부턴가 참아 왔던 눈물이. 급기야 코를 훌쩍이며 어깨를 들썩였다.

어쩌다 이렇게 되어 버린 걸까. 제 의지와는 상관없이 일상생활이, 가족의 행복이, 사랑이 무너져 버렸다. 황폐해져 버렸다. 어깨에 짊어진 좌절의 무게를 감당할 수가 없었다. 모든 것이 원망스럽기만 했다.

그런 그녀의 곁으로 조용히 다가온 사람은 털보 아저씨였다. 그는 아무것도 묻지 않은 채 유하가 엉망으로 뭉쳐 놓은 흙덩이를 치댔다. 공기가 들어가지 않도록 꾹꾹 누르며 흙을 골고루 치대며 말했다.

"도자기는 말이다, 만드는 사람의 기운을 먹고 태어난단다. 순수한 흙에 내 마음의 생명을 불어넣는 것은 참 멋진 일이지. 그런데 불을 견뎌 내지 못하면 결국 낙오되고 마는 것 또한 도자기란다. 뜨거운 불을 견디고 나면 변형되거나 썩지 않는 도자기가 되고 그것은 깨뜨리지 않는 한 영원하지. 도자기가 불을 견디어 내는 것은 절망이 아니라 희망일 거야. 그렇게 생각하지 않니?"

알 수 없는 말을 하며 밀가루 반죽을 하듯 흙을 반죽하던 털보 아저씨. 그는 치댄 흙을 유하에게 내밀었다.

"시나브로 만들어 보렴."

그의 넉넉한 웃음과 함께 건네받은 흙이 그녀의 손에 들어왔다.

왜 아무것도 묻지 않는 것일까?

참 이상한 사람들이었다. 털보 아저씨나 동화, 두 사람 다.

그녀는 눈물에 젖은 속눈썹을 깜박이며 흙을 내려다보았다. 마음이 한결 편안해진 것은 그다음부터였다. 분노를 뿜어내고 나니 돌처럼 굳어 버린 마음이 조금 풀어진 것 같았다. 그동안 위태롭게 쌓아만 왔던 감정이 녹아내린 것만 같았다.

다시 흙을 만지기 시작했다. 시나브로, 시나브로.

비록 손에서 빚어지고 있지만 마음의 생명을 불어넣는 것. 절망에 찬 생명을 불어넣는 일은 고난이지만 멈출 수가 없었다. 그것은 다른 무엇도 생각나지 않게 정신을 집중시켰다. 얼마만큼의 시간이 흘렀는지 알 수 없었지만 극심한 허기를 느꼈을 때야 유하는 비로소 하나의 생명을 만들어 냈다.

천사와 악마의 인형.

언제부터였는지 세현과 은호가 멀찍이 떨어져 유하를 지켜보고 있었다.

두 사람과 눈이 부딪치자 손등으로 콧잔등의 땀을 닦으며 유하가 웃었다. 미술실에 갇힌 이후로 처음으로 두 사람을 향해 웃고 있었다. 흙 묻은 손으로 땀을 닦아 흙이 잔뜩 묻은 그녀의 얼굴이 환하게 빛나고 있었다.

입을 닫아 버린 그녀가 가슴으로 만들어 내 생명을 받은 인형을 시작으로 유하는 매일을 흙의 노래에 나가 흙을 만지기 시작했다. 흙을 만지고 있으면 무엇도 생각나지 않았다. 마치 흙과 함께 재잘거리는 수다를 떨고, 즐거운 노래를 부르는 것만 같았다.

치유와 위로.

그녀의 손에서 어렵게 태어난 생명은 유하의 가슴을 어루만져 주었다. 심리치료센터를 다니면서 큰 효과를 보지 못했는데 흙을 치대고, 빚고, 만지면서 상처가 조금씩 치유되고 있었다.

그렇게 지리산에서 만난 이웃사촌 털보 아저씨 이만희는 유하의 스승이 되어 주었고, 동화는 친구가 되어 주었다. 그들로 인해 그녀는 자신을 다듬어 갈 수 있었다.

"가끔 학교에서 결손가정이나 장애아동을 대상으로 도자기 수업을 하곤 하는데 아이들을 보면서 생각해요. 마음의 길을 잃어버린 아이들 모두가 나처럼 흙으로부터 치유를 받았으면 좋겠다고."

속 깊은 그녀의 이야기를 들으며 민서는 말없이 흙을 만졌다.

저만 힘든 줄 알았다. 군대에서 시간을, 괴로움을 견디어 내면서 저만 힘든 줄 알았다. 유하가 더 힘들어하고 있다는 걸 모르고 미워했다.

이야기를 멈추고 흙을 다듬는 그녀를 바라보았다. 은은한 눈빛을 쏟아 내면서 쉴 새 없이 움직이는 손길. 그녀는 진정으로 이 일을 즐기고 있었다.

다행이다.

상처 속에서도 이렇게 잘 자라 준 그녀가 기특하고 대견스럽다. 그리고 가슴이 뭉클해졌다. 폭풍우와 눈보라를 잘 이겨 준 그녀가 힘들어했던 그의 지난날을 다 보상해 준 기분이었다. 지금 민서를 위로하는 건 흙에서 마음의 위로를 받았다는 정유하였다. 작업을 갈무리하는 유하를 바라보며 민서는 흙에서 손을 떼며 물었다.

"캠핑 좋아하나?"

뜻밖의 물음에 탁자를 정리하던 유하의 손길이 멈추었다.

"싫어하지 않으면 지금 가보자."

"지금 당장이요? 그 차림으로?"

뜻밖의 제안에 정장을 입고 있는 그를 보며 그녀가 눈을 동그랗게 떴다.

"설마."

정리가 끝나자마자 민서가 데려간 곳은 가장 가까운 fixtop 대리점이었다.

민서가 상무로 있는 fixtop은 국내 아웃도어의 모태라 할 수 있는 고급 아웃도어 브랜드였다. 가격이 비싸긴 하지만 비싼 만큼 품질도 좋아 오랜 세월 속에서도 남녀노소를 불문하고 여전히 각광받고 있었다. 특히 수십만 원이 넘는 점퍼가 십 대들 사이에 유행하면서 부모들의 등골을 빼먹는다 해서 등골 브레이커라고도 불리고 있었다.

"어때? 편해?"

"네, 하지만 가격이……."

"가끔은 이런 날도 있어야지."

탈의실에서 옷부터 신발까지 풀세트로 입고 나오자마자 역시 풀세트로 갖춰 입은 민서가 계산을 했다. 옷만 갖춰 입고 어떻게 캠핑을 하나 했더니 그의 차를 타고 간 곳은 가평의 글램핑장이었다.

텐트를 시작으로 침낭과 식기, 사소한 하나하나까지 모두 준비가 된 그곳에서 민서가 점심으로 만들어 준 음식은 라면이었다. 후후, 라면을 불어 먹으면서 왠지 소꿉장난을 하는 것만 같아 웃음이 났다.

"이런 곳에선 바비큐를 먹어야 하는 거 아닌가?"

"그건 저녁에 먹자."

"오빠가 고기를 굽는 건 정말 안 어울려요. 그런 사람이 어떻게 fixtop 상무가 됐을까 몰라."

"그러게."

자신이 생각해도 맞는 말인지 힘쓰지 않고 안락한 캠핑을 원하는 민서가 쿨하게 그녀의 말을 인정했다.

몇 개 되지도 않는 그릇을 함께 씻어 식기 건조대에 넣어 두고 두 사람은 손을 꼭 잡고 개울가를 걸었다. 산새 소리에 장단을 맞춰 걷는 발걸음 사이사이 노란 민들레가 지천으로 피어 있었다.

이미 몸을 나눈 사이인데, 이렇게 손을 잡고 걷는 것이 더욱 설레고 정다워서 웃음이 났다.

민서가 잡고 있던 손을 제 점퍼 주머니 안으로 넣었다. 그러고는 손을 뺐다. 의아한 눈으로 그를 바라보는데 그녀의 손에 무엇인가 만져졌다.

"네 거야. 꺼내 가."

어리둥절한 얼굴로 민서를 바라보다 주머니 안에 만져지는 네모난 작은 상자를 꺼내었다.

"아!"

딱 보아도 보석 상자처럼 보이는 그것을 열어 보았더니 거기엔 목걸이가 반짝이고 있었다. 유하와 민서의 영문이 들어간 펜던트가 예뻐서 감탄사가 절로 나왔다.

"너무 예뻐요."

"반지를 사려고 했는데 일을 할 때 거슬릴 것 같아서 또다시 목걸이를 골랐어. 십일 년 전이나 지금이나 너에게 반지는 여전히 제약이 따르더라고. 그래서 수갑처럼 팔찌를 살까 했는데 그것 역시 네 일에 방해가 될 것 같았어."

목걸이를 고르면서 여러 생각을 했을 민서에게 한없이 고마웠다. 가슴은 이미 구름 위에 떠 있었고 쭉 올라간 입꼬리는 감출 수가 없었다.

"고마워요."

"고마워할 것 없어. 일종의 목줄 같은 거니까."

"뭐야, 그럼 제가 개란 말이에요?"

"또 말없이 사라져 버리면 목줄 붙잡고 끌고 오려고."

그녀의 뒤에 서서 목걸이를 걸어 주는 민서의 말에 눈물이 날 것만 같았다. 목걸이가 목에 걸리자마자 뒤돌아서 민서를 바라보았다.

"이젠 귀찮을 정도로 딱 붙어 있을 거예요."

"그래."

머리를 쓸어 주는 그의 손을 잡았다. 한없이 따뜻한 민서의 손을 두 손으로 잡은 그녀가 알아들을 듯 말 듯 작은 목소리로 속삭였다.

"내 마음엔 항상 서민서가 잠들어 있었어요. 이렇게 내게 와 주어서 정말 고마워요, 오빠."

그를 지운 게 아니었다. 원하지 않는 이별 뒤에 민서는 유하의 가슴에 깊이 잠들어 있었다. 그렇기에 지난날들을 원망하지 않기로 했다.

"사랑해요."

그 언젠가처럼 빨갛게 물든 얼굴로 고백하는 정유하. 그때나 지금이나 용기를 먼저 내는 건 그녀였다. 이렇게나 예쁜 정유하는 이제 서민서의 것이다.

만족이 깃든 얼굴로 민서는 그녀를 와락 끌어안았다.

영원히 지지 않을 정유하라는 향기로운 꽃이 민서의 가슴에 담뿍 심겨졌다.

10장. 나의 집이 되어 줘

해가 뉘엿뉘엿 지고 있었다. 손을 꼭 잡고 한가롭게 산책을
즐기는 두 사람의 얼굴은 무척이나 평화로워 보였다. 저녁노을
을 바라보며 다정하게 무슨 말인가를 속삭이던 둘은 불빛과 함
께 달려오는 자동차 소리조차 듣지 못하고 서로에게 집중해 있
었다.

"형!"

그들의 달콤한 데이트를 방해하는 목소리. 두 사람은 날아든
목소리를 향해 고개를 돌렸다.

"어, 민혁 씨, 태영아!"

스며드는 어둠 속에 유하의 절친 태영과 태영의 남자 친구 민
혁이 떡하니 서 있었다. 그들을 발견한 유하가 반가움에 손을 흔
들었다.

"여기까지 어쩐 일이야? 캠핑 온 거야?"

단숨에 그들 앞에 달려온 유하가 눈을 동그랗게 뜨고 물었다. 그러나 민혁과 태영은 민서와 유하를 번갈아 바라보며 고개를 갸웃거릴 뿐이었다.

"이제 왔냐? 예상대로 역시 두 사람은 세트구나."

천천히 유하의 곁으로 다가온 민서가 고개를 꾸벅 숙이는 태영의 인사를 받아 주며 말했다.

"당연히 우린 세트지. 그런데 형이랑 유하 씨, 아는 사이였어?"

"그래, 넌 어떻게 유하를 아는 거냐?"

민혁과는 달리 크게 놀란 모습은 아니었지만 민서는 유하와 민혁 두 사람을 번갈아 바라보며 물었다.

"유하 씨, 태영이 절친인데 형은 어떻게…… 아!"

유하의 곁에 서는 민서를 본 민혁이 입을 크게 벌리며 감탄사를 내뱉었다.

"혹시 형수 되실 분?"

"그래."

그의 말에 금세 얼굴이 빨개진 유하가 민서를 바라보았다. 그녀에게는 낯설기만 한 형수라는 말을 단번에 인정해 버린 민서는 아무렇지 않은 듯 말없이 서 있을 뿐이었다.

"태영이 너 몰랐어?"

"몰랐어요."

"우와, 어떻게 이런 일이! 유하 씨가 내 형수가 된다고?"

믿기지 않는다는 듯 민혁은 잔뜩 흥분한 채 방방거렸다.

"두 사람 언제부터 이런 사이가 된 거야? 어떻게 만난 거야? 응? 형, 내가 얼마 전에 물었을 때만 해도 애인 없는 것처럼 굴더니 거짓말한 거야? 응?"

온갖 질문을 쏟아 내는 민혁을 말린 사람은 태영이었다. 태영이 민혁의 팔을 잡으며 고개를 흔들자 궁금증에 폭발할 것 같은 얼굴을 하고서도 민혁은 입을 다물었다.

곰곰이 생각해 보니 최근의 서민서는 좀 이상하긴 했다. 출장 외에는 절대 외박이라고는 없던 사람이 가끔 외박을 하기도 했고, 퇴근도 평소보다 늦었다. 그게 다 연애 때문이었다니!

민혁은 나란히 서 있는 민서와 유하 두 사람을 보고도 믿을 수가 없었다.

그것은 유하 역시 마찬가지였다.

fixtop 상무 서민서, fixtop 마케팅부 차장 서민혁.

두 사람이 형제일 거라고는 전혀 생각지 못했다. 덩치가 있고 사람 좋아 보이는 인상을 가진 민혁과 달리 키가 크고 마른 민서는 한눈에 보기에도 찬바람 같은 인상을 지니고 있었다. 그러나 둘을 나란히 놓고 보니 눈매나 입매가 닮아 있었다.

"강태영 씨와 네가 친구일 거란 생각은 못 했군."

재미있다는 얼굴로 민서는 유하와 태영을 바라보았다.

"우와, 진짜 어떻게 이런 일이! 태영이 너, 정말 몰랐던 거야?"

어깨를 으쓱이는 태영을 바라보며 아직도 믿기지 않는다는 얼굴로 서 있는 민혁에게 민서가 물었다.

"배고프다, 고기는 사 왔어?"

"당연하지."

"그럼 빨리 준비하자."

"갑자기 바비큐 준비해서 오라더니 형수를 소개시켜 줄 줄 누가 알았겠어. 그 사람이 유하 씨라니. 믿을 수가 없어. 태영아, 나 좀 꼬집어 봐."

워낙에 캠핑을 좋아하는 두 사람이라 여기에 캠핑을 와서 우연히 만난 건 줄 알았더니 바비큐를 먹고 싶다는 유하의 말에 민서가 민혁을 부른 것이었다. 그러니 캠핑이라면 자다가도 벌떡 일어날 태영까지 세트로 온 것이었다.

아이처럼 방방 뛰는 민혁의 팔을 꼬집은 태영 덕분에 제정신이 든 것인지 그는 무슨 말인가를 하려다가 말고 민서에게 끌려가 버렸다. 꼼짝없이 끌려가는 민혁의 모습을 바라보며 태영은 물었다.

"저 사람이 그 사람이니?"

"응, 그 사람이야."

태영은 멋쩍은 웃음을 지어 보이는 유하의 손을 잡아 주며 웃었다.

"성백원에서 우연히 만났을 때는 스쳐 갈 인연이라고 생각했는데……. 사람의 인연이라는 게 참 신기해."

유하의 작업실이 있는 아파트의 같은 동에 태영이 이사를 온 후로 더욱 왕래가 잦은 두 사람이었다. 언젠가 백패킹에서 돌아온 태영이 경북 청도의 특산품이라며 한재 미나리를 사 가지고 오던 날, 둘이서 삼겹살 파티를 하며 민서와의 일을 털어놓았었다. 예술 대학원에서 만나 절친한 친구가 된 두 사람은 서로에 대해 모르는 것이 없었다. 유하의 상처를, 태영의 상처를 아는 두 사람이기에 긴 설명은 필요하지 않았다.

"하하, 그 사람이 형의 형일 줄이야."

"그러게, 민혁 씨의 형일 줄이야."

네 사람이 놀라운 인연으로 엮이게 된 것이 신기하면서 놀랍고 또 우스웠다.

"네 애인이 캠핑 가서 직접 구워 주는 소고기가 그리 맛있다고 자랑하더니 오늘 드디어 그 맛을 보게 되는 거네."

"기대해도 좋아."

두 사람은 바비큐 준비를 하는 민서와 민혁을 바라보며 웃었다.

"태영아, 고기 먹자. 유하 씨, 아니, 형수도 어서 오세요."

수다를 떠는 사이 바비큐 준비가 다 되었는지 민혁이 두 사람을 불렀다. 능청스럽게 형수라 부르는 민혁 때문에 유하는 얼굴을 붉히며 민서에게 걸어갔다.

어두운 밤하늘에는 투명한 달과 별이 그들을 지켜보고 있었다.

네 사람은 어둠으로 가득 찬 봄의 가운데에서 고기를 구워 먹으며 맥주를 마셨다. 쉬지 않고 만들어 내는 민혁의 유머와 수다에 귀 기울이던 세 사람의 얼굴에는 웃음이 떠나지 않았다.

태영이 왜 맛있는 고깃집이 아닌 캠핑을 가서 민혁이 직접 구워 주는 고기가 제일 맛있다고 자랑을 하는지 알 것 같았다. 말 없이 민혁의 이야기를 경청하면서 유하가 먹을 고기를 익혀 주는 민서로 인해 그녀는 세상에서 가장 맛있는 고기를 먹은 날로 오늘을 추억하게 될 것 같았다.

"어쩐지 캠핑의 '캠' 자도 안 꺼내는 형이 여기까지 부르기에 뭔가 이상하다고 생각했어."

저녁을 먹고 화로대에 장작을 지펴 빙 둘러앉은 그들은 민혁이 타 준 뜨거운 커피를 마셨다.

"명색이 fixtop 상무라는 사람이 글램핑이 뭐냐. 직원들이 봤으면 손가락질할 거야."

"어차피 캠핑도 일종의 취미야. 내 취미에 대해 왈가불가한다면 그게 더 이상한 거지. 그래서 캠핑에 환장하는 널 불렀잖아. 넌 여기서 자고 내일 출근해."

"뭐? 그럼 잠도 안 자고 서울에 올라가겠다는 말이야, 지금?"

"내일 출근해야지."

"나도 내일 출근하거든."

"넌 아무 데서나 잘 자지만 난 불편한 데서 자는 건 딱 질색이야."

그의 말에 민혁뿐 아니라 유하까지 놀란 표정으로 민서를 바라보았다. 비록 아무런 준비 없이 출발했다지만 모든 것이 준비되어 있는 이곳에서 하룻밤을 지내고 갈 줄 알았는데 까칠한 성격답게 집 밖의 생활은 영 적응이 안 되는 것인지 그는 이미 갈 준비를 마친 상태였다.

"하, 술을 안 마신 이유가 그것 때문이었어?"

"그래."

"우와, 우리 형이지만 진짜 너무한다. 그럼 형수는 놔두고 형 혼자 가."

"말도 안 되는 소리."

민서는 그녀의 생각은 묻지도 않은 채 딱 잘라 말하곤 일어섰다. 그리고 유하의 손을 잡아당겼다.

"가자."

"더 놀다 가지 벌써 간다고?"

"이미 많이 놀았어."

"우리 형이지만 오늘따라 왜 이렇게 얄밉냐."

결국 글램핑장에 민혁과 태영을 두고 두 사람은 서울로 향했다. 마지막까지 민서와 유하를 배웅하면서도 투덜거리는 민혁을 달래는 건 태영의 몫이었다.

"하아, 오빠."

안타까운 목소리에 민서는 대답 없이 유하의 팔을 잡은 손에 힘을 주었다. 그녀의 동그란 젖꼭지를 강아지처럼 할짝이며 희롱하는 민서 때문에 그녀의 몸이 절로 비틀렸다.

"하웃, 간지러워."

내 몸이 내 몸이 아닌 것처럼 간지럽고, 떨리고, 야릇한 느낌에 꾹꾹 누르던 감정이 한번 터져 나오자 이젠 걷잡을 수가 없

191

었다.

집 앞에 데려다주는 줄 알았는데 그가 유하를 데려온 곳은 그녀의 작업실이었다. 들어오자마자 함께 샤워를 하고 몸을 탐하는 민서 때문에 그녀의 입에서는 연신 신음이 터져 나왔다.

"읏, 그만."

젖꼭지를 빨아들이는 느낌에 온몸이 타오르는 것 같아 그녀는 민서의 어깨를 꽉 움켜잡고 애원했다. 드디어 얼굴을 든 그와 눈빛을 마주했다. 몽롱한 눈빛으로 올려다보는 그녀를 바라보며 만족한 듯 그는 옅게 웃었다.

멈춘 입술과는 다르게 바삐 움직이는 손이 납작한 아랫배를 지나 천천히 깨어나고 있는 여성을 쓸었다. 그리고 클리토리스를 찾아 부드럽게 쓰다듬었다.

"아……!"

찌릿찌릿. 그가 만져 줄 때마다 전기가 통하는 것만 같아 그녀는 얼굴을 붉게 물들인 채 그의 손을 잡았다.

"부끄러워?"

그녀의 반응에 픽 웃으며 물어 오는 그를 향해 대답 대신 고개를 끄덕였다.

"부끄러워하지 말고 그냥 느껴."

그녀의 목덜미에 얼굴을 묻은 민서가 귓불을 깨물며 속삭였다. 그러자 더욱 달아오르는 몸이 안에서 폭발을 일으키는 것만 같았다. 그의 손가락이 축축한 질 안으로 들어왔다.

"촉촉해. 하지만 모자라. 내가 들어갈 수 있도록 조금 더 느껴 봐."

"핫, 오빠!"

부드러운 말과는 달리 손가락이 질 안을 긁어내리자 그녀가 몸을 움찔거렸다. 귓불에서 뺨으로 올라온 입술이 그녀의 입술을 집어삼켰다. 그녀의 허벅지에 닿아 혼자 움찔거리던 그의 남성이 그녀의 허벅지 사이에 들어와 어서 넣어 달라고 성을 내듯 불끈거리며 그녀의 클리토리스를 톡톡 쳐댔다.

"긴장돼?"

그의 물음에 대답 대신 고개를 끄덕이자 그가 작게 웃으며 입술을 쪽 빨며 속삭였다.

"나도 마찬가지야."

자극적인 그의 남성 때문에 허리를 뒤틀려 했으나 이미 그의 다리에 깔려 옴짝달싹할 수가 없었다. 그가 클리토리스를 톡톡 쳐대던 자신의 남성을 잡고 그곳에 문질렀다.

"하윽."

짜릿함에 감출 수 없는 신음이 새어 나왔다. 이제야 만족스러운 듯 그는 여성이 뱉어 놓은 애액을 귀두에 묻혔다. 그녀가 적응할 수 있도록 뭉툭한 끝을 부드럽게 몇 차례 더 문지르는 것도 잊지 않았다. 잠시 후 꽃잎을 가르고 그가 천천히 밀고 들어왔다.

"아앗……!"

만족감과 함께 밀려오는 통증에 그의 입술을 깨물었다. 아플 텐데 입술을 떼지 않고 다정하게 그녀의 입술을, 혀를 쓸어 주는 민서의 키스. 유하는 민서의 목에 팔을 걸고 그의 혀를 찾아 세차게 빨아들였다.

황홀한 그녀의 여성이 민서를 꼭 붙들어 매자 그는 힘겨운 숨을 토해 내며 허리를 움직였다. 깊게 찔러 오는 남성이 주는 고통과 함께 찾아온 쾌감으로 그녀 역시 신음하며 몸을 떨었다.

"으……으으읏!"

얕게 혹은 깊게, 약하게 혹은 강하게. 민서는 제 몸에 딱 맞는 그녀의 몸 구석구석을 어루만지며 뜨겁게 파고들었다. 소름이 돋으면서 눈앞이 하얘지는 느낌에 그녀가 그의 팔을 힘주어 잡았다.

"어때, 내가 주고 싶어 하는 게 뭔지 알 것 같아?"

"흐으윽, 하아."

힘겹게 그의 몸짓을 받아 내는 그녀가 신음을 토해 내며 고개를 끄덕였다. 발그스름한 두 볼은 마치 붉은 꽃잎을 찍어 놓은 것만 같았다. 그 볼에 키스를 한 민서가 움직임을 멈추고 그녀를 일으켜 안았다.

"아웃, 오빠!"

갑작스레 바뀐 체위에 놀란 그녀가 신음을 높이며 민서를 꽉 껴안았다.

"으으윽, 하아."

그의 남성이 더욱 깊게 파고들었고 쾌감은 한층 더해졌다. 그녀는 쾌감에 떨며 그의 목에 매달렸다.

"움직여 봐."

그의 목덜미에서 고개를 든 그녀가 발갛게 달아오른 얼굴로 고개를 흔들었다.

"도와줄게."

"……어떻게?"

조심스러운 물음에 민서는 작게 웃으며 그녀의 입술에 키스했다. 어깨를 쓸고 내려온 그의 손이 그녀의 허리를 잡으며 힘을 주었다. 그의 손에 맞춰 허리를 올렸다 내렸다.

"으아앙."

더욱 깊이 들어오는 그의 남성을 감당할 수 없어 신음이 터져 나왔다. 그 역시 가쁜 숨을 토해 내며 그녀가 계속 움직일 수 있도록 허리를 잡은 손에 힘을 주었다. 그녀의 얼굴이 더욱 새빨갛게 물들어 갔지만 멈추지 않았다.

"좋아."

그의 응원에 힘입어 더욱 높이 올랐다 내려가는 그녀의 몸을 바라보며 민서는 침대에 벌러덩 누워 버렸다. 당황한 그녀의 몸짓이 일순 멈추었다.

"오빠……."

"멈추지 마."

그의 낮은 애원에 머금고 있던 남성을 토해 내려던 그녀가 천천히 허리를 내려 앉았다. 그의 눈이 그녀의 얼굴에서 내려와 움찔거리는 접합구를 향했다. 그녀의 눈에는 보이지 않는, 그의 눈에만 보이는 그곳이 크게 요동을 쳐댔다.

"보지 말아요."

"보고 싶어. 네가 내 걸 삼키는 모습."

부끄러우면서도 야릇해서 어쩔 줄을 모르고 내려앉은 엉덩이를 민서의 손이 힘주어 잡아 올렸다.

"하으으응."

"하아, 더 빨리 움직여 봐."

좀처럼 하지 않는 그의 부탁에 망설이던 그녀가 움직이기 시작했다. 서툴고 느린 몸짓이 시작되고 민서는 열망 가득한 눈빛으로 접합구를, 움직일 때마다 탐스럽게 흔들리는 그녀의 가슴을, 그 가슴에서 물결치는 긴 머리카락을, 작게 벌어진 입술 사이로 신음을 토해 내는 그녀를 바라보았다.

보는 것만으로 황홀한 그녀가 지금 그를 막다른 곳으로 인도하고 있었다.

"아아아!"

황홀감에 허우적거리던 민서가 더 이상은 못 참겠는지 그녀의 엉덩이를 잡고 있는 손에 힘을 바짝 주고 허리를 튕겨 올렸다. 생소한 움직임에 깜짝 놀란 그녀가 소리를 지르며 민서의 가슴에 엎드렸다.

"오빠! 아앗!"

"하아, 하아."

가쁜 숨을 내쉬면서도 그는 멈추지 않았다. 그녀의 등과 엉덩이를 굳게 잡은 채 허리를 들어 올리며 깊고, 강하게 파고들었다. 그리고 그녀의 등을 꽉 누른 채 돌렸다. 빙글빙글 돌리고 꾹 누른 채 더 깊이 파고들어 그녀의 깊은 곳을 휘저었다.

"으으읏."

눈을 꼭 감고 신음하는 그녀의 입술을 빨아들이자 타액이 꿀꺽꿀꺽 넘어왔다. 갈증이 난 것처럼 그녀의 타액을 빨아들인 민서가 몸을 굴려 그녀의 위로 올라와 마지막 피치를 올렸다.

꿀쩍, 퍽, 꿀쩍, 퍽.

빠졌다가 파고드는 음란한 소리는 그녀에게 전혀 들리지 않았다. 다만 머리끝부터 발끝까지 전기가 통한 것처럼 찌릿찌릿해져 몸이 뒤틀리고 눈물이 났다.

"흐아아아."

"유하야."

그의 목소리에 꼭 감고 있던 눈을 떴다.

"사랑해."

그와 함께 빠르게 움직이던 열기가 딱, 멈추었다.

"오빠, 하아, 하아!"

그의 몸과 마음이 함께 주는 감동에 눈물을 흘리며 그녀는 파르라니 온몸을 떨었다. 민서 역시 가장 깊이 파고들어 자신을 놓아 버린 채 그녀를 껴안았다.

"저도 사랑해요."

"으아아."

짐승 같은 울음을 토해 내며 그녀의 눈물을 마시는 민서의 온몸에 소름이 쫙 돋아 있었다.

이렇게 서로를 껴안고 깊은 만족감을 느끼는 순간에도 그녀를 향한, 그를 향한 열망은 도무지 가실 줄을 몰랐다.

"침대 바꿔야겠다."

좁은 싱글 침대에 모로 누워 유하를 안고 있던 민서의 말에 그녀는 밀려오는 졸음에도 웃으며 고개를 끄덕였다.

"아니, 결혼하자."

민서의 한마디가 쏟아지는 졸음을 한 번에 쫓아 버렸다.

"너에게 내 가족을 소개시켜 주고 싶었다. 오늘은 민혁이지만 차차 부모님과 내 여동생을 소개시켜 주고 싶었는데 그보다 결혼이 먼저 하고 싶어졌어. 남자의 집은 아내라던데 네가 나의 집이 되어 줘."

그의 갑작스런 고백과 청혼. 그녀는 어리둥절한 표정으로 민서를 바라보았다. 그런 그녀를 보며 빙긋 웃던 그가 그녀의 맨등을 쓸어내리며 말을 이었다.

"너와 함께 있고 싶어, 함께 웃고 싶어. 함께 밥을 먹고, 함께 걷고, 함께 사랑하고 싶어. 그냥 아무런 이유 없이 모든 것을 정유하와 함께하고 싶어. 그러니까 결혼하자."

그의 청혼이 꿈만 같아서 눈만 끔벅였다. 환하게 가슴이 차오르는데 도무지 현실 같지 않았다.

"거절이라면 내 쪽에서도 거절이야."

이번에는 명령과도 같은 그의 말. 저도 모르게 웃음이 나와 버렸다.

"시간을 달라거나, 생각해 보겠다는 말은 하지 마. 그냥 결혼하겠다고 대답해."

막무가내로 나오는 그를 바라보던 그녀가 천천히 손을 올려 그의 뺨을 감쌌다.

"오빠의 집이 되고 싶어요. 나 역시 아무런 이유 없이 오빠를 사랑하니까."

애초에 거절 따위 생각하지 않았다. 그의 말처럼 그녀 역시 민서와 함께 있고 싶고, 함께 웃고 싶었다. 함께 밥을 먹고, 손을 잡고 걷고 싶었다. 함께 사랑하고, 이야기를 나누고 싶었다. 그러기 위해 결혼을 해야 한다면 어떤 가시밭길을 가더라도 하고 싶었다. 서민서만의 집이 되고 싶었다.

"네가 미성년자가 아니라는 사실이 죽도록 고마워졌다."

속삭이던 민서의 입술이 다가왔다. 이렇게나 사랑스러운 그녀를 만지고, 물고, 빨고 싶다. 온몸으로 그에게 매달리게 만들고 싶다.

폭풍우 같은 키스가 시작되었다. 말 한마디로 쏟아지는 잠을 깨운 것도 모자라 그는 온몸으로 그녀의 잠을 몰아내기 시작했다.

그들의 긴 밤이 뜨거움으로 다시 물들었다.

고요한 아침, 먼저 눈을 뜬 건 유하였다. 좁은 싱글 침대에서 모로 누워 불편한 잠을 자는 그를 위해 침대에서 내려온 그녀가 하나뿐인 베개를 그의 머리에 편안하게 받쳐 주었다.

'나의 집이 되어 줘.'

자는 모습마저도 강인해 보이는 그의 얼굴을 보며 어젯밤 청혼을 하던 그의 목소리를 떠올렸다.

정말이지 가장 편하고 안락한 그의 집이 되어 주고 싶다.

편안한 모습으로 잠든 그의 모습에 미소를 짓던 그녀가 조심스럽게 그의 입술에 키스했다. 여전히 세상모르고 잠든 그를 내려다보다 아쉬운 얼굴로 방을 나와 욕실로 들어갔다. 샤워를 하고 곧장 주방의 싱크대 앞에선 그녀가 분주하게 움직이기 시작했다.

가끔 작업실에서 자고 출근을 하는 그를 위해 아침 식사를 준비할 때면 늘 이렇게 설레곤 했다. 그가 먹을 식사를 차리고, 그가 입을 옷을 정리해서 걸어 둘 때면 마치 서민서의 아내가 된 것 같은 기분에 휩싸여 하루가 즐거웠다.

그의 아내, 이젠 꿈이 아니었다.

밀려드는 행복감에 콧노래를 부르며 그가 깨기 전에 재빨리 쌀을 씻어 취사 버튼을 눌렀다. 그리고 작은 냉장고의 냉동고를 뒤졌다.

언젠가 세현이 넣어 놓은 사골국을 꺼내어 냄비에 담아 가스레인지에 올려 데우기 시작했다. 국이 끓는 사이 계란말이를 하고 김과 김치도 쓱쓱 썰어 직접 만든 도자기 접시에 올리자 두 사람만의 소박한 식사가 차려졌다.

수저까지 가지런하게 놓은 다음 민서가 깨기를 기다리며 화초에 물을 주기 위해 베란다로 나가려는데 도어록을 해지하는 소리가 들려왔다. 화들짝 놀라 현관으로 달려가자 세현과 은호가 함께 문을 열고 들어오고 있었다.

"엄마, 아버지?"

갑작스런 두 사람의 방문에 잘못을 저지른 아이처럼 그녀의 심장이 빠르게 콩닥거리기 시작했다.

"잘 잤어, 우리 딸?"

"네, 어쩐 일이세요?"

"요즘 집에도 자주 안 들어오고 바빠 보이기에 반찬 좀 해 왔어. 커피 한 잔 하고 출근하려고 아빠한테 가 보자고 졸랐지."

은호의 손에 들려 있는 종이가방이 제법 묵직해 보였지만 그녀의 눈에 그게 보일 리 없었다.

일이 많아 집에 들어가지 못하거나 밤새워 일을 할 때면 두 사람은 가끔 연락 없이 이곳에 들르곤 했다. 밥을 차려 주기도 하고, 전등이 나가거나 고장 난 문손잡이를 수리하고 가기도 했다.

하지만 미안하게도 오늘만큼은 두 사람의 방문이 전혀 달갑지 않았다. 못난 모습을 보이게 될까 봐 불안한 마음뿐이었다.

"손님이 오셨니?"

낯선 남자의 구두를 보며 묻는 세현의 말에 그녀는 그만 할 말을 잃고 당황스런 표정으로 은호를 올려다보았다. 은호의 눈썹이 순간 꿈틀했다.

"태영이 왔구나. 차 행사다 뭐다 바쁜데 우리가 괜히 방해를 했네. 당신 좋아하는 커피 내가 사 줄 테니 우린 이만 가자, 세현아."

딸의 표정이 심상치 않다고 느꼈는지 은호가 거실 소파에 앉으려는 세현의 손을 잡았다. 그러나 태영이라는 말에 한 치의 의심도 없이 세현은 반색했다.

"잘됐다. 태영이도 있었구나. 태영이는 손님도 아닌데 뭐 어때. 그렇잖아도 태영이 반찬까지 싸 들고 왔어."

민혁을 만나기 전 백패킹을 다니느라 머리카락을 짧게 자르고, 남성용 아웃도어를 입고 다니는 태영의 모습을 자주 보았기에 세현이 은호의 말을 믿는 것도 무리는 아니었다.

"이제 아침 먹는 거야? 잘됐다. 네가 좋아하는 반찬 해 왔는데 같이 먹어."

은호의 손에 들린 종이가방에서 반찬을 주섬주섬 꺼내는 세현을 보며 유하는 저도 모르게 입술을 깨물고 말았다. 이대로 민서가 나올까 불안하고, 세현과 은호에게 실망을 줄까 걱정스럽기만 했다. 덩달아 이상한 낌새를 챈 눈치 빠른 은호 역시 안절부절못하고 있었다.

"세현아, 내가 갑자기 볼일이 있어서 일찍 가 봐야 하는데 깜박했네. 알아서 아침 먹게 놔두고 얼른 가자."

"어머, 그래?"

찬합에 담긴 반찬들을 식탁에 놓다 말고 세현이 고개를 갸웃거렸다. 들어온 지 얼마나 됐다고 서둘러 나가려는 은호의 모습이 아무래도 수상쩍어 보이지만 세현은 은호의 말에 따랐다.

"네 아빠 때문에 그만 가야겠다. 아침 챙겨 먹어."

"네, 맛있게 먹을게요. 고마워요, 엄마."

"그래."

들어온 지 십 분도 채 되지 않아 쫓기듯 나가는 은호와 세현에게 죄송한 마음으로 유하는 인사를 했다.

달칵.

그들을 배웅하기 위해 졸래졸래 현관으로 향하는 순간이었다. 갑자기 달칵, 하고 문이 열리는 소리에 심장이 덜컥 떨어지는 것만 같은 기분으로 그녀는 고개를 돌렸다. 은호와 세현의 고개 역시 문소리가 난 곳으로 향하고 있었다. 그리고 보고야 말았다. 딸의 방에서 나오는 낯선 남자를.

그는 번듯하게 옷을 차려입고 있었지만 이곳에서 자고 일어났음을 감출 수는 없었다. 세현과 은호의 눈과 입이 크게 벌어졌다.

"누, 누구세요?"

당황한 나머지 말까지 더듬은 세현이 곁에 있던 은호의 손을 꼭 잡았다.

차마 두 사람을 바라보지 못하는 유하는 입술을 짓이기며 고개를 떨구고 말았다. 절대 민서가 부끄러워서가 아니었다. 부모님에게 좋은 모습만 보여 드리고 싶었는데, 도리에 어긋나는 행동을 저지른 것 같아 고개를 들 수가 없었다.

"이렇게 인사드리게 되어 송구스럽습니다. 안녕하십니까, 서민서라고 합니다."

"그, 그러니까……."

무슨 말을 해야 할지 도무지 분간이 가지 않는지 세현은 남자에게서 고개를 돌려 유하를 바라보았다.

"유……하야?"

"이렇게 뵙게 되어 몹시 송구스럽지만 현재 유하와 만나고 있습니다. 어제 청혼을 했고요."

"네?"

또다시 눈과 입을 크게 벌린 채 민서와 유하를 번갈아 바라보는 두 사람. 그들 앞으로 민서가 걸어왔다. 그리고 무릎을 꿇었다.

그건 너무나 순식간에 일어난 일이어서 유하 역시 깜짝 놀라고 말았다.

"이런 모습 무척 황당하고, 기분 나쁘실 줄 압니다. 죄송합니다. 하지만 죄송한 김에 더 죄송한 말씀을 드려야겠습니다."

무릎을 꿇은 채 조곤조곤 이야기를 하는 민서만이 평정심을 잃지 않고 있었다.

"유하, 제게 주십시오."

민서다운 당당한 부탁.

"유하야?"

도무지 상황 파악이 어려운지 두 사람은 유하를 바라보았다. 두 분에게는 무척 죄송하지만 진심이 느껴지는 민서의 말에 눈물이 차올라 유하는 민서의 곁으로 다가가 함께 무릎을 꿇고 말았다.

"유하야!"

"엄마, 아버지. 이런 모습으로 놀라게 해 드려서 정말 죄송해요."

"이게 지금 뭐하는 짓이야?"

태영이라고 감쪽같이 믿고 있던 세현이 얼마나 놀랐을지 보지 않아도 알 수 있었다.

"죄송해요. 엄마, 아버지. 하지만 이 사람 말대로 좋은 감정으로 만나고 있고, 또 어제 청혼을 받았어요. 엄마, 아버지의 허락도 구하지 않고 전 그 청혼을 허락했고요."

"뭐, 뭐라고?"

"그러니 이 사람, 저희 가족으로 받아 주시면 안 될까요?"

"유하를 사랑하고 있습니다. 그래서 곁에 두고 싶습니다. 허락해 주십시오."

서로가 갑작스런 상황인 만큼 환영까지는 아니더라도 받아 주기를 간절히 바라며 유하는 호소했다. 민서 역시 그답지 않게 애원했다. 그런 두 사람을 바라보며 잠시 할 말을 잃은 은호와 세현이었다.

애달픈 침묵에 두 사람은 무릎을 꿇은 채 머리를 조아렸다.

얼마나 시간이 지났을까, 침묵하던 세현이 먼저 입을 열었다.

"당신은 먼저 눈치를 채고 나가자고 한 거지?"

물음에 답은 않고 먼 산을 바라보는 은호를 향해 세현은 눈을 흘겼다.

"이제야 나도 우리 엄마 마음을 알 것 같아. 여보, 우리 딸이 꼭 나를 닮은 것 같지 않아요?"

"그러게. 저 젊은이는 꼭 나를 보는 것 같구만."

세현의 말에 동감하며 함께 웃어 버리는 두 사람.

　당황스럽긴 하지만 유하와 민서의 모습에 두 사람은 젊은 시절을 떠올리고 있었다. 불같은 사랑에 빠져 유하를 가진 후 양가의 허락을 받으러 쫓아다니던 그 숨 가쁜 시절을.

　"난 저 젊은이가 유하 짝으로 마음에 드는데 당신은 어때?"

　"저리 당당하게 우리 딸을 달라는 걸 보니 자신이 있나 보네. 일어서요. 괜찮다면 우리 이야기 좀 해요."

　"그래, 유하도 어서 일어나거라."

　호통을 칠 거라는 생각과는 달리 너무 쉽게 마음의 문을 열어 준 은호와 세현은 무릎을 꿇고 있는 민서와 유하를 향해 손을 내밀어 주었다.

　그렇게 마주하게 된 세현과 은호, 민서는 유하가 내려 준 커피를 앞에 두고 길고 긴 두 사람의 사연을 들었다.

　"그런 일이 있었구나. 두 사람도 운명인가 보네. 이렇게 다시 만난 걸 보면."

　"그래도 우리 딸이 나도 모르는 새에 남자를 만나고 있었다니 배신감이 들긴 해."

　"설마…… 아이를 가진 건 아니지?"

　조심스럽게 물어 오는 세현을 향해 유하는 당황한 표정을 지으며 손사래를 쳤다.

　"아니에요."

　붉게 물들인 그녀의 얼굴을 민서는 사랑스러운 표정으로 바라보았다. 그런 민서를 보는 세현과 은호의 얼굴이 따뜻해졌다.

"청혼도 했다는데 아이를 가졌으면 또 어때."

"이이는, 그래도 결혼 전에는 조심하는 게 좋잖아요."

"흠흠, 그래. 청혼을 했다니 곧 결혼을 하겠다는 말인데 그럼 상견례는 언제 하는 게 좋겠나?"

상견례라는 말에 깜짝 놀란 유하가 당황한 표정으로 손을 내저었다.

"아버지, 아직 그런 것까지 생각하진 않았어요."

"아닙니다. 저도 부모님께 유하를 인사시키고 언제가 좋을지 물어보겠습니다. 빠른 시일 내에 상견례 날짜를 잡도록 하겠습니다."

단번에 유하의 말을 부정하며 그는 미리 생각해 둔 것처럼 거침없이 말했다.

"허허, 젊은 사람답게 진행 속도가 빠르구만. 아니 우리 유하가 그렇게 만드는 건가?"

"맞습니다, 장인어른."

그답지 않게 넉살을 부리는 민서를 유하는 의아한 눈으로 바라보았다. 장인어른이라는 말에 환하게 웃는 은호는 이미 민서에게 홀딱 빠진 것처럼 보였다.

"허허, 이 사람. 넉살도 좋구만. 우리 언제 술이나 한잔하세!"

"언제든 불러만 주시면 달려가겠습니다."

"그럼 내일은 어떤가?"

"예의상 하는 말을 곧이곧대로 믿으면 어떡해요."

"아닙니다, 장모님. 제가 오늘 큰 결례를 범했으니 내일 정식으로 인사드리고 싶은데 초대만 해 주신다면 내일 유하와 댁으로 찾아뵙고 싶습니다. 괜찮겠습니까?"

어려운 상황에 처해질 때 사람의 본연의 모습을 파악할 수 있다고 하는 말을 민서를 보니 알 것 같았다. 서로가 당황스럽고 불편한 자리에서 먼저 무릎을 꿇고 머리를 조아리는 민서의 모습에 더욱 깊어지는 감동. 그 감동은 은호와, 세현, 유하 세 사람에게 똑같이 번져 왔다.

"그래요, 내일 꼭 와요. 좋아하는 음식 차려 놓고 기다리고 있을게요."

"감사합니다. 장모님."

네 사람의 얼굴에 번진 미소.

참으로 다행이다.

웃음으로 마무리된 이 일로 인해 민서에 대한 믿음과 애정이 더욱 깊어져 버렸다. 나의 집이 되어 달라고 부탁하던 민서는 이미 그녀를 위한 든든한 집을 짓고 있었다.

11장. 암흑 속에 잠기다

뜻하지 않은 세현과 은호의 작업실 방문으로 이루어진 민서와의 대면. 그로 인해 결혼 준비를 위한 양가 인사는 빠르게 진행되었다. 두 사람의 깊은 관계를 알게 된 딸 가진 부모의 입장을 백번 이해하기에 민서는 결혼 준비에 가속을 붙였다.

정식으로 유하의 집으로 찾아와 인사를 한 지 나흘 만에 오늘은 유하가 민서의 집으로 인사를 가는 날이었다. 잔뜩 긴장한 그녀와 다르게 두 사람의 방문에 가장 들뜬 사람은 다름 아닌 민혁이었다.

어서 빨리 태영과 가정을 이루고 싶어 하는 민혁에게 태영은 민서가 먼저 결혼을 하면 생각해 보겠다면서 결혼을 미루고 있었기에 민서가 결혼 날짜를 잡기만을 손꼽아 기다리고 있었다.

벌써 연애를 시작한 지 일 년이 넘어가는 태영은 이미 어른들을 만나 뵌 상태로 오늘 민혁의 집으로 초대를 받았고, 민서의 여동생 역시 현재 결혼을 전제로 만나고 있는 남자와 함께 집으로 온다고 하여 유하의 부담이 더욱 커져 버렸다.

"같이 갈까?"

"혼자 금방 다녀올게요."

민서의 집에 가기 전 민서와 함께 공방에 따로 준비해 둔 선물을 가지러 오는 길이었다. 함께 가겠다는 그를 두고 그녀는 조수석에서 내려 대문 앞으로 총총히 걸어갔다.

"정 선생님, 이제 나오세요?"

도진이 박스를 들고 대문을 나오다 말고 그녀를 향해 반갑게 인사를 했다.

"안녕하세요, 어쩐 일로 오셨어요?"

"최 선생님 작품 가지러 왔어요."

"아, 그러셨구나."

"주문하는 고객은 많은데 물건을 가져다주지 않으셔서 오늘 일부러 시간 내서 왔지 뭐예요."

도자기를 만든 지 벌써 삼십 년이 넘어가는 기주는 이 바닥에서는 알아주는 도예가였다. 작은 작품 하나에도 십만 원이 훌쩍 넘어가는데 없어서 못 팔 정도이니 도진이 이렇게 손수 방문을 한 거였다.

"아, 고마워요. 역시 센스쟁이라니까."

"별말씀을요."

도자기가 가득 찬 무거운 상자를 들고 있는 도진을 대신해 트렁크를 열어 주자 그 안으로 상자를 밀어 넣은 그가 싱긋 웃으며 말했다.

"이렇게 밖에서 만난 것도 인연인데 안 바쁘시면 차 한 잔 어때요?"

유쾌하게 물어 오는 그를 따라 웃으며 그녀는 고개를 저었다.

"안타깝게도 오늘은 바빠서 차는 다음에 마셔야겠어요."

"무슨 약속인데 그렇게 바빠요?"

"음……."

무슨 말인가를 하려는 찰나 유하가 타고 왔던 차의 창문이 징, 하고 내려갔다. 두 사람은 고개를 돌려 창문 밖으로 드러난 민서의 얼굴을 바라보았다.

"어, 서 상무님?"

"네, 안녕하세요."

"안녕하세요. 여긴 어쩐 일로……?"

민서와 유하를 번갈아 바라보던 도진이 아, 하고 감탄사를 내뱉었다. 눈치 빠른 도진이기에 이미 두 사람의 관계를 파악해 버린 것이다.

"유하야, 늦기 전에 얼른 다녀와."

"네, 도진 씨 그럼 다음에 봬어요."

"아, 네. 그럼 저도 이만 가 볼게요."

"네."

당황한 표정으로 그녀에게 인사를 한 도진이 머리를 긁적이며 민서에게도 인사를 했다. 그가 운전석에 올라타는 것을 보고 유하는 공방으로 들어가 기주에게 부탁해 놓은 작품을 들고 나와 민서의 차를 탔다.

"도진 씨, 몰랐어?"

"뭘요?"

그의 집으로 가는 길, 뜬금없는 물음에 그녀가 눈을 동그랗게 치켜떴다.

"너에 대한 관심."

"엑?"

"몰랐던 거야?"

"절대 아니에요."

말도 안 된다는 듯 웃으며 부정하는 그녀를 향해 민서는 얼굴을 찡그렸다.

"아무래도 청첩장부터 찍어야겠군."

뜬금없는 말에 그를 바라보자 민서가 말했다.

"청첩장 나오면 도진 씨한테 먼저 전해 줘."

"어? 질투하는 거예요?"

"그래."

간결한 그의 대답에 웃음이 쿡 나와 버렸다. 질투라곤 전혀 모를 것 같은 사람이 뜬금없이 질투를 하는 것이 우습기만 했다.

"그런데 그것들은 다 뭐야?"

"오빠 부모님께 드릴 최 선생님의 캔들 워머랑 제가 만든 그릇이에요. 마음에 들어 하셨으면 좋겠어요."

한지로 깔끔하게 포장된 채 종이가방 안에서 얌전하게 주인을 기다리는 도자기를 그녀는 흐뭇하게 바라보았다.

"마음에 들어 하실 거야. 네가 만든 부부상을 보고 무척 기뻐하셨으니까."

"다음엔 더 좋은 걸 만들어 드려야겠어요."

"부모님 말고 나도 좀 생각해 주지 그래."

또다시 웃음이 터져 버렸다. 기분 좋은 질투를 해 주는 민서 덕분에 긴장도 잊어버린 채 소리 내어 웃었다.

"오늘은 오빠 것도 준비했어요."

"어디, 줘 봐."

"작업실에 두고 왔어요. 내일 드릴게요."

"기대하지."

조잘조잘 이야기를 하는 사이 어느새 그의 집 앞에 도착했다.

"떨지 마. 그냥 밥만 먹고 나오면 돼."

대수롭지 않게 말하는 그를 보며 그녀는 고개를 끄덕였다. 그가 그녀의 집에 왔을 때 이미 한 가족인 것처럼 은호와 세현을 대하던 민서. 유하 역시 그러고 싶은데 벌써부터 긴장감으로 손이 덜덜 떨려 왔다. 그 손을 꽉 잡은 민서의 손에서 전해지는 온기가 떨림을 진정시켜 주었다.

"어서 오세요, 형수님!"

그들을 먼저 반겨 준 사람은 민혁이었다. 너스레를 떠는 민혁을 따라 집으로 들어가자 문 앞에서 그의 부모님이 그녀를 기다리고 있었다.

"어서 와요, 어서 와."

"우리 아버지, 어머니셔."

"안녕하세요, 정유하입니다."

"반가워요. 그렇잖아도 태영이 친구라고 민혁이가 어찌나 자랑을 해 대는지 이야기 많이 들었어요."

"초대해 주셔서 감사합니다. 약소하지만 받아 주세요."

공손하게 인사를 올리고 반겨 주는 그의 어머니 혜영에게 가져온 선물을 내밀었다.

"아유, 뭘 이런 걸 다. 전에 만들어 준 부부상도 얼마나 마음에 들었는지 몰라요. 고마워요."

"아닙니다."

부부상을 유하가 만들긴 했지만 선물을 한 것은 민서인데 혜영의 진심 어린 감사에 저도 모르게 얼굴을 붉히고 말았다.

"자자, 여기서 이럴 게 아니라 앉아서 이야기합시다."

"아버지 말씀이 옳습니다. 이러다간 문 앞에서 세월 다 보내겠습니다."

"이 녀석이."

민서 아버지 진태의 말에 동의하며 농담을 해 대는 민혁에게 혜영이 곱게 눈을 흘겼다.

"자자, 어서 들어와요."

그제야 겨우 문 앞에서 벗어나 거실로 들어온 유하의 눈에 태영이 들어왔다. 그녀를 반기는 태영의 웃음에 긴장으로 가득한 얼굴로 유하는 살짝 웃어 주었다.

"자자, 민혁이와 태영이는 이미 아는 사이라고 들었고, 여기는 우리 막내딸 민영이, 그리고 민영이와 만나고 있는 성재, 이제 한 가족이 될 테니 인사들 해요."

태영의 곁에 서 있는 두 사람을 소개하는 진태의 말에 그들을 향해 허리를 굽혀 인사를 하던 유하가 고개를 들었다.

전혀 낯설지가 않았다. 아니, 이름과 얼굴을 보는 순간 단번에 알아볼 수 있었다.

서민영과 이성재를.

의도치 않게 그녀를 공공의 적으로 만들어 버린 이성재.

미술실에 유하를 가둔 장본인이자 여동생을 죽여 버린 서민영.

십일 년이 훌쩍 지났지만 잊으려고 해도 결코 잊을 수 없는 두 사람이 지금 유하의 앞에 서 있었다.

"정…… 유하?"

먼저 입을 열고 알은척을 한 건 이성재였다.

왜 이곳에 이성재가 서 있는 것인지 퍼뜩 이해가 가지 않은 유하가 민서를 바라보았다.

서민서, 서민혁, 서민영.

이제야 민서와 민영이 남매라는 사실을, 민영의 약혼자가 바로 이성재라는 사실을 이해한 유하의 얼굴이 창백해졌다. 동공이 갈피를 잡지 못하고 마구 흔들렸다.

어떻게…… 어떻게, 이런 악연이 있을 수 있을까. 어떻게 만난 인연인데, 어떻게 만난 사랑인데, 이럴 수가 있을까.

믿고 싶지 않은 현실에 맞잡고 있던 유하의 손이 툭, 떨어졌다.

"성재 네가 형수를 어떻게 알아?"

이미 안면을 튼 것인지 민혁은 성재의 어깨를 툭 치며 물었다.

"아, 같은 고등학교를 다녔어요. 민영이 너도 유하 기억하지?"

성재의 물음에 멍하니 유하를 바라보던 민영이 퍼뜩 응, 하고 대답을 했다. 그녀 역시 당황한 듯 유하에게 시선을 떼지 못하고 있었다.

"세 사람이 동창이야? 인연은 인연이구나. 아무래도 우리 새 아기 될 사람이 우리 집 사람은 맞는가 보다."

"그러게요. 태영이와 친구에 민영이와 성재까지 친구라니 진짜 인연이네요."

인연이라기엔 너무한 악연이었다. 이 만남은.

인생을 통틀어 절대 보고 싶지 않은 얼굴이 있다면 바로 이 두 사람이었는데 어떻게 서민영이 서민서의 동생인 걸까, 어떻게.

"갑자기 전학을 가 버리더니 또 이렇게 갑작스럽게 나타났구나. 아무튼 반갑다, 정유하."

반가움에 악수를 청하는 성재의 손을 유하는 영혼이 빠져나간 사람처럼 멍하게 바라보았다. 그런 유하의 어깨를 잡아당긴 민서가 얼굴이 새하얗게 질린 그녀를 걱정스레 내려다보았다. 그리고 갑자기 전학을 가 버렸다는 성재의 말을 곱씹다가 그 이유를 퍼뜩 떠올렸다.

"인사는 나중에 하자."

"아, 네."

머쓱한 얼굴로 손을 거둬들이며 성재는 뒷머리를 긁었다.

"자, 얼른 와서 식사부터 하세요."

"네, 갑니다. 태영아, 가자."

제일 먼저 대답을 하고 태영을 끌고 가는 민혁으로 인해 혜영과 진태 그리고 성재가 웃음을 터트렸지만 유하는 웃을 수가 없었다. 다만 알 수 없는 눈동자로 민영을 바라보며 창백하게 질린 채 서 있었다.

바짝 마른 낙엽을 손안에서 바사삭 부수듯, 지금 가만히 유하를 바라보고 있는 민영이 유하의 심장을 손안에 움켜쥐고 바사삭 부수는 것만 같았다. 심장이 잘게 조각나는 기분이었다.

"긴장돼?"

잔뜩 굳어 있는 그녀에게 물어 오는 민서를 올려다보았다. 아무것도 모른 채 걱정스럽게 유하를 바라보고 있는 눈동자.

도망치고 싶었다. 그러나 그의 눈동자가 유하를 붙들고 있었다. 꽉 움켜쥐고 있었다.

"괜……찮아요."

그 말을 뱉고서 후회하듯 입술을 깨물었다. 괜찮지 않았다. 민영과 마주하는 순간 기억하고 싶지 않은 과거가 둥둥 떠올라 숨이 턱턱 막혀 왔다.

민서가 그녀의 손을 꽉 쥐었다. 긴장하고 있는 그녀를 위한 위로였지만 지금 유하에겐 무거운 족쇄와도 같았다.

그에게 이끌려 식탁에 앉았다. 두 사람을 제외한 나머지 식구들은 화기애애한 분위기 속에서 식사를 했지만 오직 유하와 민영만이 넋이 나간 듯 더딘 수저질을 하고 있었다. 억지로 입에 넣은 밥은 가시를 삼키는 것만 같았다. 그런 유하의 상태를 누구보다 걱정한 민서가 식사가 끝나자마자 진태와 혜영에게 양해를 구했다.

"아무래도 유하가 너무 긴장을 한 것 같아요. 오늘은 이만 가 보겠습니다."

그의 말에 걱정스런 눈빛들이 그녀에게 집중되자 민서가 건네준 물조차 넘길 수가 없었다.

"아휴, 어렵게 생각하지 말고 편하게 생각해요."

"그런다고 편하게 생각이 되나. 그래, 얼굴 보고 저녁 먹었으면 됐다. 앞으로 자주 만나면 편해지겠지. 안 그러냐?"

"네, 감사합니다."

금세 일어선다는 말에 안타까워하는 혜영을 대신해 진태가 유하의 상태를 이해하고 감싸주었다. 그에 고마움을 표하며 유하는 머리를 조아렸다.

"그래, 얼른 가서 쉬어라."

"형수가 가고 싶은 게 아니라 형이 형수를 빨리 데려가고 싶은 거겠지. 누가 모를 줄 알고? 앗!"

투덜거리는 민혁의 팔뚝을 꼬집는 태영으로 인해 민혁은 발을 동동거리며 인상을 찌푸렸다.

"엄마, 태영이가 자꾸 저 꼬집어요. 혼내 주세요."

"형수 앞에서 자꾸 실없는 소리 하는 너부터 혼나야겠다."

유하의 긴장을 풀어주려 민혁이 일부러 저러는 것을 알지만 지금 그녀에게 다른 사람의 배려는 눈에 들어오지 않았다.

"다음에 또 놀러 와요."

"네."

가족들의 배웅을 받으며 현관을 빠져나왔다. 온몸에 힘이 빠져나가면서 다리가 풀려 주저앉을 것만 같았다.

"괜찮아?"

"네, 괜찮아요."

그녀의 팔을 잡아 주며 민서는 대문까지 따라와 놀리는 민혁과 성재에게 손짓했다.

"따라 나오지 말고 들어가."

"형, 나랑 성재 보이지? 올해는 무슨 일이 있어도 똥차 빼. 형수, 부탁드려요."

민서에게는 거의 협박조로, 유하에게는 부탁조로 말하는 민혁에게 두 사람 다 아무 말도 하지 않았다.

"반가웠다, 정유하. 우리 또 보자."

성재의 마지막 인사를 들으며 두 사람이 탄 차가 출발을 했다.

"정말 괜찮아?"

"네."

"내가 실수했어. 민영이와 성재가 같은 학교를 나왔지만 너와 같은 반이 아니어서 서로 모를 거라고 생각했는데. 혹시 두 사람 때문에 옛날 기억을 떠올린 거라면…….”

역시 그는 모르고 있었다, 민영과 유하의 관계를. 단지 그녀가 두 사람이 동창이라는 이유로 과거의 아픈 기억을 떠올리게 된 건 아닐까 걱정하고 있었다.

“너무 긴장을 했나 봐요. 미안해요, 오빠.”

“난 괜찮아. 병원에 가지 않아도 되겠어?”

“네.”

그를 안심시켰지만 눈빛은 마주할 수가 없었다. 차창 밖으로 시선을 돌리며 그녀는 애꿎은 입술만 깨물었다.

“체한 것 같으면 미리 소화제 먹고 자.”

“그럴게요.”

집 앞에 차를 세우고도 걱정을 멈추지 못하는 민서의 눈빛을 외면하고 차에서 내렸다.

대문을 열고 들어가자 차가 떠나는 소리와 함께 멀어지는 소음. 그녀는 문 앞에 가만히 서 있다 소음이 흔적도 없이 사라지고 난 후에야 문을 열고 나왔다. 이미 민서의 차는 떠나고 없는데 그가 떠난 길을 보며 서 있었다.

왜 그의 눈길을 피하고 말았을까, 외면하고 말았을까.

그건 서민서가 서민영의 오빠이기 때문이었다. 그는 아무것도 모르는데도.

눈물이 어린 눈동자를 들어 집을 바라보았다.

불이 켜진 창, 그 안에서 그녀를 기다리고 있을 세현과 은호.

그녀에게 가장 튼튼한 버팀목이 되어 주고 울타리가 되어 준 사랑하는 부모가 지금 그녀를 기다리고 있다. 그런 두 분에게 그녀를 미술실에 가두고, 동생을 떠나게 한 장본인이 민서의 동생이라고 한다면 어떤 표정을 지을까?

민서를 처음 만나 첫사랑의 열병을 앓던 시절을 시작으로 십일 년 전의 일들이 파노라마처럼 휙휙 지나가기 시작했다.

담임이 미술실로 오라 했다고 전하던 민영, 꼼짝없이 미술실에 갇혀 울부짖던 유하, 슥삭슥삭, 딩딩동, 귀를 울리던 환청, 그녀를 내려다보던 하얀 눈동자, 병원으로 옮겨져 정신이 들 때마다 떠오르던 고통스런 기억에 진정제가 아니면 잠이 들 수 없던 참혹한 나날들, 뒤늦게 알게 된 세현의 유산, 그리고 쫓기듯 지리산으로 이사를 하고 그로 인해 떠나보내야만 했던 민서.

"흐윽."

속울음이 터져 나왔다. 한번 터져 나온 울음은 걷잡을 수가 없었다. 입을 막았다. 어깨가 마구 떨려 왔지만 누구도, 어느 누구에게도 도와 달라고, 위로해 달라고 말할 수가 없었다.

지금의 그녀는 언젠가 미술실에 갇혀 버린 열여덟의 어린 유하가 된 것만 같았다.

그 모든 것은 서민영이 미술실에 유하를 가두지 않았다면 일어나지 않았을 일이었다. 그렇기에 그녀를 보는 순간 감당할 수 없는 울분이 치솟았다.

그런데, 그런데 왜 그랬느냐고 물어볼 수가 없었다. 그녀가 바로 서민서의 동생이란 이유로.

단란한 가족에게 찾아온 시련은 세 사람의 삶을 통째로 바꾸어 놓았다. 그때가 다시 반복되는 걸까, 그때처럼 운명의 소용돌이를 맞게 되는 걸까.

의지와는 전혀 상관없이 빛 한 번 보지 못하고 떠나 버린 작은 생명, 그 작은 생명과 유하가 애처로워 몰래 눈물을 삼키던 은호와 세현, 이 모든 사실을 받아들일 수가 없어 한동안 말을 잃어버린 그녀였다.

두려웠다. 무서웠다. 다시 끔찍한 과거가 반복될까 봐 겁이 났다.

그를 보내고 한참 동안 집으로 들어가지 못한 그녀는 방황하던 발걸음을 작업실로 옮겼다. 그런데 엘리베이터를 타는 순간 갑자기 올라오는 구역질에 입을 막아야 했다.

"욱, 우욱."

속이 울렁울렁거리면서 호흡이 가빠지고, 식은땀이 줄줄 흘러내리면서 스며드는 공포. 이 밀폐된 작은 공간이 마치 혼자 남겨진 어두운 미술실인 것만 같았다.

입을 막고 주저앉은 그녀가 무릎걸음으로 엘리베이터의 입구로 가 문을 내려쳤다. 금세 올라가는 그 짧은 시간조차 참을 수 없는 두려움이었다.

땡!

"하아, 하아."

몇 초가 마치 몇 시간 같았던 시각, 문이 열리자마자 그제야 막혔던 숨이 터져 나왔다. 무릎걸음으로 기듯이 겨우 엘리베이터를 빠져나온 그녀가 문을 열고 곧장 욕실로 들어갔다.

"우우욱."

변기에 먹은 것을 다 게워 내고서야 탈진하듯 욕실에 너부러졌다. 그녀의 눈에 매달려 있던 눈물방울이 주르르 흘러내렸다.

몇 년 만에 다시 찾아온 폐소공포증. 이젠 울음조차 나오지 않았다. 그저 초점 없이 멍한 상태로 이곳이 욕실 바닥이라는 것도 잊은 채 쓰러져 있었다.

웅, 웅.

재킷 주머니에서 전해지는 짧은 진동. 눈을 감고 있던 그녀가 힘겹게 눈꺼풀을 들어 올렸다. 그리고 천천히 일어나 앉았다. 온몸에 철심을 박은 것처럼 천근만근이었다. 겨우 욕실을 빠져나와 주방의 원목 의자에 앉았다. 금방이라도 쓰러질 것 같은 위태로운 움직임이었다.

웅, 웅.

다시 진동하는 휴대전화가 멍하니 앉아 있는 그녀를 깨웠다. 작게 떨리는 손길로 휴대전화를 꺼내 들었다.

민서의 문자였다.

[몸은 괜찮아?]

한없이 차가운 겨울바람 같지만 알고 보면 봄처럼 따뜻하고 여름처럼 뜨거운 열정을 가진 서민서.

[자니?]

이어지는 문자에도 그녀는 미동 없이 앉아 있었다. 더 이상 문자는 오지 않았다. 민서를 외면하듯 휴대전화를 탁자에 내려 놓고 벽 쪽으로 밀어 버렸다. 그 순간 그녀의 손등을 스치는 매듭.

민서에게 주려고 공들여 포장한 선물을 묶은 매듭이었다. 그 것을 가만히 바라보다가 매듭을 풀었다. 그리고 꼼꼼하게 포장 한 한지를 쫙 찢어 버렸다. 그러자 도자기가 온전한 모습을 드러 냈다.

언젠가 민서가 만들고 싶다던 무유소성 도자기. 그녀 평생에 더는 없을 도자기였다. 그래서 더욱 소중한 그것을 민서에게 선 물하려 했다. 세상에 단 하나뿐인 사랑을 민서에게 전하려 했다.

뚫어져라 그것을 바라보던 그녀가 탁자에 머리를 박으며 흐느 꼈다.

"흐윽, 나한테…… 왜 이래……."

민영을 보는 순간 떠오르던 그날의 기억들, 악몽들. 그 모든 것의 시작이 서민서의 동생, 서민영이라고 말하는 순간 유하뿐 아니라 세현과 은호 역시 그 기억을 떠올리게 되겠지, 아파하겠 지.

전생에 민영에게 지은 죄가 이생에 돌아온 것일까. 아무에게 도 피해 주지 않고 잘 살아왔는데 왜 이런 일이 한 번도 아닌 두 번이나 닥쳐온 것인지 현실을 부정하고만 싶었다. 괴로움은 수

많은 가시가 되어 유하의 온몸을 찔러 댔다. 그녀는 진저리 치며 울었다.

웅, 웅, 웅, 웅.

짧은 진동이 아닌 긴 진동이 탁자를 지나 그녀의 몸으로 번져 왔다. 민서의 이름을 밝히며 끊임없이 울어 대는 진동.

눈물을 매단 채로 저도 모르게 휴대전화를 향해 뻗어 가는 손을 화들짝 거둬들이는 사이 전화가 끊겼다. 그러나 다시 찾아든 울림. 민서란 이름을 환하게 밝히며 받으라고 재촉하는 진동을 다시 가만히 바라보았다. 갈등을 하는 사이 손이 저도 모르게 휴대전화를 향해 가고 있었다.

—잤니?

그의 듣기 좋은 저음에 가슴이 울컥했다. 그녀는 억지로 나오지 않는 목소리를 짜냈다.

"네."

—목소리를 들으니 괜히 전화를 한 것 같네. 잔 것 같은데, 걱정이 돼서 전화를 하지 않을 수 없었어.

"이젠 괜찮아요."

다행히 그녀의 울다 지친 목소리를 민서는 잠에서 깬 목소리로 오해하고 있었다.

—그래, 더 잘래?

"네."

—푹 쉬어. 내일 작업실로 갈게.

"오⋯⋯ 빠⋯⋯."

전화를 끊으려는 그를 한없이 안타까운 목소리로 불러 보았다.

—그래.

"잘…… 자요."

—너도 잘 자.

차마 그에게 말하지 못한 말들을 가슴으로 삼킨 그녀가 눈앞에 있는 도자기가 민서인 듯 떨리는 손끝으로 쓰다듬었다.

전화가 끊겼다. 쓰러지듯 탁자 위에 얼굴을 기댄 그녀가 절망이 담긴 눈을 감았다.

세상이, 암흑 속에 잠겼다.

12장. 사금파리의 눈물

지리산의 봄은 사방 천지가 꽃이었다. 특히 아카시아가 만개하여 바람을 타고 날아오는 꽃내음은 싱그러운 봄밤을 밝혀 주었다.

지난 이틀 사이, 눈에 띄게 수척해진 유하는 지금 지리산에 내려와 있었다.

민영을 만나고 난 후부터 다시 마주하게 된 폐소공포증과 밤마다 시작되는 그 날의 기억들은 다시 유하를 괴롭히기 시작했다.

잠자리에 들자마자 가위에 눌려 비명을 질러 대는 유하를 깨운 건 세현이었다. 식은땀으로 온몸이 축축하게 젖어 버린 유하를 근심스럽게 바라보는 세현의 시선을 느꼈을 때야 이것이 현실이라는 것을 알 수 있었다.

막다른 골목에 서 있는 것만 같았다. 그녀만큼 깊은 상처를 가진 은호와 세현에게 사실을 털어놓을 수 없었다.

그렇다고 민서에게 말할 수도 없었다. 그저 이 현실에서 벗어나고 싶었다. 도망치고 싶었다. 그래서 은호와 세현에게 결혼에 대한 스트레스 때문에 잠시 쉬고 싶다는 핑계로 도망치듯 와 버렸다. 민서에게는 일 때문에 잠시 다녀오겠다고 했지만 당분간 그를 피하고 싶었다.

혼자만의 시간이 필요했다. 하지만 그 시간조차 그녀의 어지러운 마음을 정리해 주지 못했다.

"언니, 군고구마 드세요."

릴렉스 체어에 앉아 밤하늘을 올려다보는 유하에게 지혜가 다가왔다.

"무슨 생각을 하기에 몇 번이나 불렀는데도 몰라요?"

뾰로통한 얼굴로 유하의 앞에 선 지혜가 가만히 유하를 바라보았다. 질투를 가득 머금은 그 눈빛이 유하는 그저 부럽기만 했다.

"생각 같은 건 하고 싶지 않은데……."

"진짜 어디 아파요?"

"응."

"어디가 아픈데요?"

뾰로통한 물음에 아프다고 대답을 하는 유하가 걱정이 되는지 지혜는 눈을 크게 뜨고 다시 물었다. 그럴 때면 미처 숨기지 못한 지혜의 순수한 마음이 보이는 것 같아 웃음이 새어 나왔다.

지혜는 동화의 여자 친구였다. 같은 마을의 한 살 어린 후배로 중학교 때부터 지금까지 아주 오랜 커플로 지내 오고 있었다.

동화와 같은 초, 중, 고를 다녔기에 고등학교 때 이곳으로 전학을 온 유하 역시 지혜를 잘 알고 있었다. 그렇다고 친한 사이는 절대 아니었다. 그건 오래된 오해 때문이었다.

'흙의 노래'를 알고부터 매일 출근 도장을 찍듯 공방에 와서 흙을 만지는 유하의 곁에는 늘 동화가 있었다. 어릴 적부터 아버지인 이만희가 도자기를 만드는 것을 어깨너머로 보고 배우며 자란 동화는 유하에게 이런저런 코치를 해 주곤 했다. 만든 그릇이 두꺼울 때는 그릇을 조금 말린 다음 안을 굽칼로 긁어내거나 굽을 다는 방법, 쓰다 남은 흙을 공기가 들어가지 않도록 치대는 것 등 여태껏 유하가 쓰고 있는 기본기를 가르쳐 준 사람이 바로 동화였다.

두 사람이 이마를 맞대고 함께 뭔가를 만드는 모습을 지켜보는 지혜의 심정을 그때는 알지 못했다. 동화가 아닌 흙에만 모든 관심을 쏟아부었던 유하는 동화에게 여자 친구가 있다는 사실조차 몰랐으니까.

지혜는 지금도 동화가 잠시 잠깐 유하를 좋아했다고 여기고 있었다. 하지만 이름처럼, 동화처럼 순수하기만 한 동화는 유하를 좋아해서가 아니었다. 그는 만희와 세현, 은호가 유하에 대한 이야기를 하는 것을 언뜻 들었다고 했다. 그래서 마음의 병을 앓고 있다는 유하를 돕고 싶었다고, 친구가 되고 싶었다고 후에야 털어놓았다.

하지만 그 때문에 오해가 쌓인 두 사람은 잠시 이별을 해야 했다. 동화의 오랜 설득 끝에 다시 만나게 되었지만 지혜로서는 유하를 좋아할 수 없는 건 당연했다. 유하로 인해 오랜 사랑을 저버릴 뻔했으니 얼마나 애가 탔을까.

오랜 시간이 흘렀음에도 지금까지 두 사람이 같이 있는 걸 못마땅하게 여기는 것 역시 유하는 이해할 수 있었다.

"밤하늘이 이렇게 아름다운데, 손만 뻗으면 별을 잡을 수 있을 것 같은데, 눈을 감으면 이 아름다운 밤은 왜 생각나지 않는 걸까?"

이렇게 아름다운 밤을 두고 왜 깜깜한 어둠에 갇혀 있던 과거만 고스란히 기억하는 걸까.

이해하지 못하는 말을 내뱉는 유하에게 무슨 말을 어떻게 해야 할지 몰라 고개를 갸우뚱거리는 지혜를 보며 쓰게 웃었다.

"고구마 식기 전에 오라고 했더니 참 말 안 들어, 둘 다."

"아, 오빠."

자박자박 발소리가 들린다 했더니 어느새 다가온 동화가 군고구마가 든 바구니를 들고 쭈그려 앉더니 고구마를 까기 시작했다.

"우와, 샛노란 거 봐. 엄청 맛있겠다. 자, 먹어 봐."

금세 깐 고구마를 유하에게 먼저 내미는 동화를 보며 지혜가 입을 삐쭉 내밀었다. 그런 그녀가 귀여워 유하는 일부러 장난을 걸었다.

"됐어. 난 큰 거 먹을래. 너 제일 큰 건 지혜 주려고 일부러 남겨 둔 거지?"

"어, 들켰냐?"

"어, 들켰어. 그러니까 제일 큰 거 나 줘."

"뭐든 큰 게 맛있다는데 또 그걸 어찌 알고 우리 지혜 걸 홀라당 뺏어 먹으려고 그래."

커다란 군고구마를 슬쩍 뺀 동화가 실실 웃으며 그걸 지혜에게 건넸다. 그러자 얼굴을 붉힌 그녀가 그제야 배시시 웃었다.

언제부턴가 두 사람의 웃는 모습이 닮아 있었다. 그녀 역시 민서의 곁에서 그를 닮아 가는 것이 이리 행복하다는 걸 느끼고 싶었다.

씁쓸하게 두 사람을 바라보던 그녀가 투덜거렸다.

"그래, 친구 입은 입도 아니지."

"뭔 말을 그리 섭섭하게 하냐."

"언니, 이거 드세요."

언제 그랬냐는 듯 적대감을 푼 지혜가 고구마를 내밀었다.

"아냐, 너 먹어. 동화가 우리 지혜, 우리 지혜 하면서 챙겨 주는 건데 내가 먹으면 배탈 나. 난 선생님한테 가서 군밤이나 구워 달라고 해야겠다."

뭘 먹고 싶은 생각도 없을뿐더러 두 사람의 시간을 만들어 주기 위해 일어선 유하가 털레털레 걸어갔다.

지리산에 이사를 와서 처음 지혜와 동화가 함께 있는 걸 보았을 때 민서가 떠올랐다. 다정하게 이야기를 하며 손을 잡고 걸어가던 두 사람을 보는 순간 민서와 손을 잡고 걸어가던 제 모습이 떠올랐다. 그래서 초록으로 무성한 시골길을 걷던 지혜와 동화의 모습이 더 정답게 느껴졌다. 부러워서 눈을 뗄 수 없을 만큼.

흙을 만지며 위로를 받고, 마음을 치유하면서 그제야 보여지던 민서의 상처. 그 역시 이별에 힘들어하고 있을 거라는 걸 알았다. 알면서 위로조차 해 줄 수 없었다. 지리산으로 이사를 한 후 연락이 끊겨 버린 그를 찾을 방도가 없어서.

추억을 곱씹으며 그리워했다. 그와의 기억은 유하를 설레게 만들기도 했고, 기쁘게도 만들었으며 또한 애틋한 그리움에 빠지게 만들었다.

그리고 지금, 그는 유하를 한없는 슬픔에 빠뜨렸다.

"하."

그녀의 긴 한숨처럼 가마가 뜨거운 한숨을 내쉬고 있었다.

"선생님."

붉게 타오르는 가마의 아궁이 앞에 앉아 있던 만희가 고개를 돌려 유하를 바라보았다.

"오늘은 제가 여기 앉아 불 지킬 테니 들어가서 쉬세요."

"이제 불과의 싸움을 시작했는데 벌써부터 나가떨어져서야 쓰나."

잠시 쉬었다가 나올 만도 한데 만희는 뜨거운 열기에도 불 앞을 고수했다.

"이번 해산도 순탄했으면 좋겠어요."

"그럼, 그래야지."

흔히들 가마에 불을 때는 것을 해산에 비유하곤 했다.

오늘 오후, 가마에 불을 넣은 공방의 온도는 한낮의 여름을 방불케 했다. 이제 꼬박 이틀 밤을 새워야 하는 작업은 만희의 말대로 불과의 싸움이었다. 또 밤을 하얗게 새우며 손바닥이 먹먹할 정도로 나무를 넣어 줘야 하는 자신과의 싸움이기도 했다.

처음 보았을 때처럼 긴 수염과 하얀 고무신을 신고서 늘 그 자리에서 서 있는 스승 이만희. 이젠 동화에게 불 앞을 지키라고 할 만도 한데 처음처럼 자신의 자리를 고수하는 만희와 그 뒤를 든든하게 지켜 주는 동화, 그리고 뜨거운 숨을 뿜어내며 비움의 자세를 가르쳐 주는 가마.

만희의 곁에 나란히 앉아 타오르는 불을 지켜보고 있노라니 변해 버린 건 자신뿐이라는 생각이 들었다. 그동안 흙이 주는 겸손의 자세를 잊고 있었다. 가마가 주는 비움의 자세를 잊고 살고 있었다.

"선생님. 한 계단, 한 계단 밟으며 올라가는 길을 제가 껑충껑충 뛰어오르고 있었나 봐요. 욕심이 너무 과했던 걸까요?"

"누구나 다 욕심은 있기 마련이지. 불을 때고 있는 나조차 저 안에 들어간 달 항아리가 깨끗하게 구워져 나오길 바라는 것처럼."

"그건 욕심이 아닌 바람이잖아요."

만희가 아궁이 안으로 소나무를 던져 넣었다.

"아니, 욕심이야. 내 손으로 가마에 도자기를 맡겼으니 불의 손길을 받도록 두어야 하는데 벌써부터 궁금해서 엉덩이가 들썩

거리잖니. 다 철없는 욕심이지. 아, 그 유약을 쓰는 게 아니었는데. 아, 그 자리에 두지 말고 다른 곳에 놓았어야 하는데. 후회만 가득한 미련이기도 하고. 저 안에 들어간 이상 이제 돌이킬 수가 없는데 말이야. 미련을 버려야 하는데 그게 생각처럼 쉽지가 않아."

이미 가마에 들어간 도자기나 사람의 인생이나 이제 돌이킬 수가 없는 일이다. 뒤늦게 후회해도 소용없는 일이다. 그걸 알면서도 후회를 하고 미련을 남기고, 방황을 한다. 지금 방황하고 있는 그녀처럼.

병원에 누워만 있지 않고 민영을 찾아가 왜 그런 짓을 저질렀냐고 물어보았더라면, 똑바로 정신을 차리고 학교생활을 했더라면 지금 이런 일이 일어나진 않았을 텐데. 왜 아프다는 이유로, 힘들다는 이유로 모든 걸 회피하려고만 했는지 너무 늦은 후회를 하고 있었다.

미련을 버리지 못하고 이미 지난 과거만 들추고 있었다. 끝도 없이 누군가를 원망하고만 있었다.

"이 불을 멈추는 건 누구도 아닌 내가 결정을 하지. 도자기를 꺼내고 나서 돌이킬 수 없는 후회를 하게 되더라도 그것 역시 내 몫이기에 미련을 떨어 봐야 소용이 없는 거야. 인생도 마찬가지 아니겠냐."

가마의 불을 언제 멈출 것인가 결정을 내리는 것은 도공의 몫이다. 불을 일찍 멈추게 되어도, 불을 늦게 멈추게 되어도 그 모든 결과를 받아들여야 하는 것 역시 도공의 몫.

그걸 알면서 모든 걸 회피해 버리고 싶은 어리석은 제 자신을 그녀는 돌아보고 있었다.

"자꾸 미련이 남으면 어쩌죠?"

끝내 놓을 수 없는 것에 대한 미련은 어떻게 해야 하나.

"우리 유하가 욕심나는 게 있나 보구나."

"네, 그게 욕심인지 아닌지 모르겠어요."

어쩌면 알면서도 모른 척 시치미를 떼는 건지도 모른다. 무엇도 잃고 싶지가 않아서.

"허술한 지붕은 비가 오면 새듯이 닦지 않은 마음에는 탐욕이 스며든다 하였다. 마음을 잘 닦아 보렴. 그러면 알 수 있지 않겠니?"

"욕심이면요? 탐욕이면요?"

"이렇게 뜨겁게 불타오르는 가마가 텅 비는 날이 오는 것처럼 가끔은 훌훌 털어 버리는 날도 있어야지."

"그 쓸쓸함을 어떻게 견디라고 그러세요."

가만히 불을 응시하며 대답을 하는 만희에게 유하는 저도 모르게 투정을 부리고 있었다.

"쓸쓸하겠지. 하지만 가마 속 이야기를 고스란히 간직하고 있는 도자기들이 있으니 한없이 쓸쓸하지만은 않을 거야."

만희의 말처럼 한없이 쓸쓸하지만은 않다는 걸 유하 역시 알고 있었다.

"맞아요, 선생님. 한없이 쓸쓸하지만은 않을 거예요."

십일 년 전, 민서와의 이별을 겪으며 슬펐다가도 그와의 추억을 떠올리며 설레었고, 기쁘다가도 그가 보고 싶어 눈물지었다. 그걸 알면서도 어쩌면 다시 겪어야 할지도 모를 그 쓸쓸함이 두려웠다.

꽃처럼 활활 타오르는 불에 제 마음을 꺼내 던지고 싶었다. 흔적 없이 태우고 싶었다. 그리하여 새롭게 시작할 수 있다면 얼마나 좋을까.

땀을 식혀 주는 바람이 불었다. 어디선가 날아온 작고 하얀 꽃잎 한 장이 만희의 머리에 내려앉았다. 유하는 손을 들어 그 꽃잎을 떼어 냈다.

꽃이 다음을 기약하며 아름다운 꽃잎을 떨어뜨리듯 유하는 제가 가지고 있는 미련을, 욕심을 이 꽃잎처럼 한 장씩 떨어뜨려야 한다는 걸 안다.

"이제 봄도 끝인가 봐요."

"그래, 그렇구나."

다시 불어온 바람에 유하는 꽃잎을 잡고 있던 손을 놓았다.

고속버스 터미널 앞으로 나오겠다던 민서는 터미널 안에 우뚝 서서 유하를 기다리고 있었다. 편히 차 안에서 기다릴 수도 있을 텐데 수많은 사람이 지나는 터미널 안에서 그녀를 찾고 있었다.

심장이 뛴다. 그를 생각하는 것만으로, 그를 바라보는 것만으로 이렇게 심장이 온 힘을 다해 뛴다. 그에게 가라고, 그를 향해 얼른 뛰어가라고 채찍질을 하는 것처럼.

민서가 손을 들었다. 그를 빤히 바라보는 유하를 향해 엷게 웃으며 이리 오라고 손짓을 하고 있었다. 그의 곁으로 천천히 걸어가는 동안 유하의 앞으로 성큼성큼 걸어오는 민서.

"일은 잘 끝내고 온 거야?"

급한 일이 있어 지리산에 가야 한다며 훌쩍 떠나 버렸던 그녀는 일주일 만에 상한 얼굴로 민서의 앞에 서 있었다. 그는 손을 들어 그녀의 홀쭉한 얼굴을 쓸며 혀를 찼다.

"힘들었나 보네. 얼굴이 많이 상했구나."

"보고…… 싶었어요."

그녀의 뺨을 감싸고 있는 그의 손 위에 제 손을 겹쳐 잡으며 유하는 웃었다. 웃음은 민서의 얼굴에까지 번지더니 곧 환한 웃음을 그려 냈다.

"그럼 오늘은 집에 가지 말고 내 얼굴만 보고 있어."

"네."

곧바로 대답하는 유하를 잠시 의아하게 바라보던 민서는 이내 웃으며 유하의 손을 잡았다. 그리고 그녀에게 걸어왔을 때처럼 성큼성큼 걷기 시작했다. 거침없는 그의 발걸음에 울컥 올라오는 감정을 억누르며 유하는 그의 손을 잡은 손에 힘을 주었다. 그를 놓치지 않으려는 사람처럼.

"내일부터 캐나다 출장이 잡혔어."

"네."

내일 출장을 간다는 문자를 뒤늦게 확인하고 지리산에서 부랴부랴 서울로 올라온 유하였다.

그의 손에 이끌려 그의 차를 타고 도착한 곳은 가장 가까운 곳에 위치한 호텔이었다.

거품이 가득 묻은 샤워볼로 그녀의 목을 시작해 아래로 천천히 내려와 다리와 발까지 꼼꼼하게 닦아 낸 민서가 샤워기를 들어 따뜻한 물을 뿌렸다.

"몇 시예요?"

"오전 11시."

그녀의 머리까지 꼼꼼하게 씻겨 낸 민서가 샤워기를 유하의 손에 쥐여 주었다. 잠시 망설이던 그녀는 그가 했던 대로 샤워기를 들고 그의 몸에 묻은 거품을 쓸어 내기 시작했다.

길고 굵은 목과 단단한 가슴을, 근육이 붙은 배와 매끈한 등을 한 손으로 쓸며 미끌미끌한 비누거품을 씻어 냈다.

"그때까지 같이 있을 수 있어요?"

"같이 있고 싶어?"

대답 대신 그녀는 웃으며 고개를 끄덕였다.

"이럴 줄 알았으면 짐을 싸 들고 올 걸 그랬네."

"안 되면 할 수 없고요."

된다 안 된다는 말없이 민서는 빙그레 웃기만 했다.

끈기 있게 발까지 깨끗하게 씻어 내기를 기다린 민서가 새하얀 수건을 들어 그녀의 머리카락은 물론 몸에 남아 있는 물기를 꼼꼼하게 닦아 냈다. 그런 후 그녀에게 맡기지 않고 직접 몸을 닦는 민서를 두고 그녀는 먼저 욕실을 나왔다.

처음이었다. 그녀의 작업실이 아닌 곳에서 몸을 나누는 것은. 그래서 좁은 싱글 침대가 아닌 넓은 킹사이즈 침대가 낯설기만 했다.

"무슨 생각 해?"

언제 온 것인지 민서가 그녀의 뒤에 서서 가슴을 당겨 안았다.

"침대가 참 넓다는 생각?"

웃으며 고개를 돌리자 그가 곧바로 입을 맞춰 왔다. 천천히 발걸음을 돌려 그녀의 앞에 선 민서가 유하를 힘주어 끌어안았다. 상큼한 치약의 향을 주고받으며 입술과 입술이 맞닿은 그대로 그녀를 안아 든 민서가 침대로 걸어갔다.

그녀를 눕히는 사이 잠시 입술이 떨어졌다. 곧장 유하의 위로 올라가 체중을 싣지 않은 채 다시 입술을 내린 그가 혀를 내밀어 그녀의 입술 선을 따라 그리듯 움직이더니 이내 혀를 밀어넣었다.

유하는 애타게 그의 혀를 빨아들였다. 갈증에 허덕이는 사람처럼 그의 달큰한 타액을 삼키며 더욱 그에게 매달렸다. 민서 역시 참을 수 없다는 듯 거친 숨을 몰아쉬며 그녀의 혀를 휘감았다.

그녀의 입안에서 얽힌 혀가 빨리고 빨기를 반복하는 사이 함께 샤워를 하면서부터 흥분에 휩싸인 그의 남성이 안달하기 시작했다.

그녀의 허벅지를 쿡쿡 찔러 대다가 민서가 무릎으로 그녀의 다리를 열자 이번엔 중심을 쿡쿡 건드렸다. 유하는 그가 제 가슴을 자연스럽게 만지고 주무르는 것처럼 손을 내려 그의 단단한 중심을 잡았다. 그리고 부드럽게 쓸어 주었다. 조금 더 인내하라고 다독이듯.

입술을 뗀 민서가 고개를 들었다. 그녀의 뺨에 빨갛게 피어난 홍조에 키스하며 혀를 내밀어 귓불을 쓸었다.

"오늘은 눈 안 감아?"

부끄러워서 매번 눈을 꼭 감아 버리던 그녀가 간질거리는 속삭임에도 은근하게 눈을 뜨고 민서를 바라보았다.

"집에 가지 말고 내 얼굴만 보라던 약속, 지키려고요."

두 사람의 얼굴에 똑같이 번지는 미소.

민서는 천천히 그녀의 가슴의 감촉을 음미하며 손을 내렸다. 이미 촉촉하게 젖어 든 좁은 길은 그가 파고들기를 기다리고 있었다.

"하아."

그의 매끄러운 혀가 지나가는 자리마다, 그의 손가락이 촉촉하게 젖어 든 길을 나왔다가 들어갈 때마다 파문이 일었다. 그의 어깨를 꽉 잡은 손의 떨림, 그 떨림마저 황홀해서 차곡차곡 쌓아 온 인내가 바닥을 드러냈다.

"그거 알아?"

고개를 든 민서가 눈을 맞춰 왔다. 몽롱하게 뜬 그의 눈은 매혹이었다. 관능적이고 자극적이었다. 대답을 바란 건 아니었던지 그는 클리토리스를 찾아 부드럽게 문질렀다.

"아응."

고양이처럼 울어 대는 그녀의 신음이 마음에 든 것인지 입술을 쪽 빨아 주던 민서가 웃으며 그녀의 목덜미에 얼굴을 묻었다. 그러고는 숨을 흑 들이마시며 속삭였다.

"너를 안으면 봄 냄새가 나. 향기로운 꽃으로 가득 찬 봄."

숨도 쉬지 못할 만큼 그녀를 바짝 껴안는 그를 유하 역시 꽉 끌어안았다. 절대 놓지 않을 것처럼.

잔뜩 흥분한 그의 남성이 이제 제 길을 찾은 것인지 입구를 찔러 왔다.

"내가 네 안에 들어가면 네가 꽃처럼 만개해."

"오빠, 하아."

수차례 얕게 찔러 들어왔다가 나가는 남성에 기대감에 들뜬 유하가 참을 수 없는 신음을 뱉어 냈다. 잠시 그녀의 입술을 할짝이던 그가 가르릉 웃어 대는 그녀의 안으로 쑥 밀고 들어왔다.

"하으."

"이렇게 네 안을 파고들면 내 안에도 봄이 가득 찬 기분이야."

깊은 삽입에 아릿한 격통을 느끼며 그가 주는 말들을 음미했다. 몸을 떨며 간지러운 속삭임을 만끽했다.

"정유하 너는 나의 꽃이야, 나만이 피울 수 있는 꽃."

"맞아요."

거친 숨을 뱉어 내며 그가 허리를 움직이기 시작했다.

"훗, 난 오빠만 피울 수 있는 꽃이에요."

수많은 사람 중에 단 한 사람, 서민서만을 사랑한 정유하가 그의 몸짓에 흐드러지게 만개하고 있었다. 그를 향해 웃고 있는 참한 꽃을 내려다보며 민서가 입술을 내렸다. 맛있는 꿀을 빨아들이듯 그녀의 입술을 달게 빨아들이며 허리짓에 힘을 가했다.

탁탁탁.

몸과 몸이 맞춰지는 소리는 아름다운 음률과도 같았다. 그 음률에 박자를 맞추듯 쏟아지는 신음들.

"하으응, 아웃."

서로를 음미하며 감상하고 느끼는 지금 이 순간이 마지막인 것처럼 그녀는 민서에게 매달렸다. 그가 주는 쾌락에 흐느끼며 고개를 저었다. 하지만 민서는 더욱 깊은 결합을 원하는지 그녀의 다리를 들고 더욱 빠르게 움직이기 시작했다. 쾌감은 금방이라도 터질 것 같은 커다란 풍선처럼 부풀어 올랐다.

"오빠, 하아, 하아."

"좋아, 마음껏 꽃피워 봐."

말이 끝나자마자 입술을 악다문 민서가 뜨거운 열락을 토해내는 가녀린 꽃을 바라보며 깊이, 더욱 깊이, 빠르게, 더욱 빠르게 파고들었다. 눈앞에서 금방이라도 불꽃이 터질 것 같았다.

"흐아앙."

절정과 동시에 몸을 떠는 그녀의 눈에서 눈물이 주르륵 떨어져 내렸다. 동시에 그의 눈앞에도 미혹의 불꽃이 터졌다.

"으아아아."

그녀의 위로 쏟아져 내린 민서가 몸을 떨었다. 뜨거운 정수를 쏟아 내며 그는 그녀의 귓속에 맺힌 눈물을 핥았다. 짭조름한 눈물은 달콤하면서도 황홀했다.

잠시 부서지는 쾌락을 만끽하던 두 사람은 결합된 몸을 떼고 서로를 안았다.

"결혼이 이렇게 절박할 줄은 몰랐네."

픽, 웃는 그를 따라 웃을 수가 없는 그녀는 다만 그의 뺨을 어루만졌다. 그의 입술 선을 따라 그리며 그의 눈에 키스했다.

"보고 싶을 거예요."

"출장 다녀오면 집부터 보러 가자."

대답 대신 그의 입술에 키스했다.

차라리, 차라리 언제까지고 그를 기다릴 수 있다면 얼마나 좋을까.

그를 다시 만난 후, 그를 기다리는 시간은 일일여삼추(一日如三秋)와도 같았다. 그를 만나기 몇 시간 전, 또는 그가 출장을 간 며칠은 세 번의 가을이 지나는 것처럼 길고 길었다. 그럼에도 불구하고 설렘을 안고 그를 기다렸다.

차라리 그 설렘을 안고, 세 번의 가을이 아닌 열한 번의 가을이라도 좋으니 끝내는 다시 만날 인연인 것처럼 그를 기다릴 수 있다면 얼마나 좋을까.

그를 기다리는 시간은 일일여삼추와 같은데 그와 함께하는 밤은 눈을 한 번 깜박이는 것처럼 짧기만 했다.

"비행기에서 푹 자고 일해요."

"너도 곧장 일하지 말고 쉬어."

"네."

짧은 밤을 보내고 길을 나선 두 사람은 그녀의 작업실로 향하고 있었다. 그는 운전을 하는 내내 그녀의 손을 잡고 놓지 않았다. 그 손이 무겁게 가슴을 짓눌렀다.

작업실은 너무 가까웠다. 함께 가는 이 길이 영원하기를 바랐지만 어리석은 욕심이었다.

"건강하게 잘 다녀와요."

"그래."

어쩌면 그를 마주 보고 다시는 하지 못할 그 말에 그가 웃었다. 다정하게 얼굴을 쓸어 주며. 그리고 입을 맞추어 주었다. 키스보다 더 감미롭고 달콤한 입맞춤이었다.

"비행기 타기 전에 전화할게."

"네."

차에서 내리자마자 손을 흔들었다. 그리고 그의 차가 출발하기 전에 유하는 먼저 돌아섰다.

그는 알고 있을까?

기다리겠다는 약속을 지금은 하지 않았다는 것을.

한 계단, 한 계단 걸어 8층의 작업실에 도착한 그녀는 원목의자에 미동 없이 앉아 있었다.

얼마나 앉아 있었을까, 휴대전화가 진동했다. 유하를 데려다주고 집에 짐을 가지러 간 민서가 벌써 공항에 도착한 것인지 그의 번호가 빛을 밝혔다.

─자고 있었던 건 아니지?

"전화 받고 자려고요."

─그래, 로밍 해 가니까 자주 전화할게.

"네."

휴대전화를 꼭 잡은 손이 가늘게 떨렸다.

─갖고 싶은 거 없어? 있으면 사다 줄게.

"없어요."

그가 앞에 서 있는 것처럼 고개를 흔들었다.

갖고 싶은 건, 다름 아닌 서민서, 당신인데……

가슴이 자꾸만 아려 와 탁자를 꼭 붙잡았다. 불현듯, 탁자 위에 놓인 도자기가 그녀의 눈에 띄었다.

"오빠."

─그래.

"혹시…… 사금파리의 눈물이라고 들어 봤어요?"

─사금파리?

"네."

─처음 들어 봐.

그의 집에 인사를 다녀오던 날 그에게 주려고 했던 선물, 그 걸 내려다보는 그녀의 눈이 슬픔에 잠겼다.

"사금파리는 사기그릇의 깨어진 조각이라는 뜻이에요."

그녀는 그에게 주려고 했던 단 하나의 사랑을 바라보며 울음을 참기 위해 탁자를 꼭 움켜쥐었다.

"옛날, 임금에게 진상을 하는 도공들은 제 평생에 한 번 나올까 말까 한 도자기가 구워져 나오게 되면 눈물을 머금고 깨어 버린대요."

─왜?

"신이 도와야만 나올 수 있는, 불의 예술로 탄생된 도자기를 인생에 한 번 만날 수 있는 것은 행운이에요."

내가 당신을 만난 것처럼.

민서는 제 평생 단 한 번 허락한 사랑이었다. 앞으로 더는 없을 뜨거운 사랑이었다.

—너의 그 도자기처럼?

"네. 하지만 그 도자기를 왕에게 진상하게 된다면 다음번엔 더 좋은 걸 바라겠죠. 사람의 욕심은 그런 거니까."

우리가 얽힌 악연을 모르고 내가 당신을 다시 만나 사랑을 하고, 결혼을 해서 당신을 꼭 닮은 아이를 낳아 행복하게 살아가려 했던 것이 다 부질없는 욕심인 것처럼.

"더 좋은 건 고사하고 똑같은 것을 만들어 낼 수도 없으니 처음부터 진상하지 않고 깨어 버리는 거래요."

내 사랑도 그럴 거예요. 서민서보다 더 사랑하는 사람은 없을 거예요. 서민서가 아닌 다른 사람을 사랑하는 일도 없을 거예요.

—몰래 가지고 있으면 되지.

"들키는 순간 목이 날아갈 텐데요. 가족들까지 참수형에 처해질 텐데요."

부모님이 다시는 나로 인해 슬퍼하지 않기를 바라요. 그 기억을 떠올리지 않길 바라요.

—그래서 그 아까운 걸 깨어 버린다고?

난, 난 어떻게 해야 할까요? 당신을 사랑하는데, 당신을 욕심 내고 싶은데 그럴 수 없는 나는 정녕 어떻게 해야 할까요?

"진상을 할 수도, 그렇다고 가질 수도 없어 눈물을 머금고 깨어 버린다고 해서 사금파리의 눈물이래요."

사랑해요. 사랑해요, 오빠.

"오빠…… 어떻게 할 것 같아요?"

—음, 꽤나 어려운 질문인데?

곰곰이 생각하고 있는지 답이 없는 민서. 그의 대답이 궁금하면서도 두려워졌다.

—이제 비행기 탈 시간이야.

"그래요, 얼른 가요."

어쩌면 그의 대답을 듣지 않는 것이 더 나을 것이다. 유하는 서둘러 인사를 했다.

—다녀올게.

"네."

—유하야.

곧 끊을 것처럼 인사를 해 놓고 민서가 그녀를 불렀다.

—사랑한다.

마지막 말은 너무 달콤해서 대답을 할 수가 없었다. 달콤하지만 한없이 안타까워서 이미 끊겨 버린 전화를 내릴 수가 없었다.

"흐윽, 나도 사랑해요."

이미 들을 수 없는 민서에게 혼잣말을 하듯 그녀는 고백했다.

이제야 알 것 같다.

신이 내려 준 도자기가 나왔을 때는 믿기지 않을 만큼 행복했지만 그 행복이 결국 괴로움으로 바뀌어 버린 그 도공의 마음을 알 것 같다. 세상에 단 하나뿐인 그것을 제 손으로 산산조각 내어야만 하는 도공의 마음을 알 것 같다. 그 눈물을 알 것 같다.

휴대전화를 내려놓았다. 그리고 탁자 위에 다소곳이 앉아 있는 도자기를 보았다.

그래, 다시는 그 운명의 소용돌이에 휘말릴 수 없다.

다시 닥쳐온 이 악몽을 은호와 세현에게 절대 전해 줄 수 없는 일이다.

차라리, 차라리 만나지 말았더라면…….

십일 년, 먼 길을 돌아 이제 다시 찾은 사랑이 그녀의 가슴에 꽂아 넣은 비수.

아프다. 가슴이 처절한 아픔으로 물들어 가는데 아프다고, 괴롭다고 감히 말을 할 수가 없다.

그녀는 주먹 쥔 손으로 타들어 가는 가슴을 퍽퍽 치며 눈물을 쏟아 냈다. 깊은 속울음을 토해 내며 꺽꺽대며 울었다.

끝내 가질 수 없는 사랑. 그것은 그녀와 그의 거부할 수 없는 운명이었다.

가슴을 내리치던 손을 뻗었다. 떨리는 손으로 작지만 한없이 가벼운, 하지만 그 안에 불의 운명과 크나큰 신의 사랑이 깃든 도자기를 두 손으로 들었다.

손이 바르르 떨리고 있었다. 덩달아 허공에 들려 있던 도자기 역시 떨고 있었다. 제 운명을 직감한 것처럼.

그녀가 입술을 세게 깨물었다. 그리고 손을 놓았다.

와장창.

허공에서 바닥으로 떨어진 도자기가 요란한 비명을 지르며 조각나 깨졌다.

그와 함께 그녀와 민서의 사랑도 산산조각 나 버렸다.

그를 향한 사랑을 스스로 조각내어 버린 그녀의 텅 빈 눈에서 쉴 새 없이 눈물이 떨어져 내렸다.

돌이킬 수 없는 사랑의 아픔이 칼날이 되어 그녀의 가슴에 박혔다.

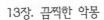

13장. 끔찍한 악몽

 계단을 내려오다 말고 햇살에 눈이 부셔 이마 위에 손으로 창을 만든 그녀가 주위를 둘러보았다. 벌써 이곳에서 세 번째 계절을 맞고 있었다. 산속이라 더욱 시린 겨울, 그녀는 차갑고 깨끗한 공기를 들이마시며 아래층으로 내려가 카페 문을 열었다.

 갇혀 있던 탁한 공기가 출입문과 방금 열어 둔 창문으로 빠져나가고 산새 소리와 함께 깨끗한 공기가 몰려들자 그녀의 얼굴 가득 미소가 담겼다.

 냉장고를 열어 유자청을 꺼냈다. 유자차 한 잔을 타 들고 밖으로 나가자 어느새 외출 준비를 마친 선주가 내려오고 있었다.

 "송 선생은 또 늦는다 카드나?"

 "아니요, 제가 차 한 잔 마시고 싶어서요."

 "펵도 그렇겠다. 자꾸 그렇게 봐주지 마라, 버릇 든다. 아니

벌써 버릇 든 거 아이가?"

선주는 못마땅한 표정으로 유하를 꾸짖었다. 그녀는 서울에서 태어났지만 대구에서 이십 년을 넘게 살다 보니 구수한 대구 사투리가 입에 배었다고 했다.

"유자차인데 적당하게 식었어요. 마시고 다녀오세요."

"됐다. 내가 니 걸 뺏어 먹느니 안 먹고 말지."

"하하, 선생님은. 전 다시 타 먹으면 되니까 드시고 가세요."

선주의 손에 아직도 따뜻한 유자차를 쥐여 주자 그녀가 곱게 눈을 흘겼다.

"답답하지 않나?"

"좋기만 한걸요."

"젊은 아가 상늙은이 같은 소리 한다."

혀를 차고는 후르르 유자차를 마시는 선주를 보며 그녀는 싱긋 웃고 말았다.

벌써 이곳으로 떠나온 지 칠 개월이 넘어가고 있었다. 그사이 해가 바뀌었다. 이곳의 삶은 느린 걸음 같았다. 태어나 이렇게 여유롭고 한가로운 삶은 처음이었다.

대구 시내에서도 한참 차를 타고 들어와야 하는 이곳은 가창에 위치한 미술 광장이었다. 폐교된 초등학교를 개조하여 대구시에서 만든 미술 광장은 대구 미술협회 회원들 중 희망하는 예술인들에 한하여 무료로 대여를 해 주면서 예술 문화 발전을 장려하고 있었다.

기주의 소개로 유하는 미술 광장 이 층에서 작품 활동을 하고 있는 선주와 함께 지내고 있었다. 선주는 기주의 막냇동생으로 오래된 애인은 있으나 결혼 생각은 전혀 없는 골드미스였다.

아래층은 협회 회원 중 한 사람인 송택수 작가가 매달 무료 작가전을 열면서 카페를 운영하고 있는데 이곳을 찾는 사람들은 카페에서 따뜻한 커피를 마시며 전시회를 관람하곤 했다. 그러다 마음에 드는 작품이 있으면 사 가기도 하는데 카페 안에 진열해 놓은 도자기를 비롯한 솟대나 송 작가의 그림 역시 마찬가지였다.

처음엔 촌구석의 산 아래 위치한 이곳을 누가 알고 찾아올까 했지만 알음알음 소문이 나 평일에도 꽤 많은 매출을 올리고 있었다. 그렇기에 송 작가가 오전 11시에 카페 문을 열지 못할 때면 유하에게 전화를 걸어 대신 카페 오픈을 부탁하기도 했다. 가끔 일찍 와서 기다리는 손님이 있기 때문이었다.

크게 힘들 것도 없는 일이고, 카페에 전시해 놓은 도자기의 대부분이 유하의 것이기에 꽤 짭짤한 수입을 올려 주는 그의 부탁을 거절할 수 없어 매번 들어주곤 했는데 선주는 그것을 못마땅하게 여기고 있었다.

"니 진짜 내 안 따라갈래?"

"네."

"그렇게 안 생겨 먹었는데 고집은 꼭 내를 닮았네."

유하는 소리 내어 웃고 말았다. 선주는 오늘 도예 협회 회원들과 점심 약속이 있었다. 함께 가서 영양 보충을 하자는 말에 그녀가 단칼에 거절하고 만 것이 그리 못마땅한 모양이었다. 유하를 전혀 신경 쓰지 않는 것 같아 보여도 툭툭 내던지는 한마디에서 정을 느끼게 되는, 선주는 그런 사람이었다.

"내 없다고 점심 굶지 말고 꼭 챙겨 먹어야 된다."

"네, 걱정 마세요."

"먹고 싶은 거 있으면 전화하고. 갔다 올게."

"네, 조심해서 다녀오세요."

그녀가 내민 컵을 받아 들고 차가 있는 곳까지 따라가 배웅하고 나자 그렇잖아도 고즈넉한 곳이 더욱 고요해진 것 같았다.

길을 대충 쓸어 내고 청소 도구를 정리하는데 차 소리가 들려왔다. 송 작가일 거라는 생각에 고개를 돌리자 낯선 차가 주차장에 차를 대고 있었다.

아무래도 오늘 아침은 단단히 지각을 하는 송 작가로 인해 커피까지 준비해야겠다는 생각을 하며 카페 안으로 들어가려는데 누군가 유하를 불렀다.

"정 선생님?"

곧바로 고개를 돌리지 못하고 그녀는 제자리에 멈추어 섰다. 남자의 목소리가 낯설지가 않아서 뒤통수가 쭈뼛 서는 느낌이었다. 굳은 표정의 그녀가 천천히 돌아섰다.

"정 선생님 맞군요."

도진이었다. 성백원에 있어야 할 도진이 왜 유하의 눈앞에 서 있는 것인지 믿을 수가 없어서 그녀는 눈을 깜박였다.

"혹시나 했는데 역시나 정 선생님이었군요."

"어……떻게……."

"글쎄, 어떻게 정 선생님을 찾았을까요?"

당황스러운 그녀와는 달리 도진은 늘 그랬던 것처럼 활짝 웃으며 다정하게 물어 왔다. 저도 모르게 입고 있는 두껍고 긴 카디건으로 배를 가렸다.

그사이 또 차 한 대가 들어오고 있었다. 이번에야말로 송 작가의 차였다. 조금만 더 일찍 왔으면 좋았을 것을.

그녀는 초조한 마음에 입술을 깨물며 도진을 올려다보았다.

"걱정하지 말아요. 이건 저만 아는 사실이니까. 사실 저도 긴가민가해서 확인하고 싶은 마음에 여기까지 온 것뿐이에요."

잠시 후, 송 작가가 내준 커피를 마시며 도진은 초조한 기색으로 앉아 있는 그녀를 안심시켰다. 그러곤 주위를 둘러보았다.

"연락도 없이 유학을 가 버렸다고 해서 섭섭했어요. 그런데 사찰 요리를 하는 음식점에 갔다가 신기한 향꽂이를 발견했지 뭐예요. 스님이 앉아 기도를 하고 있는 모양의, 그 스님 손안에 향을 꽂게 만든 도자기를 보는 순간 정 선생님이 떠오르더라고요. 사인은 달랐지만 선생님일 것 같아서 어디서 샀는지 알려 달라고 했어요. 선물 받은 거라 이곳을 알기까지 좀 오래 걸렸어요. 결국 선생님을 만났으니 그 수고가 헛되지 않았네요."

놀라운 눈썰미였다. 정유하라는 사인을 넣지 않고 산야라는 가명으로 활동하고 있는 그녀의 작품을 보고 여기까지 찾아왔다니. 그만큼 도진이 유하의 작품들을 오래 보아 왔다는 말이었다.

"그동안 잘 지냈어요?"

"네."

"여전히 흙을 만지고 있군요."

도진의 말에 그녀는 작게 웃으며 고개를 끄덕였다.

처음 이곳에 내려왔을 때 한 달간은 흙을 만지지 않았다. 흙뿐 아니라 다른 어떤 것도 할 수가 없었다. 그저 멍하니 앉았다 누워 있는 것이 다였다. 그런 그녀를 지켜보던 선주는 이곳이 아니라 정신병원에 데려가야 하는 게 아니냐며 기주에게 조심스레 물었다고 했다.

그녀를 움직이게 만든 것은 흙이 아니었지만 결국 흙은 그녀에게 따뜻한 위로를 해 주었다. 그 언젠가처럼.

간절함은 그녀의 작품 세계를 바꾸어 놓았다. 간절함이 통한 것인지 기도하는 스님 향꽂이는 카페에 전시를 하자마자 팔려 나갔고, 한 달 전에는 팔공산의 한 절에서 주문이 들어오기까지 했다.

"상처…… 받으신 거죠?"

조심스러운 도진의 물음에 웃음이 걷히면서 그녀의 눈이 갈피를 잡지 못하고 흔들렸다.

"서 상무님과 연인이 된 걸 알았을 때 깜짝 놀랐어요."

민서의 집에 인사를 가기 전, 우연히 공방에서 도진과 만났던 그 날의 기억을 두 사람은 함께 떠올리고 있었다.

"깊은 눈으로 정 선생님을 지켜보는 서 상무님 눈빛을 전 아직도 잊을 수가 없어요. 하지만 더욱 놀란 건 정 선생님이 유학을 떠났다는 사실이었어요. 다른 사람은 속았을지 몰라도 전 아니었어요. 정 선생님은 인사도 없이 갑자기 떠날 분이 아니잖아요."

그녀는 서글픈 웃음으로 대답을 대신했다.

"그리고 이렇게 선생님을 찾았고요. 이렇게 찾아온 제가 달갑지 않다는 거 알아요. 뭘 걱정하는지도 알고요."

그녀가 여기까지 떠나온 이유를 다 알고 있는 것처럼 도진은 말했다. 일찍이 장사를 한 사람이라 도진은 누구보다 눈치가 빠른 사람이었다. 그녀는 꾹 다물고 있던 입을 열었다.

"그 사람과 전 고등학교 때부터 알게 된 인연이었어요."

오랜만에 아련한 기억을 더듬어 보았다. 일부러 잘 꺼내지 않으려 하는 그 풋풋한 기억들, 그리고 가슴 무너지는 기억들을.

"첫사랑이었어요. 어린 나이에 뜻하지 않게 헤어지게 되었고, 성백원에서 우연히 만나게 된 거예요. 하지만 그땐 몰랐어요. 우리가 만나지 말았어야 할 인연이라는 걸."

단 하루도 잊을 수 없는 민서를 생각하자 가슴이 아려 왔다. 쌓여 가는 그리움에도 견딜 수 있었던 건 그가 준 선물 때문이었다.

"모른 척, 해 주시겠어요?"

"그렇게 할게요."

웃으며 고개를 끄덕이는 도진을 따라 그녀도 작게 웃으며 물었다.

"고맙습니다. 태영이는…… 잘 지내나요?"

"역시 강 선생님도 모르고 있군요. 며칠 전에 물건을 갖다 주러 들렀는데 잘 지내고 있는 것 같아요."

"그러면 됐어요."

그녀의 아련한 눈빛을 도진은 오래도록 지켜보았다.

"바쁘신 분을 너무 오래 잡아 놓고 있었죠? 전 이만 가 볼게요."

서울에서 먼 발걸음을 한 사람은 도진인데 그는 정작 그녀를 걱정하며 일어섰다. 벌써 점심시간이었다. 마음 같아서는 멀리서 온 도진에게 점심을 먹여 보내고 싶었지만 그 말을 쉽게 꺼낼 수가 없었다.

"잘 지내요."

"네, 도진 씨도요."

겨우 차 한 잔을 먹이고 멀리 서울까지 보내는 그녀의 마음은 편치가 않은데 도진은 그저 웃고 있었다.

"이제 와 밝히지만 저, 정 선생님한테 관심이 많았어요. 정 선생님이 성백원에 올 때마다 일부러 오래 붙잡아 두고 수다를 떨어 댔는데 몰랐죠?"

환하게 웃으며 농담인 듯 진담처럼 말하는 도진에게 유하는 고개를 흔들며 웃었다.

"정 선생님."

웃음을 지운 그가 유하를 보았다.

"전 일찍 아버지를 여의고 어머니 손에서 자랐어요."

그녀의 얼굴에도 웃음이 지워졌다. 저도 모르게 카디건을 꼭 움켜쥐는 유하의 손길. 그 모습을 빤히 바라보며 도진은 말을 이었다.

"그래서 말이죠. 전 좋은 아버지가 될 자신은 없지만 언젠가 아버지가 된다면 오래도록 곁에 있어 주는 게 제 꿈이에요. 아이가 자라나는 모습을 오래오래 보고 싶어요."

풍덩한 카디건을 입고 있어서 모르는 줄 알았는데 그는 이미 알고 있었다. 향꽂이를 보고 유하를 떠올린 사람답게.

"정말 가 볼게요. 건강하세요, 정 선생님."

그 말을 마지막으로 그는 손을 흔들며 떠났다.

'좋은 아버지가 될 자신은 없지만 언젠가 아버지가 된다면 오래도록 곁에 있어 주는 게 제 꿈이에요. 아이가 자라나는 모습을 오래오래 보고 싶어요.'

차가 지나간 곳에 흩날리는 흙먼지가 가라앉을 때까지 그녀는 미동 없이 그 자리에 우두커니 서 있었다. 마치 유하에게 숙제처럼 던져 놓고 간 도진의 말을 되뇌고, 또 되뇌고 있었다.

도진이 다녀가고부터 그녀는 불안해졌다. 또 잡념이 많아졌다. 그로부터 이 주가 흘렀지만 아무것도 손에 잡히지 않았다. 혹시 다른 누군가가 찾아올까 봐 불안했고, 현실로 다가오는 미래가 불안해졌다. 이제 혼자가 아닌 둘이기에.

세현과 은호의 눈물 젖은 배웅을 받으며 유하는 떠나왔다. 결혼에 대한 스트레스와 부담으로 다시 나타난 악몽과 폐소공포증으로 하루하루가 견딜 수 없을 만큼 힘이 든다고 거짓말을 했다.

아주 거짓말은 아니었다. 민영을 만나고부터 다시 나타난 폐소공포증으로 엘리베이터도 타지 못했고, 방문을 열어 두지 않고는 잠을 이룰 수가 없었다. 잠을 잔다 하더라도 악몽을 꾸며 비명을 지르기 일쑤였다. 그걸 직접 본 은호와 세현이기에 유하를 붙잡지 않았다.

유학을 가장해 중국으로 떠난다고 했지만 결국 비행기를 타지 않았다. 인천공항에서 서울역으로, 서울역에서 KTX를 타고 다시 동대구역에 도착해서야 선주를 만나 최종 목적지인 이곳까지 오게 되었다.

그때까지만 해도 알지 못했다. 감기몸살처럼 아픈 것도, 입맛이 없고 자꾸 토할 것만 같은 것도 그저 몸과 마음이 약해져 그런 거라 생각했다.

하지만 몇 달 전부터 생리가 뚝 끊겼다는 걸 알고 나서야 그녀에게 아기가 찾아왔다는 걸 알았다.

불안보다, 걱정보다 먼저 든 생각은 기쁨과 환희였다.

그의 마지막 선물처럼 찾아든 아기는 그녀를 일으켜 세운 원동력이었고, 앞으로를 살게 할 미래였다. 그래서 전혀 외롭지도, 슬프지도 않았다.

아니, 오히려 감사했다. 민서와 아기에게.

아이를 위해 유하는 심리치료센터를 다니며 폐소공포증과 가끔씩 나타나 괴롭히는 악몽을 치료하기 시작했다. 아이 때문에 약물요법을 동반하지 않고 인지행동치료만 꾸준히 받아야 했지만 의지가 있기에 결과는 성공적이었다.

이곳으로 떠나올 땐 혼자였지만 이젠 둘이 된 유하. 이제 혼자가 아닌 두 사람의 미래를 위한 결단을 내려야 할 때였다.

아침 일찍 일어나 식사를 차린 그녀는 선주와 함께 밥을 먹는 자리에서 조심스레 말을 꺼냈다.

"선생님, 저 집을 알아봐야 할 것 같아요."

"집은 왜?"

"출산하고 한 일이 년 정도 무럭이와 지낼 곳이요. 여긴 무럭이와 생활하기엔 너무 추울 것 같아서 햇볕이 잘 들고 따뜻한 집이 좋을 것 같아요."

무럭이는 아이의 태명이었다. 건강하게 무럭무럭 잘 자라나길 바라는 그녀의 마음이었다.

끝내 민서는 알지 못하겠지만 멀리서나마 민서에게 봄 내음을 전해 줄 그와 그녀의 아이는 꽃피는 3월에 출산 예정이었다.

산달이 다가오고 있었다. 아직 한 달하고 보름이 더 남았지만 다른 산모들보다 배도 작을뿐더러 산모와 아이의 몸무게가 불지 않아 병원에 갈 때마다 의사의 잔소리를 들어야 했다.

"내가 나이는 많아도 아를 낳아 본 적이 있어야 말이지. 정 선생 말이 맞다. 여기 겨울은 내가 지내기도 추운 곳이니까 아 클 때까지 집은 있어야 안 되겠나."

무럭이가 태어나면 조리원에서 몸조리를 하고 꽃샘추위가 끝나면 이곳으로 퇴원을 할 예정이었다. 원래 집이 아니었던 곳이라 여러모로 불편하지만 마음이라도 의지할 수 있는 선주가 있어 든든했다.

하지만 원래 폐교였던 이곳은 개조를 했다고 해도 3, 4월을 나기엔 춥기도 하고, 또 가까운 곳에 병원이 없어 급하게 병원을 갈 일이 생길 때 곤란한 위치였다.

"그래서 오늘 집을 좀 알아보러 나갈까 해요."

"혼자서?"

"네."

"그 몸으로 혼자서 어딜 간단 말이고. 내 승백원에 물건 주고 올 테니까 기다렸다가 내랑 같이 나가 보자."

"혼자서 갈 수 있어요."

"됐다마, 여기 지리도 모르면서 어딜 혼자 가겠다고. 내가 니 보호잔 거 잊었나?"

어림도 없다는 선주의 표정에 그녀는 웃으며 고개를 끄덕였다. 선주의 말대로 지리도 모를뿐더러 시세나 위치를 알지 못하기에 막막하지만 부딪혀 보자 했는데 먼저 나서서 도와주겠다는 선주가 고맙고 또 미안했다.

"네, 그럼 기다릴 테니까 다녀오세요."

"그래."

선주는 대구 시내에 있는 승백원에 도자기를 납품을 하고 있었다. 오늘은 어제 가마에서 나온 도자기들을 갖다 주기로 약속되어 있어서 아침을 먹자마자 바로 승백원에 다녀온다고 했다.

몇 달 전부터 선주의 소개로 그녀의 향꽂이도 함께 승백원으로 납품하게 되었는데 오늘은 모처럼 두 사람의 통장이 두둑하게 채워지는 날이었다. 아무래도 오늘은 집을 알아보고 들어오면서 삼겹살을 사 와야겠다고 그녀는 생각했다. 선주의 남자 친구를 불러 삼겹살 파티라도 해야 미안하고 고마운 마음을 좀 갚지 않을까 하는 마음에서.

"정 선생, 내 다녀올 테니까 준비하고 기다리라."

"네, 조심해서 다녀오세요."

"오야."

자동차 트렁크에 도자기를 잔뜩 실은 선주가 떠났다.

설거지를 끝낸 그녀는 느긋하게 외출 준비에 나섰다. 막상 실행에 옮길 생각을 하자 마음이 한결 가벼워졌다. 샤워를 하고 젖은 머리를 드라이기로 말린 후 욕실을 나와 옷을 입었다. 화장을 하려다 말고 깜박하고 먹지 못한 철분제를 복용하기 위해 주방으로 들어갔다. 약을 꿀꺽 삼키는던 그때, 문이 열리는 소리가 들려왔다.

"선생님이세요?"

선주가 벌써 다녀온 건 아닐 테고 또 휴대전화나 물건을 잊어버리고 갔나 싶어 주방을 빠져나오는데 문 앞에는 선주가 아닌 뜻밖의 얼굴이 그녀를 기다리고 있었다. 섬뜩한 시선에 그녀의 걸음이 멈추었다.

민서였다. 신기루처럼 그가 서 있었다.

잘못 본 게 아닐까 싶어 눈을 깜박였지만 역시 민서였다.

"어, 어떻게 여길……."

어떻게 여길 알았을까, 어떻게 여길 찾아왔을까?

놀라움과 당황스러움으로 말이 제대로 나오지 않아 그녀는 그만 눈을 감아 버렸다.

"눈 떠."

명령과도 같은 무심한 그의 목소리.

말 잘 듣는 아이처럼 그녀는 천천히, 아주 천천히 눈꺼풀을 들어 올렸다. 맑고 투명한 눈동자 안으로 민서의 얼굴이 들어와 박혔다.

그가 다가왔다. 그와의 거리가 가까워질수록 호흡이 가빠지고 손에 땀이 났다. 그러나 유하는 한 발자국도 움직일 수가 없었다.

그의 향기가 코끝으로 전해졌다. 그리운 얼굴, 그리운 향기. 모든 것이 꿈만 같아 그녀는 멍하게 서 있었다.

"나와 헤어지고 택한 것이 이런 생활인 거야?"

"상관없잖아요."

억눌린 소리가 갈라져 비정상적으로 튀어나왔다. 유하는 떨리는 심장을 잠재우기 위해 숨을 멈추었다.

"숨바꼭질은 끝났어. 도망을 갈 거였으면 내가 찾지 못하는 곳으로 숨었어야지."

"이건 게임이 아니에요."

"그래, 게임이 아니라 일방적인 통보였지. 난 동의한 적 없는."

"당신 동의 같은 건 필요 없어요."

애써 침착하려 애썼지만 안타깝게도 목소리가 미세하게 떨리고 있었다.

"정유하."

어깨를 움켜잡는 커다란 손아귀. 단지 어깨만 잡혔을 뿐인데 온몸이 잡혀 버린 것만 같았다.

"나 역시 네 동의 같은 건 필요 없어."

서서히 내려온 그의 얼굴이 뜨거운 숨결과 함께 귓가를 간지럽혔다. 온몸의 솜털이 일제히 곤두서며 몸이 부르르 떨렸다.

"하, 하지 말아요."

그녀의 위태로운 눈빛과 떨리는 목소리에도 귓가에 머물고 있던 그의 입술이 천천히 하얗게 드러난 목덜미로 내려왔다. 그리고 흡혈귀처럼 강하게 빨아들였다.

"안 돼요."

애써 억누르고 있던 감정이 산산이 부서지는 것만 같았다. 그녀는 가는 손목을 들어 올려 그의 가슴을 밀어내려 애썼다. 그러나 상대할 수 없는 힘을 가진 그에게는 역부족이었다.

"아앗."

그게 마음에 들지 않았던 듯 여린 살결을 강하게 빨아들이던 민서가 이를 박았다. 강렬한 아픔에 움직임을 멈춘 그녀의 입술에서 참지 못한 신음이 새어 나왔다.

곧 입술이 떨어졌다. 하얀 목덜미에 내려앉은 빨간 꽃잎 자국에 만족한 미소도 잠시, 아픔에 혼이 빠져 버린 그녀를 끌어당겨 안은 민서의 입술이 유하의 작은 입술에 내려앉았다.

집어삼킬 것처럼 입술을 빨아들이던 민서의 혀가 입술을 가르고 들어와 거부하는 그녀의 혀를 찾아 뱀처럼 옭아맸다. 틈도 없이 빨아들이는 집요함에 견디지 못한 그녀는 결국 그의 옷자락을 붙잡고 매달렸다.

주저앉으려는 그녀의 허리를 바싹 당겨 안은 민서가 입술을 떼지 않고 한 걸음씩 전진하자 그녀의 등에 차가운 벽이 맞닿았다. 피할 곳을 남겨놓지 않으려는 듯 민서의 단단한 몸이 그녀의 앞을 막고 서서 노련하게 입술을, 혀를 놀렸다.

"흡."

민서의 손이 어느새 그녀가 입고 있던 카디건을 들추고 티셔츠 속으로 들어와 등을 쓰다듬으며 올라가자 눈을 번쩍 뜬 그녀가 민서의 가슴을 밀며 거부했다. 그러나 두 손은 어느새 민서의 손에 잡혀 한 치도 움직이지 못하게 포박당하고 말았다. 신음조차 민서의 목구멍으로 사라져 버렸다.

감고 있던 민서의 눈이 떠졌다. 강렬한 열망을 담은 깊고 진한 눈동자. 두 사람은 시간이 정지한 것처럼 서로를 뚫어져라 바라보았다. 곧 민서의 손이 움직였다. 천천히 맨살을 쓰다듬어 올라온 손이 브래지어 안에 숨어 있는 부드러운 가슴을 움켜쥐었다. 그녀는 끝내 눈을 감아 버렸다.

그의 손이 가슴에서 내려와 겨드랑이를 쓸었다. 그리고 끝내 닿지 않았으면 하는 유하의 배를 쓸었다. 곧 그의 손이 더 이상 나아가지 않고 굳은 듯 멈추었다.

"정유하, 너……."

그의 목소리에 맞추어 그녀의 배가 꿈틀거렸다. 처음 아빠의 목소리를 들은 아이의 움직임이 너무 요란해서 그녀는 결국 눈을 뜨고 말았다. 충격을 받은 민서의 눈이 그녀를 바라보고 있었다.

"너……!"

그의 손이 가늘게 떨리는 만큼 그녀 역시 떨고 있었다. 그러나 그는 끝내 그녀의 배에서 손을 떼지 않았다. 아이의 움직임에 따라 그의 손이 그녀의 배를 누르며 함께 태동을 느끼려 하고 있었다.

"이러지 말아요!"

그의 손을 떼어 내려 했으나 그가 더 빨랐다. 그녀의 어깨를 움켜쥐고 위험한 눈빛으로 그녀를 바라보고 있는 민서. 그녀의 어깨가 떨리고 있는 건지, 그의 손이 떨리고 있는 건지 알 수 없었지만 그녀의 어깨가 떨리고 있었다.

"어떻게, 어떻게 이런 짓을!"

배신감으로 위험하게 반짝이는 그의 눈동자. 씹어뱉듯 내뱉는 그의 말에도 그녀는 그대로 집어삼킬 듯 바라보는 그의 눈빛을 피하지 않았다.

"내 아이를 가진 걸 알면서, 헤어지자는 문자 한 통을 남긴 채 사라져 버린 거야?"

그의 목소리가 떨리고 있었다. 주체할 수 없는 화를 누그러뜨리려는 듯 이를 꽉 물고 있는 그는 그녀의 배 속에 있는 아이가 추호도 의심 없이 자신의 아이라고 단정 짓고 있었다.

"용서할 수 없어."

"내 아이야!"

"뭐?"

"오빠 나를 용서해야 할 이유도, 자격도 없어요."

"다시 말해 봐."

"오빠의 아이가 아니라 내 아이니까."

"하!"

어이없는 표정으로 그가 웃었다. 하지만 그것도 잠시, 웃음을 거둔 그가 위험한 눈빛으로 그녀를 내려다보았다.

"정유하!"

그녀의 어깨를 꽉 쥐고 흔드는 그의 사나운 눈길, 이렇게 화가 난 서민서는 처음이었다. 눈빛 하나로 그녀의 목을 조르고 있는 것만 같아 숨이 막혔다. 배가 딱딱하게 뭉쳐 오는 느낌에 그녀는 가쁜 숨을 몰아쉬며 진정하려 애썼다.

"소리, 지르지 말아요."

그의 번득이는 눈동자가 그녀의 목에 와 박혔다. 어깨에서 내려간 그의 손이 그녀의 목에 걸린 목걸이를 쓸다 말고 입매를 올렸다.

"내가 이야기하지 않았던가?"

언젠가 글램핑장에 가서 산책을 하던 날 그녀에게 주었던 목걸이를 그녀는 부적처럼 목에 걸고 있었다. 그걸 본 민서가 싸늘하게 말했다.

"이건 일종의 목줄 같은 거라고. 설마, 날 기다렸던 거야?"

"아니야."

"그럼 설명해 봐, 내가 준 목걸이를 아직도 걸고 있는 이유를. 막상 헤어지고 나니 미련이 남은 건가?"

"아니라고."

"그따위 말, 안 믿어. 당장 짐 싸."

"싫어요!"

명령 같은 민서의 말에 저도 모르게 소리를 지르고 말았다.

"뭔가 착각을 하나 본데 오빤 그런 명령할 자격 없어요."

그의 잘생긴 얼굴이 엉망으로 일그러졌다.

"우린 이미 헤어졌으니까."

"하, 밑도 끝도 없는 그 일방적인 통보? 그걸 나한테 받아들이라고, 지금?"

그는 인정하지 않고 있었다. 두 사람의 이별을.

그가 캐나다로 출장을 떠나기 전 호텔에서 함께 하루를 보내고 그를 배웅했다. 그게 두 사람의 마지막이었다. 그의 말대로 민서가 캐나다에서 돌아오기 전 결혼이 싫어졌다는, 헤어지자는 문자를 남기고 떠나왔다. 기주를 조르고 졸라 이곳으로 도망치듯 떠나왔다.

그가 얼마나 놀라고, 당황하고, 배신감을 느꼈을지 안다. 하지만 그렇지 않으면 복잡한 사슬처럼 연결된 악연의 고리를 끊어 낼 수 없다고 생각했다.

"말해 봐, 진짜 이유를."

"말했듯이 결혼이 싫었을 뿐이에요. 내 목을 조이는 것 같아서 싫다고 했잖아요!"

이러면 안 되는데, 감정이 자꾸 격해지고 있었다.

"정유하!"

소리를 내지르는 그의 퍼런 서슬에 놀라 그녀가 흠칫 몸을 떨었다.

"소리 지르지 말라고 했잖아요!"

발악적인 그녀의 목소리에 민서는 그만 입을 다물었다. 창백하게 질린 그녀가 온몸을 떨고 있었다.

"이만 가 줘요. 여긴 내 공간이야."

"이대로는 못 가."

"이러는 거 당신답지 않아요."

"난 들어야겠어. 내 아이를 가진 채 네가 나를 떠난 이유를. 그게 먼저야."

"당신 아이가 아니야!"

소리치는 그녀를 비웃듯 민서는 말했다.

"말도 안 되는 소리, 너에게 남자는 오직 나뿐이었어. 그런데도 내 아이가 아니라고?"

놔주지 않을 것만 같은 민서의 눈빛. 그 눈빛처럼 그는 한 발자국도 움직이지 않은 채 그녀를 노려보고 서 있었다. 그래서 아니라고, 절대 당신의 아이가 아니라고 더 이상 부정할 수가 없었다.

"아앗!"

갑자기 배가 뭉치는 느낌과 함께 아릿하게 당겨오는 느낌. 배가 단단하게 굳어 가고 있었다. 눈을 꼭 감았다. 호흡을 안정시키려 숨을 거듭 내쉬었다. 하지만 딱딱하게 뭉쳐진 배는 풀리지 않았다. 대신 급격한 피로가 몰려들었다.

"하아, 하아."

이젠 배가 쥐어짜듯이 아파 왔다. 아무래도 심상치 않은 느낌에 그녀는 불안감을 숨길 수가 없었다. 침대로 가서 눕기 위해 발걸음을 뗐다. 그런데, 발이 움직여지지 않았다. 한 발자국도 움직일 수가 없었다.

"흐으으윽."

자꾸만 쥐어짜듯 아픈 배를 그녀가 두 손으로 꽉 움켜쥐었다.

"정유하, 왜 그래?"

"하아, 하아, 오……빠……."

발을 움직이고 싶은데 그 자리에 붙어 버린 것처럼 단 한 발자국도 움직여지지가 않았다. 말조차 제대로 나오지 않았다. 입을 벙긋거리는 그녀의 눈에서 눈물이 툭 떨어져 내렸다.

"왜 이래? 배가 아픈 거야?"

그녀의 팔을 잡은 민서가 물었다. 배를 감싸 안은 채 눈물만 흘리는 그녀는 부동자세로 서 있기만 했다. 위험한 눈빛을 지운 그 역시 당황스러움과 걱정으로 얼굴을 일그러뜨린 채였다.

"흐윽, 흐으으으윽."

벌써 아이가 나오려는 것일까? 아직 예정일이 한 달이나 넘게 남았는데, 의사가 아이의 몸무게가 적어서 많이 먹고, 많이 키워서 오라고 했는데 이러면 안 된다.

아픔과 함께 불안감과 두려움이 몰려왔다. 그녀가 주저앉으려다 말고 민서의 두 팔을 잡으며 입술을 깨물었다.

"너…… 왜 이래?"

"하악, 배가, 배가 아파요!"

"유하야?"

몸이 굳어 버리는 느낌과 함께 배가 수축하는 것처럼 아팠다. 말이 제대로 나오지 않아 그녀는 입을 벙긋거리며 민서의 옷자락을 움켜쥐었다. 민서가 그녀의 팔을 잡고 힘주어 그녀를 안았다.

"무…… 서워, 무서워, 오빠. 하아, 하아."

"유하야, 정유하!"

가쁜 숨을 몰아쉬던 그녀가 창백하게 질린 채 신음했다. 민서가 당황할 틈도 없이 그녀의 일그러진 두 눈에서 굵은 눈방울이 떨어졌다.

"벌써 나오면 안 돼, 아가야. 안…… 돼……."

아픔으로 호소하며 몸을 떠는 그녀를 안은 민서는 뭔가 잘못되어 가고 있음을 느꼈다.

"살려 줘, 살려 줘요."

"유하야!"

그녀가 나오지 않는 목소리를 쥐어짜 악을 쓰며 그에게 부탁했다.

"흐윽, 내 아이를…… 우리 무럭이를, 살려 줘요, 제발."

금방이라도 정신을 잃을 것처럼 탁하게 흐려지는 눈동자, 그리고 절규.

"안 돼, 안 돼. 아가야."

곧 죽을 것처럼 몸을 떨어 대는 그녀를 안은 채 민서는 함께 몸을 떨었다.

끔찍한 악몽이 시작되고 있었다.

14장. 헤매다

"유하야, 유하야."

꿈처럼 아득한 민서의 목소리가 그녀를 깨우고 있었다. 눈을 뜨고 민서의 얼굴을 보고 싶은데 도무지 눈이 떠지지 않아 유하는 괴로워했다. 민서는 그런 그녀를 끌어안으며 괜찮다고 달래 주었다.

꿈일까?

"너무 오래 잤어. 그만 일어나."

다시 들려오는 민서의 나직한 목소리에 눈을 뜨는 대신 그녀는 가만히 고개를 저었다.

꿈이었다. 여기에 민서가 있을 리 없다. 민서는 며칠 전 입대를 했는데 그럴 리 없다.

그녀는 미술실에 갇혀 병원으로 옮겨졌던 그 시절로 돌아가 있었다. 손톱이 부서지도록 문을 긁고 두드려도 아무도 열어 주지 않던 미술실에 갇힌 그 시절로.

문을 두드리고, 발로 차느라 모든 기운을 소진했는지 어떤 말도 나오지가 않았다.

"어떻게 만난 너인데 이렇게 누워만 있니. 다 내 잘못이야. 미안해, 미안하다, 유하야. 그러니까 그만 일어나서 날 좀 용서해 줘, 응?"

꿈처럼 아득한 말이 그녀의 귓가에 쏟아졌다. 그녀는 죽은 듯 축 늘어진 채 눈을 뜨려 애썼다. 하지만 그것조차 힘에 겨웠다. 손 하나 까딱할 기운조차 소진되어 버린 것 같았다.

"엄…… 마……."

들릴 듯 말 듯 작은 목소리를 힘겹게 토해 내며 그녀는 엄마를 애타게 찾았다.

"내가, 내가 잘못했다, 유하야."

간절한 민서의 마음과는 다르게 자신을 꼭 안아 주던 엄마를 떠올리고 있는 유하가 다시 세현을 불렀다.

"엄…… 마……."

가는 쇳소리를 내며 감은 눈을 뜨지도 못한 채 눈물만 흘리는 유하. 그녀를 바라보는 민서의 눈에도 뜨거운 눈물이 고이고 있었다. 유하의 목 뒤로 팔을 넣은 민서가 그녀를 꼭 껴안았다. 그리고 말했다.

"그만 헤매고 일어나, 정유하. 우리 더 이상 헤매지 말자."

토닥이는 그의 손길에 잦아드는 울먹임. 끝내 정신을 차리지 못한 그녀는 다시 깊은 잠에 빠져들고 있었다.

사흘째였다. 몸이 약한 데다 충격과 스트레스로 인한 조산으로 그녀는 쉽게 마취에서 깨어나지 못했다. 병원으로 오자마자 제왕절개수술로 아이를 출산하는 과정에서 피를 많이 흘려 수혈을 해야 할 정도로 위험했다.

그렇게 위험한 고비를 넘겼지만 도무지 깨어나지 않는 그녀로 인해 민서의 가슴은 하염없이 타들어 가고 있었다. 겨우 2킬로그램인 딸은 인큐베이터에서, 유하는 병실에서 숨만 내쉬고 있었다.

유하가 미술실에 갇히던 날 유산을 한 세현과 미술실에서 쓰러진 채로 발견되어 병원으로 옮겨진 후 좀처럼 정신을 차리지 못하는 유하로 인해 애태우던 은호. 그때와 비슷한 상황을 지금 민서가 겪고 있었다.

달칵, 문이 열렸다.

"좀 괜찮나, 어떻노?"

선주가 걱정스런 표정으로 유하와 민서를 번갈아 바라보며 물었다.

"아직……."

"조금 있으면 유하 부모님 오실 끼다."

"네."

"자네도 좀 쉬어라. 이러다 자네까지 쓰러지면 무럭이는 어쩌라고 이라노."

"네."

대답은 했지만 잠을 잘 수도, 밥을 먹을 수도 없었다.

모두가 제 탓이었다. 아이를 가진 유하를 혼란에 빠뜨린 것도 모자라 소리까지 지르며 몰아붙인 제 탓이라며 민서는 자책했다. 그러지 않았더라면 달수를 채우고 건강하게 태어났을 아이와 그 아이를 안고 젖을 먹이고 있을 유하였을 텐데.

움직이지도 못하고 눈물만 뚝뚝 흘려 대던 그녀를 잊을 수가 없었다. 아이를 살려 달라고 애원하던 그녀의 울부짖음을 잊을 수가 없었다.

자책하는 민서의 마음을 아는 듯 선주는 그의 어깨를 토닥여 주었다.

유하가 그렇게나 찾던 세현은 점심시간이 지나서야 병원에 도착했다. 중국에 있어야 할 딸이 대구에 있는 종합병원에 누워 정신을 차리지 못하고 있다는 소식을 듣고 얼마나 놀랐을까.

서울에서 대구로 내려오며 기주에게 그간의 소식을 전해 들은 세현은 얼마나 울었던 것인지 눈이 퉁퉁 부어 있었다. 그러나 병실에 들어서는 순간부터 눈물 한 방울 내비치지 않았다.

"오셨습니까."

은호와 기주와 함께 들어오자마자 민서의 인사를 받은 세현이 고개를 끄덕였다. 그리고 누워 있는 유하의 앞으로 걸어갔다. 그렇게 부르던 엄마가 왔는데도 그녀는 속절없이 잠에 빠진 채였다.

"유하야."

"우리 딸."

세현과 은호는 조용히 딸을 불렀다. 마치 어린 딸을 깨우는 것처럼 그녀의 볼을 쓰다듬으며 유하를 불렀다.

"유하야, 우리 유하 무슨 꿈을 그리 오래 꾸고 있어?"

나지막한 소리를 용케 알아들은 것인지 유하의 손가락이 꿈틀거렸다. 세현이 꿈틀거리는 유하의 손을 잡고 쓰다듬었다. 볼을 쓰다듬을 때와 같이 부드러운 손길로. 그러나 좀처럼 눈을 뜨지 못하는 그녀 때문에 모두들 속이 타들어 가고 있었다.

"엄마야, 엄마 왔는데 안 보고 그냥 잘 거야? 응?"

쓰다듬던 손을 제 볼에 부비며 세현은 다시 한 번 유하를 불렀다. 그러자 눈꺼풀에 덮인 안구가 꿈틀거리는 모습이 보였다. 눈을 뜨진 못했지만 그녀는 입을 벙긋거리고 있었다.

"어, 엄…… 마……?"

응답하는 그녀의 작은 목소리에 답을 하듯 세현이 환하게 웃었다.

"그래, 엄마야. 잘 잤어? 우리 딸."

"엄마, 엄마."

"이제 일어나야지."

애타게 엄마를 부르며 꿈틀거리는 그녀의 움직임. 눈을 뜨고 싶은데 떠지지 않아 유하는 괴로워하고 있었다. 세현은 그런 그녀의 가슴을 아이처럼 토닥여 주었다.

"괜찮아. 엄마가 여기 있으니까 다 괜찮아. 우리 딸은 다 이겨낼 수 있을 거야, 그렇지?"

"흐으윽, 엄마."

감은 눈 사이로 흘러내리는 딸의 눈물을 닦아 주면서 세현은 웃고 있었다. 마치 아무 일도 없었다는 듯 그렇게.

천천히 유하의 눈꺼풀이 올라갔다. 눈 안에 가득 담긴 눈물이 주르륵 흘러내리자 그제야 세현의 얼굴이 보이는 것인지 그녀가 세현에게 잡혀 있지 않은 왼손을 천천히 들었다. 드는 것만으로도 힘겨운 손으로 세현의 웃는 얼굴을 쓸어내리자 세현이 그 손을 잡아 얼굴에 비볐다.

그제야 환영이 아니라는 걸 알았는지 그녀가 웃고 있었다. 옆에 있던 은호가 손수건을 꺼내 유하의 눈물을 닦아 주곤 제 눈에 흐르던 눈물을 훔쳐 냈다.

"엄…… 마, 아…… 버지……."

"그래, 우리 딸. 잘 잤어?"

은호의 물음에 고개를 끄덕이던 그녀가 눈을 조금 더 크게 뜨고 눈꺼풀을 깜박였다. 잘했다는 듯 은호는 맞잡은 세현과 유하의 손을 움켜잡았다. 애끓는 가족애를 바라보며 기주와 선주가 코를 훌쩍였다.

"일어났으면 우리 유하가 낳은 딸 보러 가자. 우리 딸을 닮았으면 얼마나 예쁠까?"

"아……!"

꿈에서 깨어난 것처럼 유하가 눈을 깜박였다.

"엄…… 마, 내 아기, 우리 무럭이……."

이제야 정신이 돌아오는 것인지 은호와 세현에게 잡힌 손을 뺀 그녀가 자신의 배를 어루만졌다. 그러나 동그랗게 부푼 배가 아닌 납작해진 배가 만져지자 그녀가 불안한 눈빛으로 주위를 두리번거렸다.

"무럭아, 내 아기."

아이를 찾아 헤매던 눈길이 우두커니 서 있는 민서에게 박혔다.

"흐으윽, 살려…… 줘, 내 아기 살려 줘."

병원으로 오기 전의 기억을 떠올린 그녀가 민서에게 손을 뻗으며 흐느끼기 시작했다. 아이를 찾아 헤매는 그녀의 손이 허공에서 덜덜 떨고 있었다.

"어디 있어, 우리 무럭이. 흐으윽."

"무럭이가 너를 기다리고 있대. 그러니까 엄마랑 같이 우리 무럭이 보러 가자."

세현이 서러운 눈물을 토해 내는 유하를 달래며 가슴을 토닥였다.

"어디, 우리 무럭이 어디 있는 거예요? 건강한 거죠?"

세현을 붙잡은 그녀가 울음 섞인 목소리로 다급하게 물었다.

"그럼. 작아서 인큐베이터에 있지만 건강하대."

"흐으윽, 정말…… 괜찮은 거죠?"

"그럼, 괜찮고말고."

다시 한 번 세현에게 아이의 안부를 확인하는 유하를 안도시킨 세현이 침대에서 일어나 앉으려는 그녀를 조심스럽게 일으켜 주었다.

"아직 많이 아플 텐데 괜찮겠어?"

"전 괜찮아요. 우리 무럭이 보러 갈래요. 하으으."

말은 그렇게 했지만 제왕절개술로 출산을 한 덕에 배가 아릿하게 아파 오자 그녀가 입술을 깨물며 신음했다.

"정말 괜찮겠니?"

"얼른 무럭이 보러 가요, 얼른."

조급증을 내는 유하를 안타까운 눈으로 바라보던 민서가 병실 밖으로 나가더니 곧 휠체어를 가지고 왔다. 그리고 침대에 앉아 있는 그녀를 안아 휠체어에 앉혔다.

"아프지 않아? 아직은 무리하면 안 돼."

바닥에 한쪽 무릎을 꿇어 유하와 눈높이를 맞춘 민서가 물었다. 그녀는 대답 대신 고개를 돌려 버렸다. 민서를 보고 싶지 않다는 듯. 눈물에 부어 버린 눈과 홀쭉한 유하의 볼을 걱정스레 바라보던 민서가 일어나 뒤로 물러섰다.

"엄마, 아버지. 빨리 무럭이 보러 가요."

"그래, 그래."

한시라도 빨리 아이가 보고 싶어 서두르는 그녀의 말에 은호가 휠체어를 밀기 위해 유하의 뒤로 가서 휠체어 손잡이를 잡았고 세현은 병실 문을 열었다.

세 사람이 병실을 빠져나가는 모습을 보며 민서는 죄인처럼 고개를 숙였다. 그들을 따라가다 말고 민서를 바라보던 기주는 한숨을 푹 내쉬었다.

아이는 너무 작았다. 만지는 것도 겁날 만큼 작은 무럭이는 인큐베이터 안에서 잠들어 있었다. 엄마가 온 줄도 모르고.

"흐윽, 아가……."

애타게 찾던 무럭이를 보고 감격에 겨운 그녀는 울고 있었다. 한 아이의 엄마가 되었다는 것이 가슴 벅찰 만큼 행복하면서 그 아이를 안지 못하는 것이, 아이가 건강하지 못한 것이 다 제 탓인 것만 같아 죄책감을 느껴야 했다.

그 곁에서 함께 눈물을 흘리며 아기를 바라보고 있는 세현과 은호. 그리고 그들에게 다가가지 못한 채 멀리서 바라보고 있는 민서.

"엄마야, 엄마가 왔어, 무럭아……."

면회시간이 되지 않아 아이를 멀리서 지켜봐야만 하는 유하는 창문 위로 무럭이를 쓸어 보았다.

"고마워, 그리고 미안해, 아가."

창문에 달라붙어 무럭이에게서 시선을 떼지 못하는 유하는 그저 아이만 부르고 있었다.

마치 그런 유하의 목소리를 들은 것처럼 잠들어 있던 아이가 꼬물거렸다. 창문에 대고 무럭이를 쓸고 있는 엄마의 손길을 느끼는 것처럼 입을 꼬물거리는 아이는 무척이나 사랑스러웠다. 그 모습을 하염없이 바라보는 유하의 입가가 웃고 있었다. 눈물을 툭툭 떨어뜨리며.

"어쩜 저렇게 예쁠까."

"우리 유하를 닮았으니 저렇게 예쁘지."

세현과 은호 역시 울며 웃고 있었다.

기적처럼 그녀에게 와 준 아이는 배 속에서 한 달하고 보름을 다 채우지 못하고 세상에 나왔지만 기적처럼 건강하게 태어나 주었다. 그러나 미숙아로 태어났기에 병원균에 노출될 가능성이 크다고 했다.

애끓는 모성애는 유하를 강하게 만들었다. 기운을 차리려고 밥과 미역국을 꾸역꾸역 챙겨 먹은 그녀는 인큐베이터에 있는 무럭이에게 초유를 먹이기 위해 수시로 유축기로 젖을 짰다.

마치 그런 엄마의 마음을 아는 것인지 무럭이는 태명처럼 무럭무럭 자라고 있었다. 민서는 두 사람의 곁을 그림자처럼 지키고 있었다. 그녀가 민서에게 눈빛 한 번 주지 않아도 대수롭지 않은 듯, 한시도 그녀와 아이의 곁을 떠나지 않았다.

일주일 후 아이는 처음으로 인큐베이터를 나와 유하의 품에 안겨 젖을 먹었다.

작은 입으로 힘차게 젖을 빠는 아이를 바라보던 민서가 조심스럽게 다가와 아이의 손을 잡았다. 그러자 놓지 않을 것처럼 그의 손을 꽉 쥐는 아주 작은 손.

놀란 것인지 민서의 눈과 입이 크게 벌어졌다. 그러더니 곧 눈물을 쏟을 것같이 그렁그렁한 눈동자로 애틋하게 아이를 바라보며 말했다.

"미안해."

그녀가 임신 중이라는 걸 알았을 때 불같은 화가 치솟았다. 그걸 알면서도 떠나 버린 유하가 미워서 저도 모르게 흥분해 버렸다. 그 때문에 두 사람이 이렇게 아파하고 있었다. 자책하듯 민서는 자그맣게 속삭였다.

"미안하다, 아가야."

일찍 세상에 나와 엄마의 곁에 있지 못하고 인큐베이터 안에 있던 것이 저 때문인 것 같아 얼마나 후회를 했는지 모른다.

젖을 빨고 있던 아이가 물고 있던 젖을 톡 놓았다. 그러곤 씩 하고 웃는 배냇짓을 하는데 민서에게 대답 대신 괜찮다고 말하는 것처럼 보여 두 사람은 놀란 표정으로 서로를 바라보았다.

민서의 눈에서 눈물이 주르륵 흘러내렸다. 아이와 유하를 지켜보며 혼자 얼마나 속앓이를 했던 것일까, 늘 냉철하기만 한 민서의 눈에서 흘러내리는 눈물을 보면서도 유하는 믿을 수가 없었다.

내칠 수가 없었다. 일까지 내팽개치고 유하와 아이의 곁에만 머무르는 그를, 늘 한 발 떨어져 두 사람의 안위를 걱정하고 있는 민서를 모질게 대할 수가 없었다.

기쁨과 안도의 눈물을 닦아 주려 저도 모르게 손을 올리던 유하가 흠칫 놀라 다시 손을 내렸다. 그의 마음을 읽을수록 가슴이 아려 왔다.

"아무것도 바라지 않아, 대신 건강하게만, 건강하게만 있어 줘. 내가 지켜줄 수 있도록."

아이를 바라보며 부탁조로 읊조리는 그의 말이 아이뿐 아니라 유하에게도 하는 말이란 걸 안다. 그렇기에 더욱 불안한 앞날이었다.

배가 고픈지 다시 젖을 물고 빠는 아기를 두 사람은 오래도록 바라보았다.

보름 후, 두 사람은 서울에 있는 산후조리원으로 옮겨졌다. 황달 증세가 약간 있긴 했지만 아이는 미숙아로 태어나 겪을 수 있는 모든 병을 물리치고 2.3킬로그램의 건강한 몸으로 퇴원을 했다.

세현이 직접 산후조리를 해 주고 싶어 했지만 아이의 상태나 유하의 몸 상태를 봐서 소아과 의사가 상주해 있는 산후조리원이 좋겠다는 판단하에 민서는 유하의 집과 가까운 산후조리원으로 옮겨 주었다.

산후조리원이라지만 호텔을 연상케 하는 이곳은 전국 최고 규모의 프라이빗 산후조리원이었다. 민서가 아니었다면 이런 고급 산후조리원은 꿈도 못 꿀 곳이지만 유하는 지금껏 해 왔던 대로 아무런 말도 하지 않았다.

덕분에 세현과 은호는 먼 대구까지 발걸음을 하지 않아도 되었다. 병원에 휴가를 냈다지만 계속 유하의 곁에만 있을 수 없기에 오늘은 억지로 세현과 은호를 집으로 쫓아 버렸다.

"우아아앙."

유하가 욕실에서 씻고 있는 사이 연우가 잠에서 깬 것인지 울고 있었다. 몸무게가 늘면서 울음소리도 우렁찼다. 그게 또 예뻐서 눈을 뗄 수가 없었다.

연우는 대구의 병원에 있을 때 은호와 세현이 철학관에 가서 지어 온 이름이었다. 세 개 중에 단연 눈에 띈 그 이름이 바로 무럭이의 것이 되었다.

급하게 씻고 나오자 민서의 품에 안긴 연우가 울음을 그치고 처음보다 더 말똥말똥해진 눈으로 민서를 올려다보고 있었다.

"우리 공주, 잘 잤어? 배가 고픈 거니, 기저귀가 불편한 거니? 어디, 아빠가 좀 볼까?"

다정하게 속삭이던 민서가 연우를 눕히더니 속싸개와 배냇저고리를 벗겨 기저귀를 확인했다. 말과는 다르게 서툰 손짓으로.

아빠의 정성을 아는 것인지 연우는 조금 꼼지락대긴 했지만 울음을 터트리지 않았다.

"우리 연우 기저귀가 축축하네. 불편해서 울었구나. 아빠가 금방 갈아 줄게."

아빠.

그 쉽고 흔한 말이 왜 이렇게 가슴을 두드리는지.

민서는 아빠의 눈빛으로 연우를 내려다보고 있었다. 더없이 다정하고, 더없이 사랑스러운 눈빛으로 연우를 어르고 있었다. 그렇기에 그를 향한 마음이 더욱 커져만 간다.

앞으로 또 어떤 고난이 그들을 기다리고 있을지, 대구에 내려와서부터 한시도 두 사람 곁을 떠나지 않는 민서와의 미래가 유하는 벌써부터 두려워졌다.

"시원하지, 우리 공주?"

기저귀를 갈아 준 사람은 민서인데 저 스스로 갈아입은 양 기특하다는 표정으로 연우를 내려다보던 민서가 고개를 들다 말고 욕실 앞에 서 있는 유하를 바라보았다.

"연우가 울기에 기저귀 갈아 줬어."

"네, 저 잠시 간호사실에 다녀올게요."

"그래, 다녀와. 연우는 내가 보고 있을게."

머쓱한 표정의 민서를 바라보다 저도 모르게 거짓말이 나와 버렸다.

연우는 늘 유하의 품에 안겨 있었다. 잃어버릴까 노심초사했던 연우가 세상에 태어나 주었다는 이유 하나로 그 아이를 품에서 놓을 수가 없었다. 그래서 민서가 연우를 안을 기회는 좀처럼 주어지지 않았다. 그런데 연우와 민서가 눈빛을 마주하고 말하고 웃는 순간 갑자기 도진의 말이 떠올랐다.

'좋은 아버지가 될 자신은 없지만 언젠가 아버지가 된다면 오래도록 곁에 있어 주는 게 제 꿈이에요. 아이가 자라나는 모습을 오래오래 보고 싶어요.'

만약 제게 아버지가 없었다면 어땠을까?

유하를 낳은 건 세현이었지만 학업을 포기하지 않은 세현으로 인해 어린 시절은 거의 은호의 손에서 자라다시피 한 유하였다.

친구처럼, 오빠처럼 놀이 상대가 되어 주고, 조곤조곤 말 상대가 되어 주었던 은호.

학예발표회나 운동회 때 세현은 가끔 바빠서 빠지곤 했지만 은호는 단 한 번도 빠지지 않고 찾아와 유하의 모습을 사진기에 담곤 했다. 그 사진을 참석하지 못해 안타까워하는 세현에게 보여 주며 두 사람은 행복하게 웃었다.

그래서 더 소중하기만 한 가족.

하지만 바다가 늘 잔잔하고 평온하지만은 않듯이 유하의 가족 역시 마냥 행복하지만은 않았다.

유하가 미술실에 갇히던 날 덮친 거친 파도. 다시금 그 파도에 다시 휩쓸리지 않기 위해 떠나왔는데 민서가 연우를 내려다보는 눈빛을 보는 순간 두 사람에게 시간을 주고 싶었다. 함께 교감하고, 사랑을 나눌 수 있는. 앞으로 어찌 된다 해도 지금은 두 사람이 교감을 나눌 수 있도록 간호사실에 간다는 핑계로 룸을 나와 버렸다.

복도를 걸어가던 유하가 햇살이 비치는 창가에 섰다. 오랜만에 쬐는 햇볕은 따뜻한 봄기운을 가득 머금고 있었다.

마음의 봄도 얼른 찾아오면 좋으련만, 유하는 씁쓸하게 웃으며 휴게실로 걸어갔다.

"어머님, 아버님은 우리 가은이 보러 안 오신대? 그럼 오빠 언제 와? 오늘도 못 온다고? 잠깐이라도 와주면 안 돼? 아무도 찾아오지 않으니까 우울해서 그래. 응, 알았어. 끊어."

휴게실 안으로 들어가 정수기 앞에 서서 물을 내려 마시는데 소파에 앉아 전화를 하던 산모가 전화를 끊으며 한숨을 푹 내쉬었다.

"지금 회식이 문제야?"

물을 마시고 뒤돌아서는데 전화로는 하지 못한 말을 끊긴 휴대전화에 대고 밉살스럽게 말하는 여자와 눈이 마주쳤다.

"어?"

휴대전화를 내리며 눈을 깜빡이는 여자는 무척 낯익은 얼굴이었다. 빤히 서로를 바라보는 눈길이 이어지고 유하는 그제야 그녀를 기억해 냈다. 고등학생 시절 서민영의 단짝이었던 이조희였다.

"정유하?"

이조희 역시 유하를 기억해 낸 것인지 의아한 눈빛으로 그녀를 바라보았다.

"하, 진짜 웃기네. 이런 곳에서 마주치게 될 줄이야."

혼잣말처럼 중얼거리는 이조희를 두고 유하는 휴게실을 나왔다. 그저 얼굴만 아는 사이인데 좋지 않은 시절의 기억을 떠올리고 싶지 않았다.

간호사실에 가서 마사지 시간을 예약해 두고 병실로 돌아오자 룸에는 손님이 와 있었다.

"유하야."

집에서 쉬라고 쫓아 버렸는데 세현과 은호는 옷만 갈아입고 온 것인지 문 앞에 서서 유하를 바라보았다. 걱정스러운 표정으로.

그곳에는 세현과 은호뿐만이 아니었다. 어떻게 안 것인지 민서의 부모님과 민영까지 와 있었다.

"안녕……하세요."

당황스러워서가 아니었다. 혜영의 품에 안겨 있는 연우를 보는 순간 마치 아이를 뺏긴 것만 같은 기분이었다. 그래서 한 번에 인사가 나오지 않았다.

"그래, 이게 대체 어떻게 된 일이라니."

안절부절못하는 유하를 바라보는 혜영의 눈길이 그저 곱지만은 않았다. 딱딱한 혜영의 말에 곁에 서 있던 민영이 유하와 혜영의 눈치를 살폈다.

유하는 어떻게 된 일이냐는 듯 민서를 바라보았다. 원망스러운 눈동자로.

"보셨으면 이제 그만 가세요. 아직 두 사람 다 몸이 온전하지 못해요."

유하의 마음을 읽은 것인지 민서는 혜영의 품에 안겨 있던 연우를 유하의 품에 안겨 주었다. 못내 섭섭한지 혜영과 진태는 유하와 연우에게서 눈을 떼지 못하고 서 있었다.

"두 사람 사이에 어떤 일이 있었던 건지는 몰라도 손주가 태어났는데 그 말을 어떻게 민혁이에게 듣게 만들어."

섭섭한 마음을 토해 내는 혜영에게 죄인처럼 고개를 숙이는 건 세현과 은호였다.

"나중에 저랑 따로 말씀하시고 오늘은 이만 돌아가셨으면 좋겠습니다."

민서의 단호함에 혜영은 원망스러운 눈동자로 아들을 바라보았다. 당분간 회사로 복귀하지 못한다는 말을 남긴 채 사라져 버린 아들은 비쩍 마른 채로 아이와 유하의 곁을 지키고 있었다.

결혼하지 않겠다는 갑작스런 통보를 남긴 채 사라져 버린 예비 며느리의 출산에 어떤 비밀이 숨겨져 있는지는 모르기에 유하를 바라보는 그녀의 눈길이 탐탁지 않았다.

"우리가 애를 잡아먹기라도 하니."

"어허, 이 사람이."

기어이 감정을 내뱉고야 만 혜영을 진태가 서둘러 막았다.

"그래, 두 사람 다 건강해지면 그때 다시 오마."

"네."

무거운 침묵이 가라앉았다.

"저기…… 드릴 말씀이 있어요."

그때 입술만 깨물고 있던 민영이 무거운 침묵을 깨고 어렵게 말을 꺼냈다. 모두의 시선이 일제히 그녀에게 쏠렸다. 혜영의 옆을 가만히 지키고 서 있던 그녀가 유하와 연우의 앞으로 몇 발자국 걸어 나왔다.

"얘가! 너, 왜 그러니!"

무릎을 꿇는 민영의 갑작스런 행동에 혜영이 새된 비명을 질렀다.

"제 말부터 들어 주세요."

그녀를 일으켜 세우려는 혜영의 손길을 쳐낸 민영. 그리고 놀란 표정으로 눈만 둥그렇게 뜬 채 그 모습을 바라보는 진태와 세현, 은호 그리고 민서. 오직 유하만이 민영을 보지 않은 채 연우를 안고 서 있었다.

"제 탓이에요."

"그게 무슨 말이야, 민영아?"

급기야 혜영까지 쪼그리고 앉아 버렸다.

"고등학교 2학년 때 유하가 미술실에 갇혀 하루를 꼬박 새운 적이 있었어요."

그 말에 어리둥절한 표정을 짓는 진태와 혜영과는 달리 얼굴을 굳혀 버린 세현과 은호, 민서.

"아침에 선생님께 발견된 유하가 정신을 잃고 병원으로 실려 간 일이 있었는데 제가 그랬어요. 제가 유하를 미술실에 가둔 거였어요."

"뭐……?"

"민영아!"

민서의 얼굴이 일그러졌고 혜영은 유하와 민영을 번갈아 보며 믿을 수 없다는 표정을 지었다. 그 날의 기억을 떠올린 세현은 몸을 떨었고 그런 세현을 은호가 껴안았다.

"어떻게…… 어떻게……."

"진정해, 세현아."

"잘못했습니다. 그 말을 십이 년 전에 하지 못했어요."

이제야 잘못된 자신의 과거를 꺼낸 민영으로 인해 모두가 충격을 받은 얼굴로 유하와 민영을 바라보았다. 급기야 혜영은 주저앉아 버렸다.

"서민영! 왜 그 말을 이제야, 이제야 꺼내는 거야!"

결혼이 하기 싫어졌다는 말도 안 되는 이유가 아니라 이제야 정유하가 떠나 버린 진짜 이유를 알게 된 순간, 민서가 진노했다.

인사를 갔던 날 창백한 얼굴로 안절부절못하던 유하, 그리고 말없이 떠나 버린 그녀.

세현과 은호 역시 다시 찾아와 딸을 괴롭히던 폐소공포증과 악몽의 이유가 결혼에 대한 스트레스 때문이 아닌 민서의 동생 때문이라는 걸 알고 몸을 떨었다.

"민영이 네가 유하를 미술실에 가두었다고? 정말 네가 그랬니?"

도저히 믿을 수 없는 것인지 혜영이 물었다. 그러자 민영이 대답 대신 고개를 끄덕였다.

혜영은 믿을 수 없다는 듯 유하를 바라보았다. 유하는 고개를 돌린 채 말없이 서 있었다.

이제야 두 사람의 결혼이 파투가 난 이유를 파악한 혜영이 결국 주먹 쥔 손으로 민영의 어깨를 내리치며 악을 썼다.

"네가, 네가…… 어떻게 그런 일을!"

"여보, 이러지 마."

진태가 딸의 어깨를 마구 때리는 혜영을 붙잡고 말렸지만 혜영은 도무지 일어날 생각을 못하고 멍청하게 중얼거렸다.

"우리 딸이, 착한 줄만 알았던 우리 딸이……."

참을 수 없는 울분에 혜영은 민영의 옷깃을 잡고 늘어지며 결국 통곡을 했다. 죄인처럼 고개를 숙인 민영이 울먹이며 말했다.

"너무 어렸어요. 제 탓이 아니라고 부정하고 싶었어요. 전 단지 유하에게 담임선생님이 미술실로 오란다는 말을 전해 달라는 부탁을 들어준 것뿐이라고, 그래서 제 탓이 아니라고 부정하고 싶었어요. 단지 그 말을 전해 준 것뿐인데 미술실에 갇혀 빠져나오지 못했다는 말을 듣고 무서워서, 너무 무서워서 선생님께 바른대로 말하지 못했어요."

유하의 커다란 눈동자가 고개를 숙인 채 사죄하는 민영에게 박혔다.

"그럼 미술실 열쇠를 잠근 건 네가 아니었단 말이야?"

민영의 울먹임에 민서가 물었다. 민영이 고개를 끄덕였다.

"그건 절대 아니에요. 전 단지 유하에게 전하라는 말을 전한 것뿐이에요. 절대로 그런 짓은 저지르지 않았어요."

"정말 민영이 너는 단지 그 말을 전해 준 것뿐이야?"

진태의 물음에 눈물을 흘리며 민영은 다시 고개를 끄덕였다. 혜영은 민영의 어깨를 잡고 흔들며 다시 물었다.

"정말이야? 정말이야, 민영아?"

"네."

"그럼 네 탓이 아니잖아, 그런데 왜."

"알면서도 방관만 하고 있었잖아요. 그래서 늘 가슴 한쪽이 꽉 막힌 것만 같았어요."

무릎을 구부려 민영과 눈높이를 맞춘 민서가 물었다.

"그럼 밖에서 미술실 문을 잠근 건 누구였어?"

병실에 있던 모든 눈동자가 민영에게로 와 박혔다.

그날, 민영은 소각장에 쓰레기를 버리고 교실로 돌아가는 길이었다.

"민영아!"

계단을 올라가려는데 계단 아래서 조희가 민영을 불렀다.

"청소 다 끝났어?"

"응."

"그럼 내 부탁 하나만 들어줘."

"뭔데?"

아예 계단을 올라가던 발걸음을 돌려 민영은 조희를 마주 바라보며 물었다.

조희는 고등학교 1학년 때 같은 반이 되면서 단짝이 된 친구였다. 성적이 좋아 선생님께 사랑받는 민영에게 가끔 시샘을 내긴 해도 항상 곁을 든든하게 지켜 주는 친구였다. 반장이기에 할일이 많은 민영을 가장 많이 도와주는 친구 중 하나이기도 했다. 그렇기에 조희가 어떤 어려운 부탁을 해 온다고 해도 다 들어줄 용의가 있었다.

"미술 선생님이 6반 정유하 미술실로 오라고 전해 달라는데 내가 지금 화장실이 급하거든."

"그래, 내가 대신 전해 줄게. 얼른 화장실이나 다녀와."

별로 어려울 것도 없는 부탁에 민영은 얼른 화장실에나 가 보라는 듯 손을 휘휘 내저었다.

"고마워."

"별말씀을."

손을 흔들며 급하게 1층 화장실로 뛰어가는 조희의 뒷모습에 민영은 웃으며 계단을 올랐다. 복도에 발을 채 내딛기도 전에 걸어가는 정유하의 뒷모습이 보였다. 교실로 가는 것인지 종종걸음을 걷는 유하를 민영은 급하게 불러 세웠다.

"정유하."

유하가 뒤돌아보았다. 찰랑이는 머리카락까지도 예쁜 정유하를 이성재가 좋아하는 건 어쩌면 당연한 일일지도 모른다고 생각했다. 그래도 가끔은 질투가 나곤 했다.

그렇다고 유하가 싫은 건 아니었다. 사실 더 미운 건 민영의 마음을 몰라주는 성재였으니까.

"마침 잘 만났네. 너네 담임선생님이 미술실로 오라고 전해 달래."

"어? 어, 고마워."

얼떨결에 고맙다고 인사하는 유하의 발간 볼이 예쁘다고 생각하며 민영은 빙긋 웃었다. 그리고 곧장 학원으로 가기 위해 교실로 들어가 가방을 찾았다.

단지 그뿐이었다.

그런데 다음 날, 정유하가 미술실에 갇혀 기절한 채 발견되었다는 소식이 전교를 발칵 뒤집어 놨다.

심장이 벌컥거렸다. 나쁜 짓을 저지른 사람처럼.

등교하는 조희를 기다리며 안절부절못하던 민영은 그녀를 발견하자마자 물었다.

"조희야, 어제 정유하가 미술실에 갇힌 채 발견됐대. 지금 학교가 발칵 뒤집혔어."

"뭐라고?"

"네가 어제 미술실로 오라는 말을 유하에게 전해 달라고 해서 내가 전해 줬거든."

"경비 아저씨가 구해 준 게 아니었어?"

"뭐?"

"아, 아니, 아니야."

딴생각을 하고 있었는지 조희는 말을 얼버무렸다. 그때는 미처 깨닫지 못했다. 정적이 그들을 잠식하려던 찰나, 조희가 조심스럽게 속삭였다.

"그럼 누가 유하를 미술실에 가둔 건지 모르는 거야?"

"응, 그런가 봐."

"너, 내가 유하에게 전해 달라고 한 말 선생님께 말씀드렸어?"

"아니, 아직 못 했어. 너랑 같이 가서 말씀드리려고. 얼른 선생님께 가 보자, 어떻게 된 일인지 가서 물어보자."

급한 마음에 조희의 손을 잡고 교무실로 가려는 민영의 손이 내쳐졌다. 민영은 영문도 모른 채 눈을 동그랗게 뜨고 조희를 바라보았다.

"왜 그래?"

"서민영, 넌 그냥 가만히 있어."

"무슨, 말이야?"

"괜히 나섰다가 피해 보지 말자는 말이야. 넌 그 말을 전한 것밖에 없는데 혹시나 네가 미술실에 유하를 가두었다는 소문이라도 나게 되면 어쩌려고 그래?"

끔찍한 말에 민영은 빠르게 고개를 내저었다.

"내가 가둔 게 아니야."

"나도 알아. 네가 그런 게 아니라는 거. 하지만 지금 이 상황에서 그렇게 생각할 수도 있지 않을까? 일단 두고 보자. 그러니까 절대 어떤 말도 입 밖에 내지 마."

조희의 말에 민영은 저도 모르게 고개를 끄덕이고 있었다. 전혀 이상하다는 생각은 못 하고 민영은 본의 아니게 가해자로 몰리는 끔찍한 상황을 상상하고 있었다. 그래서 조희의 속셈을 전혀 모른 채 사태가 일단락이 되길 기다렸다. 그사이 가해자가 나올 거라 생각했다. 그러나 시간만 흐를 뿐 누가 유하를 미술실에 가둔 것인지 감도 잡지 못했다.

조용히 입을 닫고 있던 민영은 선생님 심부름으로 교무실에 가서야 뭔가 이상하다는 걸 알았다.

"도대체 누가 그런 걸까요. 미술실을 확인하고 문을 잠그고 간 미술 선생님이 그랬을 리 없고, 귀신이 곡할 노릇이에요."

"그러게요. 자기반 학생을 미술 선생님이 그랬을 리가 없죠. 누군지 몰라도 꼭 처벌을 받아야 할 텐데."

"그것보다 정유하가 지금 어느 병원에 있는지 알아요?"

여선생님들의 수군거림은 계속되었지만 다른 건 아무것도 귀에 들어오지 않았다. 미술 선생님이 미술실을 확인하고 퇴근을 했다는 말과 함께 정유하를 미술실로 오라고 전해 달라는 조희의 말만 귓가에 반복되었다. 민영은 당장 조희를 찾아갔다.

"조희야."

"왜?"

민영의 얼굴을 확인한 조희가 어색하게 웃었다. 그 어색한 표정조차 이젠 의심의 대상이 되었다.

"혹시, 네가 그랬니?"

"무슨 말이야?"

그 일 이후 계속해서 민영을 피하는 조희가 이상하다고 생각했다. 조심스럽게 물어보면서도 민영은 망설였다. 무슨 말을 어떻게 물어보아야 할지 몰라서 조희를 빤히 바라보았다.

"하, 증거 있어? 말도 안 되는 소리 하지도 마."

그런데 다짜고짜 조희가 정색하며 화를 냈다. 네가 그랬냐는 포괄적인 말을 조희가 미술실 사건이라고 단정 짓는 것에 민영은 정신이 번쩍 들고 말았다.

"그렇지? 말도 안 되는 소리지? 그럼 네가 나한테 전해 달라고 했던 그 말, 선생님께 말해도 되겠네?"

그러자 조희가 칼날처럼 섬뜩한 눈으로 민영을 노려보았다. 이제야 확신이 섰다. 아무래도 이 사건에 조희가 얽혀 있다는.

"너, 지금 나 협박하니?"

"협박이 아니라 진실을 말하려고 하는 거야. 너와 내가 한 게 아닌데 이렇게 숨어 있을 필요 없잖아. 그리고 정유하를 그렇게 만든 가해자를 밝혀내야지. 두 번 다시 이런 일이 생기지 않게."

"그래?"

못마땅한 표정으로 콧방귀를 뀌는 조희가 말을 이었다.

"좋아, 선생님께 가서 말해."

"알았어."

"그런데 서민영, 이거 하나는 알고 가."

교무실로 가려고 몸을 돌리던 민영이 다시 조희를 바라보았다.

"네가 그 말을 하는 순간 모든 죄는 네가 뒤집어쓰는 거야."

"뭐?"

말도 안 되는 소리에 민영은 멍청하게 되물었다.

"내가 너한테 그 부탁을 한 적 없다고 하면 넌 꼼짝없이 가해자가 되는 거야. 정유하에게 미술실에 가라고 말한 건 바로 너잖아?"

민영은 곧 그 자리에 얼어붙고 말았다.

"정말 네가…… 그랬구나……. 왜 그랬어? 왜!"

"아니? 증거 있어?"

가소롭다는 듯 웃고 있는 조희를 보며 민영은 경악했다.

"설마, 너 일부러 나에게 그 말을 전해 달라고 한 거니?"

어디 해볼 테면 해보라는 시선으로 어깨를 으쓱이는 조희. 이제야 자신이 덫에 걸렸다는 걸 깨달은 민영은 몸을 떨었다.

미술실의 문을 잠근 건 이조희가 분명했다. 그러나 그녀의 말대로 정황만 있을 뿐 아무런 증거도 없었다. 오히려 민영에게 덮어씌우려 하고 있었다.

경비 아저씨가 구해 준 게 아니냐며 얼버무리던 조희, 선생님께 이야기하지 말고 기다려보자던 조희가 자신에게 어떻게 이럴 수가 있을까!

조희가 떠나고 한참을 미동 없이 서 있던 민영이 도망치듯 그

자리를 벗어나 교무실 앞으로 갔다. 하지만 교무실에 들어갈 수가 없었다. 그저 입술을 잘근잘근 물어뜯으며 초조하게 머리카락을 잡아당겼다. 끝내 민영은 말하지 못했다.

조희의 말이 맞았다. 유하에게 선생님이 미술실에 오란다는 말을 전한 건 분명 민영이었다. 조희가 그런 부탁을 한 적이 없다고 시치미를 떼면 벗어날 구멍은 어디에도 없었다.

배신감과 두려움, 그리고 죄책감은 민영을 오래도록 괴롭혔다.

15장. 오래된 오해

"미술실 문을 잠근 건 이…… 조희였어."

그 말과 동시에 숨을 멈춘 유하의 눈동자가 크게 흔들렸다.

숨이 막혀 왔다. 그녀가 믿고 있던 진실이, 진실이 아니었다.

앞이 캄캄해졌다.

민영의 긴 이야기를 모두 들은 병실 안의 사람들은 침묵을 일관하고 있었다.

"미안해, 그 사실을 알리게 되는 순간 모든 죄는 내가 덮어쓰게 될 거라고 해서 무서웠어. 두려워서 끝내 말하지 못했어. 나만 억울하다고 생각했어. 어린 마음에."

싸늘한 분위기 속을 조용히 울리는 민영의 말에 혜영이 울분을 터트렸다.

"그래도 말했어야지, 말했어야지! 그럼 어떻게든 엄마가 너를 도와주었을 텐데.”

“이러지 마세요, 어머니.”

한탄스러워하며 다시 민영의 어깨를 내리치는 혜영의 손을 민서가 붙잡았다.

“그래, 네 엄마 말이 맞다.”

“알아요. 정말 잘못했어요. 정말 잘못했어, 유하야. 용서해 줘.”

이제야 마주친 두 사람의 시선. 민영은 애원했다.

“네가 오빠랑 결혼할 사이라는 걸 알고 찾아가서 용서를 구했어야 했는데 정말 미안해. 오빠랑 헤어진 거 알고 죄책감 때문에 단 하루도 편할 날이 없었어. 다 나 때문이야. 내가 이렇게 만들었어. 하루 빨리 용서를 구했더라면 이런 일은 없었을 텐데.”

민영의 애원을 듣고 있는 것인지 멍하니 민영을 바라보던 유하가 세현에게 연우를 안겨 주었다.

“유하야?”

아무런 말도 없이 하얗게 질린 얼굴로 스르르 문을 열고 나가는 유하를 모두들 멍하게 바라보았다.

“유하야, 왜 그래, 왜 그래?”

민서가 어깨를 잡았지만 손을 쳐낸 그녀가 방금 전 지나왔던 복도를 걸었다.

“어딜 가는 거야, 응?”

대답 없는 그녀의 느린 걸음이 조금씩 빨라지고 있었다. 간호사실 앞에 멈춰 선 그녀가 컴퓨터를 바라보는 간호사에 대고 대뜸 물었다.

"이조희 산모 룸이 어디예요?"

"무슨 일 때문에 그러세요?"

문서 작성을 하고 있던 간호사가 고개를 들며 물었다.

"아까 휴게실에서 만났는데 물어볼 게 있어서 그래요."

"아, 그러세요? 이조희 산모님은 진달래 룸에 계세요. 우측 제일 끝에 있는 룸이에요."

친절하게 설명해 주는 간호사에게 고맙다는 말도 없이 유하는 걸음을 빨리했다. 간호사가 일러 준 대로 진달래 룸 앞에 선 유하는 손을 내밀어 노크를 했다. 간헐적으로 떨리는 손은 보는 사람이 더 안쓰러울 지경이었다. 그녀가 문손잡이를 잡고 돌렸다.

문이 열렸다.

침대에 누워 텔레비전을 보고 있던 이조희가 고개를 돌려 문 앞에 서 있는 유하를 바라보았다.

"네가 여긴 어쩐 일이야?"

유하는 대답 없이 조희에게 다가갔다. 어리둥절한 표정으로 일어난 이조희가 들고 있던 리모컨을 발밑에 던졌다.

"무슨 일……."

"너였어?"

그녀의 말에 오버랩 되어 나온 유하의 물음에 조희가 얼굴을 굳혔다.

"네가 그런 거였어?"

"무슨 말이야?"

굳은 얼굴로 조희는 끝내 모른 척 일관했다.

"십이 년 전, 나를 미술실에 가둔 게 너였냐고 묻고 있잖아."

"벌써 십 년도 더 된 일을 어떻게 기억하니?"

말도 안 된다는 표정으로 헛웃음을 짓는 조희.

"네가 한 일인데 기억이 안 나?"

유하의 물음에 웃음을 지운 조희가 이내 신경질적으로 소리를 질렀다.

"나 쉬는 중이니까 이만 나가 줘."

"이조희!"

끝내 소리를 지르는 유하를 노려보며 그녀는 콧방귀를 뀌었다.

"하, 나가 달라는 소리 못 들었어? 간호사, 부를까?"

침대에서 빠져나와 일어선 조희가 부들부들 떨고 있는 유하를 지나쳐 나가려 하자 그녀의 팔목을 잡아챘다. 듣고 싶었다. 자신을 가둬 버린 이유를. 아무런 접점도 없는 그녀가 왜 그런 짓을 저질렀는지 당장 듣고 싶었다.

그러나 조희는 전혀 대답할 생각이 없는지 유하의 손을 뿌리쳤다.

"이게 무슨 짓이야! 놔!"

"대답해. 맞으면 맞다, 아니면 아니라고 대답하라고!"

"무슨 말을 하는지 난 도무지 모르겠어서 대답을 할 수가 없어, 알겠니?"

"조희야."

유하를 따라온 것인지 문 앞에 서 있던 민영이 조희의 앞을 가로막았다. 유하에 이어 민영까지 나타나자 조희는 기가 막힌 표정으로 두 사람을 바라보았다.

"뭐야, 서민영. 넌 여기까지 웬일이니?"

"네가 여기 있는 줄은 몰랐네."

"그건 내가 할 말이지. 도대체 이게 무슨 일이야?"

이 기가 막힌 삼자대면에 조희는 어이없는 표정이었다.

"유하, 우리 새언니야."

"뭐?"

"지금이라도 오해를 풀어야 한다고 생각했는데 네가 여기에서 몸조리를 하고 있다니……. 차라리 잘됐네. 우리 같이 용서를 빌자. 너도 그때의 죄책감이 남아 있을 거 아냐."

민영의 말에 조희가 눈을 크게 치켜뜨며 부라렸다.

"무슨 소리를 하는 거야?"

"미술실 문을 잠근 사람, 너잖아."

"하, 뜬금없이 나타나서 한다는 말이 겨우 그거야?"

조희는 어이가 없다는 듯 웃었다.

"나도 언젠가는 묻고 싶었어. 네가 왜 그랬는지 이해할 수가 없었거든. 그 사건 이후로 넌 나와 절교를 해 버렸잖아. 나 때문이었니? 나 때문에 그랬니?"

"내가 했다고 누가 그래? 증거 있어? 내가 했다는 증거 있냐고!"

부탁조로 말하는 민영과는 달리 목에 핏대를 세운 조희가 소

리를 질렀다. 이번에는 민영 역시 차분한 목소리를 지우고 함께
목소리를 높였다.

"그럼 왜 나를 끌어들였어! 네가 화장실이 급하다는 이유로
유하에게 선생님이 미술실로 오란다는 말을 전해 달라고 내게
부탁했잖아!"

민영의 말에 더는 부정하지 못하는 조희가 몸을 돌려 유하를
똑바로 바라보았다.

"진짜 웃겨. 미술실을 핑계로 애를 유산한 주제에 나한테 뭘
따지러 온 거니?"

유하의 눈동자가 크게 흔들렸다. 눈동자뿐 아니라 온몸이 덜
덜덜 떨리고 있었다.

"무슨…… 말이야?"

경멸하는 눈동자로 유하를 바라보는 조희에게 떨리는 입술로
물었다.

"네가 입원한 병원 산부인과였다며? 유산했다며? 선생님들이
쉬쉬한다고 그게 숨겨질 거라 생각했어?"

그에 놀란 듯 입을 막는 민영.

'그것보다 정유하가 지금 어느 병원에 있는지 알아요?'

수군거리던 여선생님들이 그다음 무슨 말을 내뱉은 것인지 민
영은 오늘에서야 기억해 낼 수 있었다.

침묵하는 유하의 눈동자의 흔들림도 잠시, 그녀의 눈에서 번

쩍이는 빛이 뿜어져 나왔다. 꿈틀거리던 손이 올라왔다.

짝!

공기를 가른 그녀의 손이 조희의 뺨을 내리쳤다.

"무슨 짓이야!"

홱 돌아간 고개를 돌린 조희가 눈을 치켜떴다.

소문이 소문을 낳는다는 말이 있다. 분명 유산을 한 건 세현이었는데 세현이 아닌 유하가 학생의 신분으로 부정한 짓을 저질러 유산을 한 것으로 소문이 퍼져 있던 것이다.

이제야 세현과 은호가 빠르게 전학 수속을 밟은 이유를 알 것 같았다. 떠도는 루머가 유하에게 더 큰 상처가 될까 염려스러워 숨겼을 세현과 은호. 부정해도 소용없는 짓이라는 걸 알고 결국 학교에서 원하는 대로 수습을 하고 도망치듯 이사를 간 것이겠지.

"아프니?"

"뭐? 그걸 말이라고 하니?"

경악스런 눈동자로 얼굴을 찌푸린 이조희를 똑바로 바라보는 유하의 눈동자가 형형하게 빛났다.

"고작 뺨 한 대에 아프다고?"

"신고할 거야."

"신고해. 배상해 줄게. 그런데 넌 나한테 얼마나 배상해 줄래?"

"뭐?"

"유산을 한 건 우리 엄마였어."

앙칼지게 소리를 지르던 이조희가 입을 다물었다.

"미술실에 갇힌 것도 모르고 나를 찾아 헤매느라 우리 엄만 유산을 하고 다시는 아이를 낳지 못하는 몸이 되었어. 그 때문에 난 엄마와 함께 산부인과에 입원을 한 거였고. 엄마와 나를 그렇게 만든 사람이 너인데 고작 뺨 한 대에 아프다고?"

그녀의 눈이 크게 벌어졌다.

"거짓말, 거짓말하지 마."

"진실을 덮어 두고 너는 그렇게 믿고 싶었던 거겠지."

"진실은 네가 덮고 있는 거겠지! 네 엄마 의사라며, 그래서 잘 아는 의사와 서류를 조작해서 네 엄마가 유산한 걸로 바꾼 거잖아!"

"그런 말도 안 되는 소문은 네 머리에서 나온 거니?"

"소문이 사실이 아니라면 왜 전학을 간 거야? 네가 당당하지 못해서 그런 거잖아!"

"그러면 좀 편해? 너로 인해 난 폐소공포증에 시달렸어. 또 매일 찾아드는 악몽에 미친년처럼 소리를 지르며 울부짖었어, 문을 열어 달라고. 진정제가 아니면 누구도 나를 말릴 수가 없었어. 그런데 넌 네 잘못을 회피하려고, 네 마음 하나 편하자고, 나를 부정한 짓을 저지른 나쁜 년으로 만들었구나."

"아니야, 아니야! 아니라고!"

무엇을 부정하는지 모르겠지만 조희는 고개를 내저으며 소리 질렀다.

"자식을 잃는 슬픔이 어떤 것인지, 이젠 너도 알 거 아냐. 우리 엄마가 얼마나 아팠을지 너도 이젠 알 거 아냐."

고등학생에서 엄마가 되어 다시 재회한 이 순간, 갓 새끼를 낳은 엄마이기에 이제 누구보다 그 슬픔을 알 수 있는 상황이 되었다. 그렇기에 조희는 아무런 말도 못 한 채 멍하게 서 있었다.

"우리 엄마는 내 걱정만 했어. 슬픈데, 슬프다고 말 한 마디 못 하고 나만 걱정했어. 그걸 지켜보는 내 심정을 네가 알아? 아무것도 모르고 서민영만 원망했는데 서민영 역시 네가 생각 없이 저지른 일에 놀아났어. 그런데도 고작 뺨 한 대가 아프니? 말해 봐."

끝내 말하지 못한 십이 년 전의 아픔이 드러나는 순간 모두들 숨을 죽였다.

"너 하나로 인해 모든 게 조각났어. 내 삶이, 내 가족이, 그리고 사랑이 무참히 짓밟혔어. 그런데도 넌 참 당당하기만 하구나."

"아……니야, 아니야!"

"그렇게 믿고 싶다면 그렇게 해. 하지만 왜 나를 미술실에 가뒀는지 말해. 난 너와 어떤 상관관계도 없었어. 그런데 왜 나를 미술실에 가둔 거야, 왜!"

"나가."

감정이 격해진 유하가 결국 소리를 내질렀다. 그러자 정신이 돌아온 것인지 멍하게 서 있던 조희 역시 유하를 향해 소리를 질렀다.

"나가! 나가라고!"

급기야 유하의 어깨를 밀어 버렸다. 뒷걸음질을 치며 비틀거리던 유하는 뒤에서 단단히 받쳐 주는 민서 덕분에 넘어지지 않았다.

"이게 무슨 짓입니까."

"당신은 또 누구야?"

단단히 비틀려 버린 민서의 얼굴에 눈도 깜짝 않는 조희는 오히려 반문했다.

"민영아, 유하 데리고 나가 있어."

"오빠."

"얼른!"

"다 나가! 경찰 부르기 전에 나가라고!"

급기야 발악하는 조희와 잔뜩 화가 난 민서를 지켜보는 민영은 겁을 먹은 채 유하의 팔목을 잡았다.

"나가 줄 테니 말해, 말하라고!"

"정유하, 이러지 말고 오빠를 믿어."

감정이 격해지는 유하의 손목을 잡아끌고 룸을 나가자 밖에는 세현과 은호, 그리고 진태와 혜영이 망연자실한 표정으로 서 있었다. 세현을 보고 끝내 눈물을 흘리고야 마는 유하를 은호는 꼭 안아 주었다.

"괜찮다, 괜찮아."

그녀를 달래 룸에 데려다준 은호가 룸 밖으로 나가고 민영과 둘이 남은 공간에는 침묵이 감돌았다.

곪았던 상처를 짜내는 일이 이렇게나 아픈 걸까.

침대에 앉아 있던 유하는 눈물을 닦아 냈다. 아파도, 지금은 절대 울고 싶지가 않았다. 누구에게도 나약한 모습을 보이고 싶지 않았다.

"좋아했었어."

고개를 돌려 의자에 앉아 있는 민영을 바라보았다.

"성재, 내가 참 많이 좋아했었어."

물끄러미 민영을 바라보는 유하와 눈동자를 마주친 그녀가 울컥이는 감정을 애써 참으며 말을 이었다.

"난 네가 참 부러웠어. 천생 여자처럼 조용조용한 네 성격도, 예쁜 얼굴도. 성재가 널 좋아한다는 걸 알게 된 후부터 일부러 너의 모습을 눈으로 좇으며 시기했어. 그렇지만 결코 너를 궁지로 몰아넣을 생각은 없었어."

두 손으로 마른 얼굴을 쓸어내리는 민영이 한숨을 내쉬었다.

"나 때문에 네가 그렇게 된 것 같아 죄책감에 시달렸어. 단짝이었던 조희가 나를 위한답시고 그런 일을 저지른 것 같아서."

어떻게 보면 민영도 피해자였다. 그리고 방관자였다. 단지 말을 전했다는 이유로 그녀가 느꼈을 죄책감, 무거운 짐.

이제야 유하는 민영을 이해할 수 있었다. 그렇게 미워만 하던 그녀의 마음을.

"인과응보겠지. 내가 방관자가 되지 않고 선생님께 다 털어놓았더라면, 너에게 찾아가 사과를 했더라면 네가 오빠와 헤어지는 일은 없지 않았을까. 네가 우리 집에 인사를 드리러 찾아오던

311

날, 그날의 오해를 말했어야 했는데 나는 끝까지 침묵하고 있었어. 이제야 방관만 하고 있었던 내 자신이 가장 나쁜 짓을 저지른 가해자였다는 걸 알았어. 늦어서 미안해, 너무 늦게 알아 버려서 미안해, 너무 늦게 사과해서 정말…… 미안해."

끝내 눈물을 쏟아 내는 민영에게 유하는 어떤 말도 할 수가 없었다.

오래된 오해가 켜켜이 쌓이는 동안 너무 먼 길을 돌아와 버렸다. 너무 많은 걸 잃어버렸다.

"네가 떠나고 오빠가 힘들어하는 걸 보면서도 나는 말하지 못했어. 이렇게 이기적인 동생을 둔 죄로 나보다 오빠가 더 큰 고통을 받았어. 네가 날 보기 싫다면 내가 떠날 테니까 오빠를 받아 줘. 날 용서하지 않아도 좋아. 하지만 오빠만은 연우의 아빠로 살아가게 해 줘. 부탁해."

굵은 눈물이 또르르 떨어져 내렸다.

전생에 무슨 인연이었기에 이생에서 이런 기이한 인연으로 다시 만난 것일까.

민영이라고만 생각했는데 아니었다. 영문도 모른 채 민영을 원망했다. 헛된 오해로 민서의 믿음을 저버렸다. 민서의 사랑을 저버렸다.

운명의 굴레는 이토록 참혹하고 잔인하게 유하와 민서를 따라다녔다. 지금 이 순간에도 멈추지 않고.

다시 병실로 돌아온 민서는 아무런 말도 하지 않았다. 다만 멍하니 앉아 있는 그녀의 손을 꼭 잡아 주었다. 말이 없는 위로. 가슴이 자꾸 아려 왔다.

그를 올려다보았다. 말끔하게 수염을 깎고 있었지만 병원 생활을 하는 동안 편한 잠을 잘 수도 없고, 매끼 챙겨 먹지 못해 바싹 말라 버린 턱이 날카로워 보였다. 그가 침대에 앉아 올려다보는 유하와 눈높이를 맞춰 손을 뻗었다. 그녀의 뺨을 쓸어내리는 민서의 손길을 느끼며 그녀는 눈을 꼭 감았다.

무슨 말을, 어떻게 해야 할까. 오해로 비롯된 두 사람의 어긋난 사랑을 어떻게 바로잡아야 할까. 도무지 생각이 정리되지 않았다.

먼저 입을 연 사람은 민서였다.

"미안해. 미안하다."

그의 사과에 그녀가 감은 눈을 떴다. 참을 수 없는 괴로움에 뜨겁게 젖은 그녀의 눈동자를 바라보는 민서의 눈길이 떨리고 있었다.

"오빠 내가 밉지 않아요?"

"넌 내가 밉지 않아?"

그녀가 고개를 저었다.

"임신을 한 줄도 모르고 도진 씨에게 네가 거기 있다는 말을 듣고 찾아가 너와 연우를 아프게 만들었는데 내가 싫지 않아?"

한 번 더 고개를 흔드는 유하.

"나도 그래, 네가 전혀 밉지 않아."

잘게 떨리는 그녀의 어깨를 민서가 붙잡았다.

"네가 떠나고 참을 수 없이 괴로웠어. 그런데 너를 다시 만나는 순간 네가 내 삶의 이유가 되었다면 설명이 될까? 네가 피를 흘리며 병원으로 실려 가는 동안 다시 너를 찾아가지 않을 테니 살려 달라고 기도했어. 그 순간에는 연우도 없었어. 오직 너만, 너만 살려 달라고 부르짖었어. 네가 없으면 나도 없으니까."

"오…… 빠……."

수많은 고민을 했다. 저 때문에 연우와 유하가 힘들어하는 것 같아서 그녀의 곁을 떠나야 하나 하루에도 수백 번 고민했다.

그러나 떠날 수 없었다. 마취에서 깨어나지 못하는 그녀를 두고 갈 수가 없었다. 인큐베이터에서 숨만 쌕쌕 쉬고 있는 아이를 두고 갈 수가 없었다. 죽어도 좋다고 생각했다. 두 사람을 위해 죽어도 좋으니 두 사람 곁에만 있고 싶었다. 지켜 주고 싶었다. 원망해도, 미워해도, 두 사람 곁을 지키고 싶을 뿐이었다.

"난 끝내 네가 나를 버릴까 봐 그게 두려울 뿐이야."

"흑, 흐으윽."

그녀가 왈칵 울음을 터트렸다. 그녀의 오해에서 비롯되었다지만 두 사람의 사랑을 저버린 건 유하였다. 그런데 그가 먼저 부탁을 하고 있었다. 애원하고 있었다.

"곁에 있게만 해 줘. 지금처럼 연우와 네 곁에 있게 해 줘."

"흐으으응."

"이젠 너와 연우가 내 삶의 이유니까."

오열을 터트리는 그녀를 품에 안은 민서의 가슴이 심하게 요동치고 있었다. 서로가 서로를 이토록 그리워하고 있었다. 마음에 품은 사랑을 끝내 내려놓지 못하고 오래도록 그리워만 하고 있었다.

"울지 마."

민서가 그녀의 얼굴에 입술을 내려 흐르는 눈물을 핥았다.

말하지 않아도 알 수 있었다. 그의 그리움을, 그의 애틋한 사랑을.

끝내 유하를 잊지 못하고 애원하는 이 남자를 어떻게 버릴 수 있을까. 절대 그럴 수 없다, 그럴 수는 없다. 그녀 역시 민서를 잊지 못해 그리워하며 버리지 못하는 사랑을 품고만 있었다.

"버리지 않아요. 내가 어떻게 오빠를 버릴 수가 있을까, 그건 절대 할 수 없는 일이야, 흐읔."

그가 매달리지 않았다면 그녀가 매달렸을 것이다. 연우와 나를 버리지 말아 달라고.

그의 목에 팔을 감고 매달렸다.

사랑한다.

그를 내 목숨보다 더 사랑한다.

숨이 막히도록 세게 그녀를 껴안은 민서의 가슴이 떨리고 있었다. 그가 울고 있었다.

세상에서 가장 냉철해 보이고, 강해 보이던 남자 서민서가 또다시 눈물을 보이고 있었다. 아이처럼 가슴을 떨며 울고 있었다.

"다시는…… 다시는…… 나만 남겨 두고 떠나지 마."

울먹이는 그의 말에 심장이 터질 것만 같았다.

그를 향한 그리움이, 서러움이, 불안감이, 두려움이 눈물에 녹

아내린다.

"떠나지 않아요."

그녀와 민서의 눈물이 서로의 마음을 뜨겁게 적시고 있었다.

"사랑해. 사랑한다, 유하야."

"흐윽. 저도 사랑해요. 사랑해요, 오빠."

오직 서로를 사랑하는 마음만이 뜨겁게 불타오르고 있었다. 떨어져 있던 시간만큼 서로를 격렬히 원하고 있었다. 상처투성이가 된 가슴을 서로가 보듬고 있었다.

끝도 없이 깊어만 가는 애달픈 사랑.

이제 다시는 놓아줄 수 없다. 다시는.

폭풍처럼 휘몰아친 시간 속에 오해를 푼 건 유하와 민서만이 아니었다.

서로의 감정을 추스르고 시간을 내어 다시 만난 양가 어른들은 서로에게 심심한 위로를 전했다. 이제 누구도 상처받지 않고, 상처 입지 않기를 바랐다.

비로소 편안하게 안도할 수 있게 된 두 가족. 이제 남은 건 행복해지는 것. 누군가의 말대로 행복은 멀리에 있지 않았다.

모든 오해가 풀렸지만 그걸 모르고 유하에게 모질게 굴었던 혜영이 병원으로 찾아왔다. 자식의 잘못을 속죄하는 혜영의 손을 유하는 꼭 잡아 주었다. 혜영이 떠나고 쉴 새도 없이 민혁과 태영이 조리원으로 발걸음을 했다.

마침 젖을 먹기 위해 신생아실에서 룸으로 온 연우를 만난 태영이 그저 신기한 표정으로 아이를 바라보았다.

"연우야, 태영이 이모 왔네."

유하가 연우를 안아 태영의 품에 안겨 주자 머뭇거리던 태영이 어색한 자세로 연우를 안았다. 그러자 민혁이 옆에 있던 의자를 끌어와 태영을 앉혔다.

"눈이 말똥말똥한 게 예쁘게도 생겼네."

민혁 역시 신기하기만 한지 동글동글한 눈으로 이리저리 쳐다보는 연우에게서 눈을 뗄 줄을 몰랐다. 의자에 앉아 연우를 안고 있던 태영의 눈가가 촉촉해지자 민혁이 무릎을 구부려 태영과 눈높이를 맞추며 물었다.

"왜 울어?"

"예뻐요……."

이 조그만 아이의 꼬물거림에 울컥해서 말을 제대로 하지 못하는 태영의 눈가를 닦아 주며 민혁이 웃었다.

"우리 아이는 연우보다 더 예쁠 텐데 벌써부터 이러면 어쩌냐."

그러자 울컥하던 태영이 민혁을 바라보며 눈을 흘겼다. 그의 넉살에 지켜보던 유하와 민서만이 웃음을 터트렸다.

"내가 강태영 잡겠다고 휴가 쓸 때는 혀를 차더니 형도 별수 없네? 서씨 집안 피가 원래 그런가."

태영의 눈을 피해 민혁은 한 달째 회사에 나오지 않고 있는 민서를 향해 능청스럽게 말했다.

"반년을 쉰 너만 할까. 투덜거릴 생각이면 나가."

"투덜거리긴. 내가 그 마음 다 이해한다는 말이지. 덕분에 출장이란 출장은 모조리 내 차지가 되었지만 불평불만 없이 열심히 일하고 있어."

"그래? 그럼 앞으로 출장은 네가 가도록 해."

"뭐? 그런 말이 아니잖아."

투덜거리는 게 아니라고 하면서도 말속에 뼈를 남긴 민혁에게 민서는 모른 척 쐐기를 박아 버렸다. 민혁의 당황스런 눈동자가 유하를 애타게 바라보았다. 그러나 배가 고픈지 울음을 터트리는 연우를 안느라 유하는 순식간에 바가지를 쓴 민혁의 기분을 알아줄 겨를이 없었다.

"차에 선물을 두고 왔는데 같이 가지러 안 갈래요?"

"커피 사 주면 같이 가고."

삐친 아이처럼 불퉁한 민혁의 말에 태영이 눈을 곱게 접고 웃었다.

"사 줄 테니 가요."

편하게 연우에게 젖을 먹이라고 자리를 피해 주려는 태영이 입을 쑥 내밀고 있는 민혁의 팔을 잡아끌었다. 태영과 민혁이 나가고 나서야 유하가 상의를 올려 연우에게 젖을 물렸다.

"우리 딸이 배가 많이 고팠던 모양이네."

연우가 꿀떡꿀떡 젖을 삼키는 소리에 흐뭇하게 웃던 민서가 의자를 당겨와 앉았다. 젖을 먹는 모습을 바라보다가 연우의 콧잔등에 송골송골 맺힌 땀을 닦아 주었다. 그러자 젖을 먹다 말고 연우가 씩 웃었다. 그 모습이 무척이나 사랑스러웠다. 달콤한 웃음은 민서와 유하에게 번져 미소 짓게 만들었다.

젖을 먹고 잠든 연우를 민서의 품에 안겨 주고 나자 마침 룸으로 들어온 태영과 민혁은 곤하게 자는 연우가 깰까 다시 쫓기듯 나가야 했다.

"모레 퇴원하니까 다음엔 집으로 놀러 와."

"그래. 연우 보러 또 갈게."

"추운데 이만 들어가."

"괜찮아. 하나도 안 추워."

잠든 연우를 안고 있는 민서 대신 두 사람을 배웅하기 위해 나온 유하가 그들과 함께 복도를 걸어 엘리베이터로 향해 갔다.

"몸조리 잘 하세요. 우리 형, 마구 부려 먹고요."

"네, 조심해서 가세요. 잘 가, 태영아."

"응, 몸조리 잘 해."

엘리베이터 문이 닫힐 때까지 손을 흔들며 인사를 하는 두 사람을 보내고 유하는 겨우 뒤돌아섰다. 그러나 잠시도 쉴 틈을 주지 않고 누군가 유하를 불렀다.

"어머, 정 선생?"

복도를 걸어가려다 말고 고개를 돌리자 그곳에 영신이 서 있었다.

"안녕하세요, 선생님."

"설마설마했더니 진짜 정 선생이네. 그런데 여긴 어쩐 일이야?"

반색하며 다가온 영신으로 인해 유하는 멋쩍은 표정으로 웃었다. 그러자 영신이 유하가 입고 있는 산모복을 훑어보며 물었다.

"정 선생, 유학 갔다더니 유학이 아니라 결혼을 한 거야?"

"그렇게 됐어요."

자세한 사정을 이야기할 수 없어 유하는 웃음으로 얼버무리려 했다. 그러나 끈질긴 그녀가 그냥 놔줄 사람이 아니었다.

"최 선생은 알고 있는 거지?"

"네."

"어쩜. 우릴 감쪽같이 속였네. 결혼한다고 말하면 우리가 잡아먹어?"

섭섭한 표정을 감추지 않고 그녀는 혀를 찼다.

"그런데 여긴 어쩐 일로 오셨어요?"

"아, 손녀 보러 들렀어. 여기가 우리 며느리야, 인사들 해."

영신이 뒤에 서 있던 며느리를 불렀다.

"아, 안녕하세요."

서로를 알아보고 인사를 하는 영신과 유하를 멀뚱히 바라보던 조희가 당황스런 표정으로 유하에게 인사를 했다.

"아, 네."

참 희한한 운명이 아닐 수 없었다. 다시 볼 일 없이 굴던 조희가 영신의 며느리였다니.

유하는 끝내 동창이라고 밝히지 않는 조희를 바라보며 씁쓸하게 웃었다.

"할머니 되신 거 축하드려요."

"축하는 무슨."

영신의 얼굴에서 탐탁지 않는 표정이 스쳐 지나갔다. 그러고 보니 언젠가 기주가 했던 말이 생각이 났다. 큰아들이 의사가 되자마자 중매시장에서 며느리를 물색 중이었는데 고새 간호사와 아이를 가져 버려 크게 실망한 영신이 머리를 싸매고 앓아누워 버렸다는.

영신의 마음에 전혀 차지 않는 간호사 며느리가 바로 이조희였는지 그녀는 주눅이 든 표정으로 영신의 곁에 서 있었다.

"가만, 정 선생 여기 있는 줄도 모르고 빈손으로 왔는데 내려가서 내복이라도 사 들고 와야겠다."

"아니에요, 여기 있는 줄 모르는 게 당연하죠. 그러지 않으셔도 돼요. 마음만 고맙게 받겠습니다."

당장 내려가 내복을 사오려고 걸음 하는 영신을 유하가 붙잡았다.

"그러면 내가 섭섭해서 쓰나."

"섭섭하시면 다음에 만날 때 주세요."

"당연히 줘야지, 내일이라도 다시 올까?"

"아니요, 저 내일 퇴원해요."

퇴원은 내일이 아니라 모레지만 정말 찾아올 것처럼 말하는 영신에게 일부러 거짓말을 해 버렸다.

"그럼 공방에 맡겨 놓을 테니까 공방에 꼭 놀러 와, 알겠지?"

"네, 그럴게요. 그럼 조심해서 가세요."

당부를 하는 영신에게 유하는 웃으며 고개를 끄덕였다.

"그래, 그래. 정 선생도 얼른 들어가 봐."

오랜만에 만난 반가움으로 갈 기미를 보이지 않는 영신에게 유하는 먼저 인사를 했다. 섭섭한 표정을 짓고 있어도 입이 가벼운 사람이라 집에 도착하기도 전에 기주에게 전화를 걸어 어떻게 된 일인지 꼬치꼬치 캐물을 것이다.

그러나 그보다도 조희가 영신의 며느리라는 것이 유하는 씁쓸하기 짝이 없었다. 조희의 룸을 찾아갔다가 쫓겨나듯 나온 일이 있고부터 조리원 어디에서도 조희를 볼 수가 없었다. 일부러 유하가 보지 못하게 숨은 사람처럼. 그런데 또 이런 우연에 엮이다니.

다시 볼 일 없이 굴던 조희는 다음 날 유하의 병실로 찾아왔다.

"무슨 일이야?"

"잠깐 얘기 좀 해."

민서가 잠깐 회사에 가고 없는 사이 마침 발 마사지를 받을 시간이라 나가려던 유하는 간호사실에 전화를 걸어 마사지를 뒤로 미루었다.

침대에 걸터앉은 유하가 소파에서 손을 만지작거리며 앉아 있는 조희에게 물었다.

"왜 마음이 바뀐 거야? 다시는 보지 않을 것처럼 굴어 놓고 왜 찾아온 거야?"

그제야 만지작거리던 손의 움직임을 멈추고 고개를 든 조희가 유하를 바라보았다.

"지금이라도…… 용서를 빌고 싶어."

"왜?"

유하의 물음에 조희는 입을 다물었다.

"네 시어머님 때문이니?"

사실인지 그녀가 입술을 꼭 깨물었다.

"나가."

동그란 눈이 당황스럽다는 듯 크게 벌어졌다.

"진심이 아닌 네 이야기를 들을 필요는 없을 것 같으니까 나가 줘."

알고 싶었다. 조희가 유하를 미술실에 가둔 이유를. 그러나 사과와 용서를 구하기 위해서가 아니라 시어머니에게 그 일이 탄로 날까 두려워 유하를 찾아온 거라면 조희의 말을 들어줄 필요가 없었다.

유하가 일어서서 나가려 하자 초조함에 주먹을 꼭 쥔 조희가 유하의 앞을 가로막았다.

"아니야, 난 단지 사과를 하려고 찾아온 거야."

차마 눈을 마주치지 못하고 고개를 떨구는 조희가 다음 말을 이었다.

"내가 이성재를 좋아했어."

민영이 아닌 이조희가 성재를 좋아했다는 건 전혀 뜻밖의 이야기였다.

"민영이는 내 마음을 몰랐을 거야."

재촉하지 않고 가만히 다음 말을 기다리는 동안 잠시 침묵을 지키고 서 있던 조희가 이내 입을 열었다.

"성재와 스스럼없이 어울리는 민영이가 부러우면서 얄미웠어. 또 무작정 너를 미워했어. 민영이와 나는 성재를 좋아하는데 이 성재가 좋아하는 건 너였으니까. 네가 성재를 피하니까 더 애가 닳아서 너를 쫓는 성재를 지켜봤어. 그러면서 너를 원망했어."

그건 성재를 좋아하는 여학생의 시기와 질투였다. 그러나 단지 그것만으로 유하를 미술실에 가둔 건 말이 안 됐다. 그녀는 가만히 조희의 다음 말을 기다렸다.

"어느 날이었어. 복도를 지나가다가 성재가 보건실로 들어가는 걸 봤어. 어디 아픈 건가 싶어 난 따라갔지. 그런데 성재가 보건실 문 앞에 서서 들어갈 생각을 하지 않는 거야. 무슨 일인가 해서 가까이 다가갔는데 누군가 성재를 향해 고백을 하더라. 울면서 사랑한다고."

그 말을 듣는 순간 떠오르는 영상. 그건 민서가 군대에 입대를 하던 날 보건실에 누워 있던 유하의 모습이었다.

"그게 바로 너였어. 진짜 미워 죽겠더라. 싫다고 할 땐 언제고 울면서 사랑한다고 말하는 네가 가소로웠고 성재를 마구 휘두르는 것 같아서 뭐 저런 년이 다 있냐고 욕했어. 혼내 주고 싶었어. 그래서, 그래서……."

처음으로 민서에게 사랑한다는 말을 듣고 함께 사랑을 고백하며 무너지는 제 모습이 떠올랐다. 그리고 그 모습을 지켜보던 성재, 성재의 뒤를 지키고 서 있던 조희. 세 사람의 모습이 눈에 훤히 그려졌다.

"하! 말도 안 돼."

"어린 마음에 네가 너무 미워서 그랬어. 일부러 잠겨 있는 미술실 문을 열어 두고 민영이에게 담임이 미술실로 오라는 말을 전해 달라고 했어."

유하는 그날을 기억하며 저도 모르게 고개를 절레절레 젓고 있었다.

"그리고 네가 미술실 청소를 하는 사이 내가 문을…… 잠갔어."

말을 흐리는 조희를 향해 유하가 소리쳤다.

"이성재가 아니야!"

고개를 든 조희가 무슨 말이냐고 눈빛으로 묻고 있었다.

"성재를 향해서 사랑한다고 한 게 아니었어!"

그러자 어리둥절한 표정으로 유하를 바라보는 조희.

"미술실에 나를 가두고 내 가방을 뒤진 게 너라면 알 거 아냐. 그 안에 있던 휴대전화를."

생각이 난 것인지 그녀는 아무 말도 하지 않고 유하를 바라보았다.

"그때 난 보건실에서 네가 가져간 그 휴대전화로 곧 훈련소에 들어가는 그 사람과 통화 중이었어. 이성재에게 사랑한다고 한 게 아냐. 내가 고백을 한 사람은 군대에 입대를 했던 지금 내 아이의 아빠였어. 그때 난 그 사람과 사귀고 있었으니까, 민영이의 오빠라는 걸 모르고."

이제야 이해를 한 것인지 그녀의 입이 벌어졌다.

"난 그것도 모르고……."

"합리화시키지 마, 만약 그게 아니었다 하더라도 넌 내게 그런 일을 저지르면 안 되는 거였어."

꼭 쥔 유하의 주먹이 부르르 떨렸다.

"알아."

"넌 네 마음대로 되지 않으면 다 싫은 거야? 다 혼내 줘야 하는 거야? 그런 이기적인 발상이 어디 있어!"

"미안해."

"왜 그랬어! 왜! 네가 아니었더라면, 네가 나를 미술실에 가두지만 않았더라면, 내 동생은 지금쯤 이 세상을 살아가고 있었을 거야. 우리 엄마가 다시는 아이를 낳지 못하는 몸이 되진 않았을 거야."

"경비 아저씨가 순찰을 돌다가 발견하고 열어 줄 거라 생각했어. 그 일이 그렇게 큰 파장을 몰고 올 줄은 몰랐어. 그걸 따지기엔 난 너무 어렸고. 다음 날 네 소식을 듣고 나도 죄책감에 힘들었어."

"몰랐다고 하면, 어렸다고 하면 다 용서가 되니? 인간은 최소한의 예의는 지키고 살아가야 하는 거야. 잘못을 저질렀을 때는 미안하다고 사과하고, 도움을 받았을 때는 고맙다고 인사하는 예의. 넌 그 작은 예의조차 저버렸어."

"미안해, 이제 와서 이러는 거 늦었다는 거 알지만, 잘못했어."

비겁했다. 이제 와 그녀를 찾아온 이조희를 용서할 수가 없었다. 지금 이 순간조차도 영신의 귀에 들어갈까 봐 속을 태우며 찾아온 그녀의 진심을 받아들일 수가 없었다.

"차라리 그때 나를 찾아오지 그랬어. 그랬다면 어린 치기에 그랬을 거라고 이해하고 용서했을지도 몰라. 하지만 넌 용서를 구하는 대신 되레 나를 부정한 짓을 저질러 소리 소문 없이 전학을 가 버린 애로 낙인을 찍어 버렸어."

"아니야. 난 단지 소문을 믿었을 뿐이야."

"그 허튼 소문으로 우리 엄마가 괴로워했어. 우리 아버지가 아파했어. 내가 사랑하는 사람들 모두 고통받았어."

"미안해, 정말 미안해."

조희가 유하의 손목을 붙잡으며 애원했다. 유하는 냉정하게 그 손을 내쳤다.

"넌 행복했니?"

고개를 숙인 조희는 대답이 없었다.

"행복했구나. 어차피 그 아픔은 남의 것이니까, 네가 아픈 게 아니라 남이 아프니까, 너는 행복하게 잘 지냈구나."

"아니야, 그런 게 아니야."

"늦었어. 늦어도 너무 늦었어. 네가 행복하게 사는 동안 내 인생이 조각났어. 내 가족이 고통에 빠졌어. 내 사랑이, 내 아이가 힘들어했어. 너 때문에. 그런데 미안하다는 말 한 마디에 내가 용서해 줘야 하는 거니?"

그 일을 생각할 때마다 가슴이 무너져 내렸다. 시간이 흐르고 흘러도 잊히지 않았다.

"흐윽."

왈칵 울음을 터트리는 조희에게서 고개를 돌렸다.

"용서를 구할 땐 때가 있는 법이야."

"내가, 내가…… 어떻게 하면 되겠어?"

울먹이는 조희에게 유하는 담담하게 말했다.

"네가 똑같이 아파했으면 좋겠어."

그래야 지금 이 순간에도 가식적으로만 보이는 조희가 알 수 있을 것 같았다. 제가 저지른 일에 대한 고통을. 제 잘못이 언젠가는 부메랑이 되어 돌아온다는 걸 알기를 바랐다. 그게 아니라면 평생 죄책감으로 살아가는 것도 괜찮겠지.

"더도, 덜도 말고 똑같이."

건조한 유하의 목소리가 똑똑히 울려 퍼졌다.

16장. 즐거운 나의 집

외투를 입고 밖으로 나가기 전에 냉동실을 연 유하가 미리 짜서 얼려 놓은 모유 팩 하나를 꺼내 식탁 위에 올려놓았다.

"엄마, 식탁에 모유 꺼내 놨으니까 연우 배고파서 울면 중탕해서 먹여 주세요."

"그래, 걱정하지 말고 다녀와."

"네. 금방 갔다 올게요."

"천천히 다녀와도 돼. 우리 연우가 나랑 얼마나 잘 노는데. 그렇지, 연우야?"

딸랑이를 손에 쥐여 주자 꽉 잡고 놓지 않는 연우를 바라보는 세현의 눈동자는 아이에게 콕 박혀 떠날 줄을 몰랐다.

"우쭈쭈쭈, 우리 연우 손 흔들어 봐. 옳지, 잘한다."

딸랑이를 쥔 연우보다 더 흥에 겨워하는 세현의 목소리를 들으며 유하는 소리 없이 웃었다.

산후조리원에서 퇴원해 집으로 연우를 데리고 온 유하는 세현과 함께 연우를 돌보고 있었다. 유하와 연우를 돌보기 위해 병원에 출근하지 않고 아예 월급제 의사를 구해 버린 세현의 연우에 대한 사랑은 지극정성이었다. 덕분에 민서는 아침저녁으로 들러 연우와 유하를 보살폈다. 민서가 출근을 하면서 손 놓았던 일을 다시 잡게 되어 아이처럼 신나 하는 건 민혁이었다.

"저, 나가요."

"그래, 차 조심하고."

"네."

연우를 낳은 후 처음으로 혼자 외출에 나선 그녀가 현관문을 열었다.

따뜻한 봄 햇살이 쏟아졌다. 햇살을 받으며 걸어가던 그녀가 앞에서 오는 빈 택시를 향해 손을 들었다. 조금 더 걷고 싶었지만 오랜만의 외출이라 무리하면 안 되기도 하고, 연우 걱정에 시간을 지체하고 싶지도 않았다.

아직 신생아이기에 깨어 있는 시간보다 잠을 자는 시간이 더 많은 연우를 세현에게 맡겨두고 나온 이유는 작업실에 있는 책들을 가져오기 위해서였다. 책을 핑계로 거의 일 년 가까이 비워 둔 작업실이 궁금하기도 했다.

민서에게서 도망치듯 떠나느라 처분할 생각도 않고 그대로 비워 둔 공간, 사람이 드나들지 않는 집이라 공기부터 탁하겠지.

집에서 가까운 곳이라 곧 작업실에 도착한 그녀가 도어록 번호를 누르고 집 안으로 들어갔다. 환기를 시키지 않아 눅눅한 냄새가 날 거라는 예상과는 다르게 현관문을 열자마자 익숙한 향기가 그녀를 사로잡았다.

신발을 벗고 거실로 들어서자 그녀와 민서의 실내화가 나란히 놓여 있었다. 분명 비워둔 곳인데 사람의 온기가 느껴져 그녀는 고개를 갸웃거렸다.

베란다로 눈길을 돌렸다. 죽은 줄로만 알았던 야생초들이 초록의 싱그러움을 뿜어내고 있었다. 백화등은 하얀 꽃을 피워 진한 향기를 내뿜었다. 절대 그럴 리가 없는데…….

거실에 우뚝 서서 의아한 표정을 짓고 있던 그녀가 급한 걸음으로 안방 문을 열고 들어갔다.

민서의 향기가 코끝에 스며들었다. 좁은 싱글 침대 위에 벗어두고 간 실내복은 분명 민서의 것이었다. 언젠가 자주 이곳을 드나드는 민서에게 그녀가 사 준 편한 실내복.

작업실에 들어서자마자 느껴졌던 사람의 온기는 민서의 것이었다.

이제껏 모르고 있었다. 늘 그랬듯이 본가에서 생활하는 줄만 알았는데 언제부터 여기에 있었던 것일까?

곳곳에 묻은 그의 흔적에 마음이 울컥해졌다.

눈동자를 돌려 싱글 침대 옆에 있는 협탁을 바라보았다. 이곳을 떠나기 전 그녀가 깨어 버린 도자기가 협탁 위에 얌전히 자리하고 있었다. 그녀의 손끝이 떨렸다.

분명 그녀가 깨어 버렸는데, 정리하지도 않고 깨어진 그대로 두고 이곳을 떠나 버렸는데 어째서 이것이 여기에 있는 걸까?

떨리는 손을 뻗어 도자기를 들었다. 순간, 눈물이 핑 돌았다.

신이 허락한 단 하나의 선물, 그걸 깨 버리고 도망치듯 떠나 버렸는데 그런 일은 절대 없었던 것처럼 온전한 자태로 놓여 있는 모습에 놀라지 않을 수 없었다. 완벽하게 복원된 도자기에서 민서의 고된 노력이 보였다. 처절한 괴로움이 보였다.

그의, 사랑이 보였다.

그는 이곳에서 그녀를 기다리고 있었다. 그를 떠나 버린 그녀를 놓지 못하고 하염없이 기다리고 있었다.

"바보……."

그를 떠나 버린 유하를 잊어버리고 행복하게 살면 그만인데 그는 이곳에서 혼자 미련을 떨고 있었다.

"미련퉁이."

말은 그렇게 내뱉었지만 마음은 그게 아니었다. 그런 민서라서 더욱 뭉클한 가슴. 그를 향한 사랑은 더욱 더 깊어만 가고 있었다.

"유하야."

언제 온 것인지 민서가 문 앞에 우뚝 서서 그녀를 불렀다. 눈물이 그렁그렁한 그녀가 몸을 돌려 민서를 바라보았다.

"어떻게……."

"장모님께 전화 드렸더니 여기 갔다고 해서."

걱정스러운 마음에 여기까지 달려온 그가 그녀의 앞에 다가왔다. 두 사람은 함께 그녀의 손에 들려 있는 도자기를 바라보았다.

"왜……, 왜……."

울컥해서 말을 잇지 못하는 그녀가 묻고 있었다. 당신은 왜 이곳에 있었느냐고, 이 도자기는 왜 버리지 않은 거냐고.

"사금파리의 눈물이라고 했나? 눈물을 머금고 깨어 버린다고 해서."

그를 떠나기로 마음먹은 날 들려주었던 이야기를 민서는 기억하고 있었다.

"깨어져 있는 이 그릇을 보는 순간, 정말 네가 나를 떠나 버렸다는 걸 알았지. 하지만 나는 인정하지 않았어."

잠시 말을 멈춘 민서가 유하를 뚫어지게 바라보았다.

"너는, 나에게 신이 허락한 단 하나의 사랑이었으니까."

그녀의 눈에 고인 눈물이 주르르 떨어져 내렸다.

"이 도자기처럼 너는, 평생에 더는 없을 나의 사랑이니까."

"흐윽."

"그래서 나는 포기할 수 없었어. 너도, 이 도자기도."

그의 진심에 왈칵 눈물이 쏟아졌다. 혼자 남아 아파했을 그를 생각하자 형용할 수 없는 감정이 휘몰아쳤다.

열여덟, 처음 보는 순간 가슴에 꼭 박혀 버린 민서. 십이 년이 지난 지금은 더욱 깊게 그녀의 가슴에 새겨져 버렸다.

민서 역시 그녀와 마찬가지였다. 그녀가 가슴에 새겨지는 순간 평생 지워지지 않는 문신을 새겨 버렸다.

"언젠가는 네가 올 거라고 믿었어. 이렇게."

"오빠가 나를 찾아오지 않았더라면 평생 오지 않았을지도 몰라요."

"내가 널 찾았잖아. 그리고 지금 내 곁에 네가 있잖아."

"바보……."

목에 메어 말을 잇지 못하고 울먹이는 그녀에게 다가온 민서가 무릎을 꿇었다.

"이젠 너와 연우와 함께 있고 싶어, 함께 웃고 싶어. 연우에게 자상한 아빠가 되고 싶고, 너에게는 한없이 사랑을 주는 남편이 되고 싶어. 그러니 유하야……."

민서답지 않은 망설임, 그 조심스러움에 가슴이 더 아려 왔다.

"내 따뜻한 집이 되어 줘."

"오빠……."

"나와 연우의 집은 바로 너니까."

무릎을 꿇고 앉아 청혼을 하는 그를 보는 순간 언젠가 이곳에서 당당하게 청혼을 하던 민서의 모습이 떠올랐다. 그 가슴 벅찬 설렘.

민서와 눈높이를 맞추기 위해 유하가 무릎을 꿇었다. 그리고 떨리는 손을 뻗어 그의 뺨을 쓸었다.

"결혼…… 해 줘."

뜨겁게 속삭이는 말, 절로 가슴이 녹아드는 느낌이었다. 이런 남자를, 이토록 사랑하는 남자의 청혼을 어떻게 거절할 수 있을까.

눈물을 툭 떨어뜨리며 유하는 웃었다. 그리고 고개를 끄덕였다.

오랫동안 꿈꾸어 왔던 민서만을 위한 집이 되고 싶었다. 즐거운 집이 되고 싶었다. 이젠 사랑스런 연우를 안고 깔깔깔 웃고 있는 따뜻하고도 정다운 집이 되고 싶었다.

"결혼해요, 우리."

말이 끝나자마자 그가 유하를 확 잡아당겨 안았다. 그의 쿵쿵거리는 심장 소리가 가슴으로 전해져 왔다.

"사랑해요."

유하의 말에 숨이 막힐 정도로 안고 있던 팔을 풀고 눈동자를 맞춰 오는 민서.

뜨거운 불을 견뎌 내야만 변형되거나 썩지 않는 완전한 도자기가 되듯 그들의 사랑 역시 모진 시련을 견디어 냈다. 그러니 이 사랑이 절대 변할 리 없을 것이다.

"평생 나만 사랑해 줘, 유하야."

"네, 그럴게요."

그가 웃고 있었다. 손을 뻗어 숨 막히도록 아름답게 웃고 있는 민서의 입 끝을 쓸었다. 그의 손이 유하의 손을 잡았다. 그 손을 잡아당기는 순간 입술이 겹쳐졌다.

뜨거운 두 사람의 숨이 하나의 숨이 되어 내뿜어지고 있었다.

대기실에 도착하자마자 예식 시간보다 훨씬 일찍 와 준 민영과 성재가 웃으며 손을 흔들었다.

"일찍 왔구나."

"누구 결혼식인데, 늦으면 안 되지. 그나저나 정말 예쁘다. 그렇지, 성재야?"

"그래, 예뻐. 결혼 축하해."

축언을 해 주는 두 사람에게 유하는 환하게 웃어 보였다.

하얀 드레스를 입고 반짝이는 부케를 들고 있는 그녀는 세상에서 가장 아름다운 신부였다.

"고마워."

"성재야, 우리 사진 찍어 줘."

"아 참. 카메라를 차에 두고 안 가져왔네. 잠시만 기다려, 금방 다녀올게."

대답을 들을 새도 없이 서둘러 사라져 버린 성재를 보며 두 사람은 함께 웃었다.

결혼식 전에 유하의 집으로 찾아온 민영은 다시 한 번 유하에게 용서를 빌었다. 그것으로 지난 과거를 털어 버리기로 한 두 사람은 한바탕 눈물을 쏟아 냈다.

곧 올케와 시누가 될 사이지만 아직은 어색한 관계 회복을 위해서 친구처럼 지내기로 약속을 했다. 켜켜이 쌓인 앙금이 그 한 번의 눈물로 완전히 사라지지 않겠지만 언젠가 툭 털어 버릴 날이 올 거라고 두 사람은 믿고 있었다.

"네가 먼저 해도 되는데……."

유하는 못내 미안한 마음을 내비쳤다. 형식적인 결혼식을 올릴 생각은 없었다. 그래서 민영과 민혁에게 개의치 말고 결혼식을 올리라고 했지만 유하와 민서가 결혼식을 올리지 않으면 두 사람도 절대 결혼식을 올리지 않겠다고 고집을 부렸다.

"어머, 그게 무슨 말이야. 당연히 네가 먼저 해야지. 연우를 봐서라도 그게 맞아. 태영 씨 이야기 못 들었어? 우리나라 부모 법이 형이 먼저 결혼한 후에 아우가 하는 거라잖아."

"민혁 씨가 들으면 또 화병 날 소리."

"오늘은 싱글벙글하던데? 이젠 다음 차례라면서."

웃음이 만발한 민혁을 떠올리며 두 사람은 함께 웃었다.

결혼을 자꾸 피하려고만 드는 태영이 결혼을 미룰 수 있었던 것은 법에도 없는 부모 법을 들먹이면서부터였다. 하지만 오늘 민서와 유하가 결혼을 하게 됐으니 빠져나갈 구멍이 없게 생긴 것이다.

"그런데 말이야."

민영이 주위를 살피다 아무도 없다는 걸 알고 고개를 내려 유하의 귀에 뭔가를 속삭였다. 곧 유하의 눈이 커다래졌다.

"아직은 비밀이야, 비밀. 너랑 나랑 성재만 알고 있는 비밀."

그 말에 유하는 곱게 웃으며 고개를 끄덕였다.

"축하해, 민영아."

"제일 먼저 축하해 줘서 고마워."

"나도."

서로를 축하하며 웃다 말고 민영이 갑자기 손뼉을 탁 쳤다.

"어머, 내 정신 좀 봐. 차 열쇠 내가 가지고 있는데 성재 헛수고하겠다."

"얼른 가 봐."

"응, 그래야겠다. 좀 이따 올게."

"그래."

부랴부랴 성재에게 달려가는 민영을 유하는 걱정스럽게 바라보았다.

저렇게 뛰면 안 될 텐데.

성재가 고등학교 수학 교사로 재직 중인 고등학교에 민영이 보건 교사로 부임을 받아 우연히 만나게 되면서 시작된 사랑이라고 했다.

그와 재회한 순간부터 첫사랑 때처럼 다시 빠져들었던 민영과는 달리 성재는 친하게 지냈던 동창이라 점심시간에 같이 급식을 먹고, 가끔 퇴근 후에 영화도 보고, 술도 마시며 친구로 지내다 서서히 달아오른 것 같다고 얘기하며 웃었다.

친구처럼, 때론 연인처럼 지내는 두 사람도 이제 행복한 부부가 되는 일을 앞두고 있었다.

"형수님, 저 왔습니다, 결혼 축하드립니다."

싱글벙글 웃으며 들어온 민혁이 어쩐 일로 혼자였다.

"네, 고마워요. 그런데 태영이는요?"

"어른들, 손님들과 인사 중이시라 태영이가 연우 보고 있어요."

"미안해요."

"별말씀을요. 태영이가 연우 이모이자 곧 숙모가 될 텐데 그 정도는 해야죠."

그러자 유하가 안쓰러운 표정으로 민혁을 바라보았다.

민혁은 태영에게 미안해서일 거라고 생각했지만 그게 아니었다. 오늘 민서의 결혼보다 연말이나 내년 봄에 있을 제 결혼에 들떠 있는 민혁이 딱해서였다.

아까 민영이 알려 준 세 사람의 비밀을 민혁이 들었다가는 뒷목을 잡고 쓰러지겠지. 하지만 어쩌랴, 임신한 여동생을 두고 먼저 결혼식을 올리겠다고 떼를 쓰진 않을 것이다.

유하는 민혁이 오늘만큼은 행복을 누리길 바라는 마음에서 함께 웃어 버렸다.

"어머, 도진 씨."

"축하해요, 정 선생님."

결혼식을 올린다고 알린 적이 없는데 어떻게 알았는지 도진이 신부대기실에 빼꼼히 고개를 내밀었다.

"와 주셔서 감사해요."

"아까 오다가 아이를 만났어요. 아주 예쁘던데요."

도진으로 인해 다시 만나게 된 민서와 유하.

"아이 때문이었죠?"

"네."

도진은 웃으며 고개를 끄덕였다.

도진이 대구에 내려왔던 날, 그곳에 있는 유하를 모른 척해 준다고 약속을 해 놓고 민서에게 알려 준 도진이었다. 그 이유가 그 당시 배 속에 있던 연우 때문이라는 걸 그녀도 알고 있었다. 그로 인해 이렇게 행복한 결혼을 하게 됐으니 언젠가는 꼭 고마움을 전하고 싶었다.

"고마워요."

"행복하게 사세요."

언제나 다정하고 유쾌한 그의 말에 고개를 끄덕이며 도진도 좋은 사람을 만나 행복하게 살기를 바랐다.

민서의 청혼을 받자마자 여름이 되기 전 급하게 날을 잡았기에 가까운 친지들과 친구들에게만 알렸는데 이번에는 공방 회원들이 들이닥쳐 유하를 놀라게 만들었다. 그중에는 영신도 함께였다. 기은에게 보낸 청첩장을 우연히 보게 되어 달려왔노라며 섭섭함을 토로하는 그들에게 유하는 연신 사과를 해야 했다.

"정 선생 신랑이 어찌나 듬직한지 내가 다 탐이 나더라니까."

"신랑만 좋은 게 아니라 집안도 좋더라."

"무슨 소리야. 그래도 우리 정 선생이 더 아깝지."

"맞아, 맞아."

신부대기실에서도 하하, 호호 수다를 떨어 대는 그들로 인해 웃음이 마를 날이 없었다.

"제가 좀 많이 아깝지만 어쩌겠어요, 오늘 결혼할 몸인데. 그러니 부조 많이 하시고, 밥 맛있게 드시고 가세요."

"어머, 우리 정 선생 아직도 유머가 죽지 않았어."

"유머 아니고 진심이에요. 그러니 부조 많이 하셔야 해요."

"아이고, 이래서 우리 정 선생을 안 좋아할 수가 없어."

"그럼, 그럼. 부조 많이 할 테니까 내 접시에 백합 많이 그려 줘, 정 선생."

"백 송이도 그려 드릴게요."

그들의 수다에 동참하여 농담을 해 대는 유하로 인해 신부대기실이 시장판처럼 시끌벅적 했다. 곧 식이 시작된다는 말에 식장으로 자리를 옮기는 회원들 중에 영신의 뒷모습을 바라보는 유하의 표정이 씁쓸해졌다.

임신을 하여 어쩔 수 없이 부랴부랴 결혼을 시키긴 했지만 영 내키지 않는 며느리를 데리고 살면서 시집살이를 고되게 시킨다고 했다. 기주는 이제 레지던트 일 년 차인 의사가 매일 집으로 들어올 리 없고 혼자 아이 키우랴, 까탈스러운 시부모 봉양하랴, 집안일 하랴, 파출부도 그보단 나을 거라며 혀를 찼다.

유하는 고된 시집살이를 하는 조희의 이야기를 들으며 어떤 감정도 들지 않았다. 속이 시원하다거나 안타까운, 혹은 가엾거나 하는 감정.

그녀는 일찍이 알고 있었다.

남의 불행이 내 행복이 아니라는 걸.

그 사실을 다른 사람들도 알아주기를 바랐다. 지금 이 순간에도.

"유하야, 준비됐어?"

"네."

검은 턱시도를 입은 민서가 들어왔다.

"이제 너 절대 도망 못 가."

"절대 안 가요."

민서가 웃으며 손을 내밀었다. 이제 진정한 민서의 아내가 되기 위해 식장으로 들어갈 시간이었다. 그의 믿음직하고도 커다란 손을 잡고 일어섰다.

그녀가 버진로드로 걸어가는 길, 많은 사람들이 울었다.

손을 잡고 걸어가는 은호와 유하가 울었고, 세현은 아예 손수건에 눈을 파묻고 울어 버렸다. 혜영은 한복 옷고름에 눈물을 찍어 냈다. 나란히 앉은 기주와 선주도 끝내는 코를 훌쩍이며 울었다. 앞으로 행복하기만을 바라며 눈물을 닦아 냈다.

버진로드를 걸어 들어온 은호가 유하의 손을 민서에게 건넸다. 민서는 유하의 손을 잡기 전에 은호를 끌어안았다.

"고맙습니다, 예쁜 딸 주셔서 정말 감사합니다. 잘 살겠습니다."

"고맙네, 서 서방."

눈물을 훔쳐 낸 은호가 유하의 뺨에 맺힌 눈물을 닦아 냈다.

"잘 살아야 한다, 내 딸아."

눈물은 머금고 서로를 바라보는 부녀, 유하는 웃으며 고개를 끄덕였다. 은호가 혼주석으로 내려가 울고 있는 세현을 달랬다.

민서가 손을 내밀었다. 유하가 그 손을 잡았다. 그들을 바라보던 민영과 태영은 서로의 눈물을 닦아 주며 웃었다.

결혼식에 참석한 모든 사람들이 바랐다. 또 믿었다.

행복하게 잘 살아 갈 것이라고.

그 바람에 화답하듯 두 사람은 웃었다.

이제 행복만이 남았다고.

바랐던 대로 결혼식은 간소하게 끝이 났다. 폐백을 생략하고 본식만으로 끝냈기 때문에 비교적 **빠른** 시간에 결혼식을 끝내고 집으로 돌아올 수 있었다. 신혼여행은 없었다. 아직 젖을 먹는 연우 때문에 신혼여행은 다음으로 미루었다.

집 앞에 도착하자마자 운전석 문을 열고 나온 민서가 조수석 문을 열어 연우를 건네받고 품에 안았다. 차 안에서 젖을 먹고 잠든 연우의 오동통한 **뺨**을 보며 민서는 제 **뺨**을 연우의 **뺨**에 부비며 웃었다. 그녀가 차에서 내렸다.

세 사람의 집.

이곳은 민서의 본가도 아니었고, 유하의 친정도 아니었다. 완벽한 가족이 된 세 사람의 집이었다.

서민서.

정유하.

서연우.

한 달 전, 처음 호적상 가족을 이루었던 날의 설렘. 민서는 그 설렘에 설렘을 더해 주었다.

출생한 지 두 달이 다 되어 가도록 병원과 산후조리원에 있느라 연우의 출생신고를 할 겨를이 없었다.

출근을 하기 전에 집에 들른 민서가 어렵사리 출생신고와 혼인신고에 관한 말을 꺼냈을 때 그녀는 그 말을 기다렸다는 듯 고개를 끄덕였다. 출생신고를 하려면 먼저 혼인신고를 해야 하기에 민서가 어렵게 말을 꺼낸 이유를 모르지 않았다.

가까운 시청으로 가서 볼일을 끝내고 나와 차를 탄 유하가 가방에 고이 접힌 종이를 꺼내 펼쳤다. 그것은 세 사람의 이름이 차례로 찍혀 있는 주민등록등본이었다. 유하는 오래도록 그것을 바라보았다.

"낯설어서 그래?"

부드럽게 차를 출발시킨 민서가 이내 신호 때문에 차를 멈춰 세우곤 물었다.

"낯설기보다 좀 이상해서요. 오빠의 아내가 되었다는 것이."

혼인신고와 출생신고를 끝내고 주민등록등본 한 통을 떼고 나와 차 안에서 그걸 보고 있자니 어쩐지 세현과 은호에게 맡겨 두고 온 연우가 보고 싶었다. 연우에게서 나는 젖냄새가 그리웠다. 이제 비로소 세 사람이 가족을 이루었다는 것이 벅찰 만큼 기뻐서 그 기쁨을 연우와 함께 나누고 싶었다. 한 가족을 이루는 것이 이토록 어렵고도 쉬운 일이라는 게 신기했다.

신호가 바뀌자 다시 차를 출발시킨 민서가 핸들을 잡지 않은 오른손으로 유하의 손을 잡았다. 크고 따뜻한 손이었다. 그 손을 잡고 운전을 하던 민서가 차를 세운 곳은 유하의 집이 아니었다. 유하의 집과 작업실에서 가까운 한 주택이었다.

민서는 낯선 집 앞에 차를 세우고 유하를 데리고 집 안으로 들어갔다.

"여기가 어디예요?"

그녀의 어리둥절한 표정을 보며 민서는 웃었다.

"우리 집."

"우리 집?"

"그래, 나와 너, 그리고 연우가 살 우리 집."

화들짝 놀란 눈이 커다래졌다.

"오빠……."

"미안해, 결혼식부터 올려야 하는데 그러지 못하고 혼인신고부터 하게 해서."

울컥이는 가슴을 누르고 그녀가 고개를 저었다.

"잘 할게."

그녀의 두 손에 깍지를 낀 민서가 한 번 더 중얼거렸다.

"내가 잘 할게."

그의 커다란 손만큼 믿음직한 그의 말을 절대적으로 믿는 그녀가 환한 표정으로 웃었다.

"대신 아이는 아들, 딸 상관없이 무조건 셋 이상 낳자."

그녀가 눈을 동그랗게 뜨고 그를 바라보았다.

"그래야 못 도망가지."

"안 가요. 오늘에서야 겨우 서민서의 아내 정유하가 되었는데 어딜 가겠어요."

형식적인 결혼식은 필요 없었다. 그것보다 이제 세 사람이 가족이 되었다는 사실만이 그녀를 기쁘게 했다. 그의 아내가 되었다는 것이 믿을 수 없을 만큼 황홀하게 했다.

"넌 내 거야. 도서관에서 달랑달랑 다리를 흔드는 네가 내 눈에 든 순간부터 내 거였어."

"서민서도 내 거예요. 도서관 벤치에 앉아 책을 읽고 있는 당신이 내 눈에 든 순간부터 내 거였어요."

민서가 깍지를 낀 손을 잡아당겼다. 그리고 제 이마를 유하의 이마에 대고 웃었다. 부부가 되던 날 처음 생긴 우리 집. 이곳에서 따뜻한 가정을 꾸리게 된 것이 그저 설레기만 했다.

유하는 잠시 서서 그 날의 설렘을 떠올리며 미소를 지었다.

"들어가자."

"네. 가요."

그녀가 대문 앞으로 걸어가는 모습을 보던 민서가 그 발걸음을 따라가며 유하를 불렀다.

"유하야."

대답 대신 그녀가 고개를 돌려 민서를 바라보았다.

"고맙다. 나의 집이 되어 줘서."

"전 이제 오빠의 영원한 집이에요."

자신 있게 말하며 유하는 대문을 열었다.

"어서 와요."

먼저 대문 안으로 들어가 두 사람이 들어오기를 기다리는 그녀가 손짓을 했다. 연우를 안고 걷는 민서의 발걸음이 그녀에게로 향하고 있었다. 활짝 피어나 그를 맞이하고 있는 민서만의 꽃을 향해.

에필로그. 1

　주방에서 저녁을 차리는 유하의 귀에 현관문 열리는 소리가
들렸다.

　"당신이에요?"

　"그래."

　민서의 목소리가 들리기도 전에 앞치마에 손을 닦으며 주방에
서 나오던 유하가 민혁을 발견하고 빙그레 웃었다.

　"형수님, 저도 왔습니다."

　"오실 줄 알았어요. 태영이가 여기 있는데 빈 집으로 퇴근할
일은 없을 것 같아 저녁 준비해 놨어요."

　"역시 우리 형수님이십니다."

　민혁이 엄지손가락을 치켜세우며 넉살을 떨었다.

　"연우는?"

"태영이랑 놀고 있을 거예요."

집에 오자마자 연우를 찾는 민서, 그리고 말은 하지 않아도 태영이 궁금한 민혁을 위해 유하는 연우의 방문을 열어 보였다.

"어머."

놀고 있을 거라는 그녀의 생각과는 달리 두 사람은 침대도 아닌 바닥에 누워 곤히 잠들어 있었다. 토끼 인형을 베개 삼아 베고 잠든 태영과 태영의 팔을 베고 잠든 연우, 두 사람은 서로를 껴안은 채 세상모르게 잠들어 있었다.

유하를 따라 연우의 방에 들어온 민서와 민혁이 두 사람을 발견했다.

"씻고 옷 갈아입고 와요. 저녁 먹기 전에 깨울게요."

조용하게 속삭이며 유하가 민서를 끌고 나가자 홀로 남은 민혁이 태영을 내려다보며 살며시 미소를 지었다.

늘 평화롭고 싶다 말하던 태영. 지금 이 순간이 태영이 바라던 미래인 것 같았다. 이 시간이 계속되기를 바라며 태영의 곁에 앉은 민혁이 그녀의 부드러운 머리칼을 쓰다듬었다.

자라서 긴 머리카락처럼 길고 끈끈하게 이어 가고 있는 태영과의 인연. 태영이 곁에 있는 것만으로 충분히 만족스럽다고 생각했는데 이렇게 아이를 안고 있는 태영을 보니 또 다른 욕심이 슬그머니 고개를 든다.

민혁은 와이셔츠가 구겨지는 것에도 아랑곳 않고 태영의 곁에 누워 태영의 등에 뜨거운 가슴을 포갰다. 단지 그녀를 안았을 뿐인데 몸과 마음이 편안해진다. 잠이 순식간에 몰려들었다.

"민혁이는?"

씻고 옷을 갈아입고 나온 민서가 저녁을 다 차리고 냉장고 안에서 물을 꺼내는 유하를 보며 물었다.

"글쎄요. 어서 저녁 먹어요. 제가 부를게요."

유하의 말에도 민서는 주방으로 곧장 들어가지 않고 연우의 방으로 걸음을 옮겼다.

"어머, 잠들었네."

민서의 뒤를 쪼르르 쫓아온 유하가 잠든 세 사람을 보며 놀란 듯 눈을 끔벅이다 미소를 지었다.

"저러니까 꼭 연우가 두 사람 애 같아요."

웃음기 가득한 유하의 말에 민서가 미간을 일그러뜨렸다.

"어림도 없는 소리."

"조용해요. 깨겠어요."

"깨면 어때."

"아이참."

민서의 손을 끌고 나온 그녀가 조용히 문을 닫았다.

"잠자는 사람 깨우지 말고 오랜만에 둘이서 저녁 먹지 않을래요?"

언뜻 듣기엔 둘이서 저녁을 먹고 싶다는 말로 들리지만 잠든 세 사람을 편하게 자게 두고 싶은 유하의 깊은 뜻을 모르지 않았다.

"연우만 데리고 나와."

"만날 연우, 연우. 그럴 거면 연우랑 둘이 살지 그래요."

퇴근하자마자 연우를 품에 안고 놓지 못하는 민서의 마음을 알고 있었다. 민혁의 품이 아니라 태영의 품에서 잠들었기에 직접 연우를 데리고 나오지 못하는 민서였다. 그걸 알기에 유하는 일부러 볼멘소리로 눈을 가늘게 뜨고 민서를 노려보았다.

"예쁘다면서 매일 깨물고 울리기만 하면서."

급기야 삐친 것인지 주방으로 들어가는 유하를 따라간 민서가 싱크대 앞에 선 그녀를 꼭 끌어안았다.

"아이참, 왜 이래요."

"질투하는 거야?"

"절대 아니거든요."

"그러지 말고 질투 좀 해 줘."

"가족끼리 왜 이래요."

흘깃 눈을 흘기는 그녀를 보며 민서가 웃음을 터트렸다. 연우가 커 갈수록 웃음이 많아진 민서. 그 웃음을 볼 때마다 절로 행복해졌다.

"원래 가족끼리 이러는 거야."

그녀의 목덜미에 입술을 부비다가 버릇처럼 깨무는 민서에게서 은은한 향기가 전해졌다. 그 향기만으로 금세 마음이 사르르 녹는다. 민서의 손을 뿌리치려던 그녀가 그의 손에 제 손을 겹쳐 잡았다.

"밥 먹어야죠."

"우리도 밥은 나중에 먹고 자자."

"무슨 소리……."

말문이 막힌 것은 급하게 유하의 입술을 찾는 민서의 입술 때문이었다. 저녁식사로 시끌벅적해야 할 집 안이 고요에 감싸였다. 거절해야 하는데 막무가내로 밀어붙이는 민서의 힘을 당할 수가 없었다.

"연우 깨면 어쩌려고……."

다시 한 번 그의 너른 가슴을 밀었다. 그러나 그는 그만둘 의향이 없는지 오히려 유하의 엉덩이를 받친 채 들어 올렸다. 신음이 민서의 목구멍을 타고 엉뚱한 곳으로 내려갔다.

찰칵.

그녀를 안고 안방으로 들어간 민서가 문을 잠갔다. 그런데 그녀를 침대에 눕히지 않고 욕실로 데려가는 민서. 그가 변기에 그녀를 앉히고 욕실 문까지 잠갔다.

혹시라도 두 사람의 은밀한 신음이 새어 나갈 것을 대비해 이중으로 잠금장치를 한 민서의 세심함에 유하는 혀를 내둘렀다. 그것도 잠시, 그가 입술을 겹쳐 왔다.

키스만으로도 가슴이 떨려 신음이 절로 나왔다. 욕실 바닥에 무릎을 꿇고 앉은 민서가 그녀의 상의를 올려 브래지어를 풀었다. 톡 드러난 가슴을 문지르던 그가 입술을 내려 가슴 핥았다. 임신과 출산으로 풍만해진 가슴은 연우에게 젖을 먹이고 떼는 동안 줄어들어 버렸지만 민서는 유독 유하의 가슴에 안달을 냈다.

"하읏."

그의 혀가 유두를 핥고 빨아 댈 때마다 몸이 달아올랐다. 깊은 곳에서 샘물이 퐁퐁퐁 솟아오르는 느낌에 몸이 떨렸다.

고개를 들어 유하를 일으켜 세운 그가 재빨리 옷을 벗어 내렸다. 나신이 되자마자 변기에 앉은 민서가 유하의 팔을 잡아당겨 제 무릎에 앉혔다. 꼿꼿하게 몸을 세운 중심이 안달을 내며 그녀의 아래를 찔러 댔지만 민서는 서두르지 않고 그녀의 귓불을 잘근잘근 깨물었다.

"흐으응."

저도 모르게 달아오른 몸을 들어 내려앉자 그의 남성이 그녀의 중심으로 한 번에 쑥, 찾아 들어왔다.

"하악!"

"내가 고팠던 거야?"

허리를 휘며 고개를 젖히는 그녀의 뒤통수를 잡은 민서가 그대로 입술을 겹쳤다. 견디지 못해 흘러나오는 신음이 그의 입속으로 사라졌다.

깊은 삽입으로 몸을 떠는 그녀가 안정이 될 때까지 기다린 민서가 두 손으로 유하의 엉덩이를 잡고 속삭였다.

"움직여 봐, 내가 잡아 줄게."

작고 앙증맞은 엉덩이를 움켜잡고 위로 올리자 망설이던 그녀가 박자를 맞추듯 다리에 힘을 주고 엉덩이를 올렸다. 그리고 다시 그의 손길에 맞춰 엉덩이를 내렸다.

"하아, 좋아."

이번에는 유하가 아닌 그가 한숨처럼 신음을 흘렸다. 그의 목

352

에 손을 감고 매달린 그녀가 그의 달아오른 얼굴을 보며 빙긋 웃자 마음에 들지 않는지 얼굴을 찌푸리는 민서.

"웃을 정신이 있다 이거야?"

"꺄악."

바짝 귀에 대고 속삭이는 민서 때문에 간지러움에 몸이 부르르 떨렸다.

"이번엔 네 차례야. 아무 생각도 못 하게 만들어 줄게."

민서가 웃으며 몸을 일으켜 세웠다. 유하의 몸무게를 고스란히 감당한 채 일어서서 허리를 움직이자 탁탁 쳐대는 소리가 욕실을 울렸다.

"아아아앙, 으으으응."

"쉿!"

신음을 참기 위해 이를 악문 유하가 더 이상 참지 못하겠는지 입을 맞춰 왔다.

깊은 만족감을 느끼며 움직임을 멈춘 민서가 그녀를 내렸다. 자세를 바꿔 그녀의 뒤에서 결합을 하며 신음을 토해 내는 그녀의 입술을 막았다. 그러자 참을 수 없다는 듯 세면대에 기대 고개를 숙인 그녀가 손을 뒤로 가져가더니 민서의 엉덩이를 쥐어짜듯 꽉 잡았다.

"하, 좋아. 더 꽉 잡아 봐."

귓가에 대고 속삭이며 그녀의 귀 속으로 혀를 밀어 넣었다. 간지러움과 웅웅대는 울림에 머리가 하얗게 비워지는 느낌이었다. 그의 다른 손이 그녀의 클리토리스를 문질렀다. 그녀가 크게 몸을 떨며 옴짝달싹하지 못하게 그의 남성을 꽉 조였다.

"으으읏."

민서가 참지 못한 신음을 뱉다 말고 그녀의 어깨를 물었다. 움직이는 것이 여의찮아지자 오른쪽으로 빙그르르 돌리면서 어깨를 깨물고 있는 이에 힘을 주었다.

깨물려 버린 고통과 숨길 수 없는 쾌락에 버둥거리던 그녀가 고개를 흔들었다. 덕분에 그녀의 입을 막고 있던 민서의 손이 떨어져나갔다.

"아아앙, 아앙."

민서는 신음을 토해 내는 그녀의 고개를 비틀어 입술에 혀를 밀어 넣었다. 허리짓이 빨라졌다. 탁탁탁, 살 부딪치는 소리가 욕실 안을 크게 울렸다. 그녀가 몸을 비틀며 허리를 휘는 순간 쾌감에 참을 수 없는 소름이 번져 나갔다. 그 끝에 민서가 사정했다. 그녀에게 자신을 깊게 새겨 넣으며 숨 가쁘게 키스했다.

"하아, 하아."

행위가 끝이 났는데도 정신을 차리지 못하고 숨을 몰아쉬는 그녀를 안고 욕조 끄트머리에 앉았다.

"힘들어?"

말할 기운도 없는지 고개를 끄덕이는 그녀를 보며 민서가 웃었다. 샤워기를 틀어 그녀를 씻겨 주는 민서의 세심한 손에 그제야 나른하게 웃는 유하.

연우를 씻기고, 닦아 주고 옷을 입힐 때처럼 민서는 유하를 씻긴 후 수건으로 닦아 주고 침대에 눕혀 옷까지 입혀 주었다.

그리고 곧장 샤워를 하고 나와 말했다.

"나오지 말고 쉬고 있어."

"저도 금방 나갈게요."

아직도 세 사람은 잠에 빠져 있는 것인지 거실이 조용했다. 민서가 연우의 방문을 열었다.

태영을 안고 잠에 빠진 민혁, 몸부림을 친 것인지 연우는 태영의 발밑에 잠들어 있었다. 방으로 들어가 연우를 안아 들었다. 아직 두 살밖에 되지 않은 연우에게서 아이의 달콤한 냄새가 났다.

불을 끄고 조용히 문을 닫은 후 안방으로 왔다. 금방 나오겠다더니 피곤했던 모양인지 유하는 잠들어 있었다. 유하의 곁에 연우를 눕혔다. 그러자 잠결에 연우를 안고 토닥이는 유하의 손길. 숨길 수 없는 미소가 민서의 얼굴에 떠올랐다.

이 두 사람과 있으면 언제라도 달콤한 인생이었다. 민서가 연우를 중간에 두고 누웠다. 아직은 초저녁, 하지만 유하와 연우, 두 사람과 함께 아름다운 꿈을 꾸고 싶은 민서가 눈을 감았다. 행복에 겨운 잠이 쏟아져 내렸다.

에필로그. 2

"정말 이게 말이 된다고 생각해?"

"말이 안 될 건 뭐야. 그러게 너도 성재처럼 아이부터 갖지 그랬어."

"그러고 싶지, 거부하는 누구누구 씨 때문……."

민혁이 말을 하다 태영의 손에 입이 막혀 웅얼거렸다.

"많이 마셨으니까 이제 그만 가서 자요."

"됐어. 이제 너랑 안 놀아."

술에 취해 아이처럼 구는 민혁을 보고 민서는 어이없는 얼굴로 인상을 찌푸렸다. 곁에 있던 유하만이 큭큭거리며 웃음을 터트렸다.

"저흰 이만 자러 갈 테니 얼른 주무세요."

"왜, 더 놀다가 가."

좀 더 수다를 떨고 싶은 유하가 민혁과 태영을 붙잡자 민서가 기어코 한마디를 했다.

"많이 취한 것 같은데 재우세요. 내일 일정도 있고 하니."

"네."

태영이 멋쩍게 웃으며 술에 취한 민혁을 끌고 나갔다.

"놔, 강태영."

"아이참, 아이처럼 왜 그래요."

"싫어, 이제 나, 너 싫어."

룸 밖에 나가서까지 아웅다웅하는 두 사람의 소리가 들려왔지만 민서는 나가 볼 생각도 않고 자리를 정리했다.

오늘 아침, 제주도로 늦은 신혼여행을 온 두 사람은 혹 두 개를 달고 제주도로 와야 했다.

며칠 전, 임신을 해서 먼저 결혼식을 올린 민영 때문에 잔뜩 화가 난 민혁을 달래기 위해 유하가 같이 신혼여행을 가자는 말을 꺼냈다가 이 지경이 되었다.

우도를 구경하고 호텔로 돌아와 유하가 술을 한잔하자며 술자리를 만들었다. 늘 적당히 술을 마시던 민혁이었는데 오늘따라 꽤 많은 양의 술을 마셔 취해 버린 후 태영과 민서에게 술주정을 늘어놓았다.

"도련님 안쓰러워서 어떡해요."

"안쓰럽긴. 그러게 먼저 결혼하라고 할 때 태영 씨 얼러서 하지."

"태영이가 곧 죽어도 결혼은 싫다고 하잖아요."

"그것도 능력인 거야."

함께 술자리를 정리하다 말고 그녀가 배시시 웃으며 물었다.

"그럼 오빠랑 성재가 능력자?"

장난스런 유하의 말에 손에 들고 있던 술병을 놓은 민서가 그녀의 볼을 톡 치며 웃었다.

"어디, 능력자의 힘이 보고 싶어?"

"아뇨, 아뇨."

그러자 유하가 대번 손사래를 치며 욕실로 도망을 쳤다. 그런 그녀의 모습에 자리를 정리하던 민서가 픽 웃으며 옷을 벗었다.

이제 연우가 유하의 품을 떠나 할머니, 할아버지와 있어 주기도 하니 가능한 여행이었다. 처음으로 그녀와 느긋한 여행을 하려 했더니 공항에 느닷없이 나타난 민혁과 태영을 보는 순간 민서는 유하에게 얼굴을 확 찌푸렸다.

어쩔 수 없이 같이 떠나온 여행인데 늦은 밤까지 방으로 돌아가지 않는 두 사람 덕분에 슬슬 짜증이 밀려오던 차였다.

옷을 벗은 민서가 샤워를 하는지 물소리가 들려오는 욕실 문을 열었다.

"꺄아, 오빠."

스펀지로 바스 폼을 잔뜩 묻혀 몸을 문지르던 그녀가 깜짝 놀라 소리를 질렀다.

"쥐 봐, 등 밀어 줄게."

"괜찮아요."

그녀의 거부에도 스펀지를 휙 빼앗은 민서가 그녀의 목덜미를 시작으로 등과 허리, 엉덩이로 내려가기 시작했다. 그러고는 스펀지를 내밀며 유하에게 요구했다.

"나도 밀어 줘."

"피곤한데 오빠가 하면 안 돼요?"

"안 돼."

지은 죄를 아는지 더 이상 대꾸 없이 스펀지를 받은 그녀가 바스 폼을 쭉 짜 거품을 냈다. 그리고 민서의 몸을 문지르기 시작했다.

넓은 어깨와 가슴, 그리고 자잘한 근육이 붙은 배. 그러다 주춤하던 그녀가 얼굴을 붉힌 채 민서를 올려다보았다. 더 아래로 내려갈 생각은 않은 채 애먼 스펀지만 꼭 잡고 서 있었다.

"왜?"

한두 번 겪는 일도 아닌데 발기된 민서의 남성에 얼굴을 붉히는 그녀가 귀여웠지만 모른 척 물었다.

"뒤, 돌아서요. 등 밀어 드릴게요."

그녀의 말대로 몸을 돌려 주자 등을 문지르는 그녀의 손길이 느껴졌다. 무릎을 구부려 엉덩이부터 허벅지를 지나 다리까지 문지른 그녀가 샤워기를 틀었다.

결국 그곳은 패스하고 거품을 씻어 내는 그녀를 안았다. 아직 물에 씻겨 내려가지 않은 바스 폼으로 인해 피부가 맞닿자마자 미끌거렸지만 개의치 않았다.

"어머."

깜짝 놀라 떨어지지 않으려고 그의 목에 팔을 감은 유하가 노을처럼 빨간 얼굴로 민서를 올려다보았다.

"벌, 받아야지?"

그녀를 안고 욕조에 걸터앉아 물었더니 절레절레 고개를 흔드는 유하.

해외가 아닌 제주도라지만 그래도 신혼여행인데 객들을 끌어들였으니 무조건 벌을 줄 작정이었다.

"그럼 내가 줄까?"

다시 고개를 절레절레 젓는 그녀의 허리를 잡아 올렸다 내리자 거침없이 한 번에 쑥 들어오는 남성에 그녀가 몸을 떨며 민서를 꽉 잡았다.

"아흑!"

"명색이 신혼여행인데 저 두 사람은 데리고 오지 말았어야지."

"으응, 흐으으응."

아픔과 쾌감으로 말을 하지 못하고 신음만 하는 그녀의 입술 사이로 혀를 밀어 넣었다. 그새 양치를 한 것인지 그녀는 민트향을 가득 머금고 있었다. 그녀의 혀를 잡아 쪽쪽 빨며 허리를 움직이자 휘청 넘어가려는 그녀를 가까스로 잡았다.

수건을 홱 잡아당긴 민서가 미끄러지지 않게 그녀의 엉덩이에 수건을 받친 채 일어났다. 더욱 깊은 삽입에 그녀가 몸을 떨며 매달렸다.

"오빠!"

"괜찮아, 안 떨어져."

결합이 된 그대로 욕실을 나가 침대로 가서 눕자 그제야 입술이 떨어졌다.

"하아, 하아."

숨이 막히는지 벌겋게 달아오른 얼굴로 헐떡이는 그녀가 민서를 올려다보았다.

"힘들어?"

가쁜 숨을 내쉬면서도 고개를 젓는 그녀의 머리칼을 쓸어 주며 허리를 움직였다.

"하으으으응, 오빠."

탁탁 허리를 쳐올리다 때론 깊고 강하게 내리누르자 쾌감에 겨운 고통에 신음하며 그녀가 매달려 왔다. 이제 숨이 가쁜 건 그녀가 아니라 민서였다.

"유하야."

"흐응?"

"허니문 베이비 어때?"

힘겹게 눈을 깜박이던 그녀의 얼굴에서 웃음이 번지고 있었다. 허리짓이 더욱 빨라졌다. 그녀의 얼굴에 웃음기 대신 몽롱하고도 야한 눈빛이 번졌다.

"하읏."

"아아, 아아아."

꽉 조이는 그녀의 여성 깊은 곳에 사정하며 민서는 몸을 떨었다. 그리고 눈을 감고 쾌감의 여운을 느끼는 그녀를 껴안으며 키스했다. 좀처럼 와 주지 않는 연우의 동생이 이번에는 꼭 와 주길 바라면서.

민혁을 달래 룸으로 들어가려던 태영은 이제 네가 싫어졌다는 말을 하며 태영의 손을 쳐내고 가 버리는 그의 뒷모습을 바라보았다. 이 밤에 어디를 가는 건지 그의 뒷모습이 쓸쓸해 보였다.

유하가 연우로 인해 미뤄 둔 신혼여행을 이제 간다며 같이 가자고 손을 내밀 때 염치없이 그 손을 잡은 건 태영이었다. 어떻게든 그를 달래 주고 싶어 제주도까지 날아왔는데 이젠 태영이 싫어졌단다.

그를 뒤따라갈까 하다가 지쳐 버린 태영은 룸으로 들어와 침대에 누웠다. 피곤한데 그의 걱정에 잠들지 못해 뒤척이다가 언뜻 잠이 들었나 보다. 눈을 뜨자 검은 그림자가 자신을 바라보고 있었다.

"언제 들어왔어요?"

"조금 전에."

술이 깬 것인지 그의 음성은 조금 가라앉아 있었다. 눈만 깜박이고 있는 그녀의 곁에 민혁이 자리를 잡고 누웠다. 어둠 속에서 말없이 서로를 바라보고 있는 두 사람.

"정말 제가 싫은 거예요?"

마음에 없는 말이라는 걸 알면서도 다시 확인하게 된다. 민혁에게만은 절대 그 말을 듣고 싶지 않은데. 아직도 마음이 상해 있는지 그는 대답이 없었다.

"실은 저도 실망했어요."

물끄러미 태영을 바라보고 있는 민혁의 눈을 피해 그녀가 똑바로 누워 천정을 바라보았다.

"결혼을 해서 가족을 만드는 게 두렵기만 했는데 연우를 보면서 사실 부럽기도 했어요."

유하와 민서 그리고 두 사람의 아이 연우까지, 이 세 사람이 가정을 꾸려 가는 모습을 볼 때마다 제 눈이 웃고 있다는 사실을 깨달았다. 연우에게서 나는 아기 냄새를 맡으면 절로 행복해지고 웃음이 터져 나오는 것이 결혼은 하지 않더라도 아이는 꼭 낳고 싶은 생각이 들었다.

"형을 닮은 아이는 참 예쁘겠죠? 말을 배우면 아빠를 닮아 능청스러우면 어쩌나……. 하지만 다정다감한 그 성격을 닮으면 좋겠다고 생각하면서 웃었어요. 이제 난, 나의 모든 미래를 서민혁을 빼고는 생각할 수가 없나 봐요. 늘 두 사람이 함께야. 처음부터 원래 하나였던 것처럼."

"태영아……."

"형의 아이를 낳고 싶어요."

"강태영."

떨리는 그의 목소리가 태영을 부르고 있었다. 고개를 돌린 태영이 민혁을 마주 보았다.

"결혼해요. 올해는 아가씨 때문에 무리일 테고 내년에는 꼭 결혼해요, 우리."

민혁의 떨리는 손길이 그녀의 뺨을 쓸고 있었다. 그 손을 꼭 잡으며 태영이 웃었다. 민혁은 참지 못하고 그녀의 뒷덜미를 당겨 결혼을 하자고 속삭이는 예쁜 입술을 한 입에 삼켰다.

태영이 민혁의 첫 프로포즈를 거절하지만 않았어도 두 사람은 결혼을 해서 연우보다 더 큰 아이를 두고 있지 않았을까.

"그 약속 잊으면 안 돼."

"잊지 않아요."

입술이 떨어지자마자 헐떡이는 민혁이 또 한 번 다짐했다. 그 다짐에 고개를 끄덕이는 태영의 말랑한 입술을 잘근잘근 물며 혀를 밀어 넣었다.

민혁 역시 연우가 커 가는 모습을 바라보면서 태영을 닮은 시크한 아이를 낳고 싶다고 생각했다. 태영과 아이에게 애교와 능청을 떨며 살아가는 것도 참 재미나겠다고.

흥분에 물든 민혁의 손이 두 사람의 옷을 바삐 벗겨 냈다. 수줍은지 몸을 움츠리는 태영의 몸을 감싸 안고 귓바퀴를 물었다.

"너, 내 거지? 내 거 맞지?"

"맞아요."

"절대 도망가지 않을 거지?"

"가지 않아요. 서민혁 옆에 딱 붙어 있을 거야."

"안 그러기만 해 봐."

흥분이 배가되는지 그가 깨물고 지나는 자리마다 쾌감과 함께 아픔이 전해졌다.

"하아, 오빠."

시켜도 먼저 해 준 적이 없는 태영이 먼저 오빠라고 부르고 있었다. 가슴을 핥아 대던 민혁이 고개를 들어 오늘따라 더욱 예쁜 입술을 핥고 빨았다.

입술 사이로 혀를 밀어 넣자 두 사람의 숨결이 섞였다. 달콤하게 채워지는 두 사람의 체액을 나누며 서로에게 매달렸다.

어느새 촉촉하게 젖은 그녀의 중심으로 그가 파고들었다.

"하악."

"흐으웃."

척추를 타고 올라오는 쾌감이 머리를 강타하는 느낌, 두 사람은 신음하며 서로를 꼭 끌어안았다. 이렇게 안고만 있는데 다른 생명체인 듯 혼자 꿈틀거리는 그의 남성이 느껴졌다.

"도대체 넌 안 예쁜 곳이 어디야?"

더 이상 참지 못하고 고개를 든 민혁이 물었다. 그러고는 태영의 두 다리를 제 어깨에 걸치더니 깊게 파고들었다.

"형, 핫!"

깊은 삽입에 튀어오를 것처럼 몸을 파닥거리는 태영이 격통과 함께 몰려드는 쾌감으로 고개를 흔들었다.

"이럴 땐 오빠라고 하는 거야."

이를 악물고 허리를 재차 박아 넣을 때마다 그녀의 몸이 파르르 떨려 왔다. 그리고 놓아주지 않을 것처럼 민혁의 남성을 꽉 물었다.

"흐으으웃, 오……빠."

그녀의 신음이 마음에 든 것인지 허리를 재빠르게 움직이던 민혁이 태영의 입술을 집어삼킬 듯 키스했다.

"으으으읍."

삼켜지지 못한 신음이 입술 사이로 튀어나왔다.

"태영아."

태영의 여성처럼 그녀의 입술 역시 놓아주지 않을 것처럼 민혁을 빨아들였다. 그게 좋았다. 이대로 그녀에게 삼켜져도 좋을 것만 같았다.

"강태영."

"흐으으응."

민혁의 입술을, 혀를 구원인 듯 붙잡고 놓아주지 않는 태영의 입술과 혀, 깊이 넣으면 넣을수록 옥죄고 놓아주지 않는 그녀의 여성. 마치 깊이를 알 수 없는 우물처럼 그녀에게 빠져들고 있었다. 빠져들수록 더욱 더 홀리게 만드는 강태영.

"사랑해."

"하웃."

가장 깊이 찔러 넣는 순간 움직임을 멈춘 민혁이 몸을 떨며 밭은 숨을 토해 냈다.

"하아, 하아."

핏대를 세운 채 태영을 내려다보는 민혁을 마주 보며 몸을 떨던 태영이 그의 목을 끌어안았다.

"사랑해요, 저도 서민혁을 사랑해요."

태영의 속삭임에 그의 입술이 그녀의 귓가에 바짝 다가와 물었다.

"얼마나?"

"서민혁과 가족이 되고 싶을 만큼."

잠깐의 틈도 없이 새어 나온 태영의 말에 고개를 들었다.

"서민혁의 아이를 낳고 살고 싶을 만큼 사랑해요."

소름이 돋을 만큼 깊은 감동이 돋아났다.

가족을 만드는 것은 싫다고 거부하던 그녀가 이제 민혁과 가족이 되고 싶다는 말은 비로소 모든 걸 받아들일 수 있게 되었다는 뜻이었다. 이토록 진한 감동을 주는 강태영을 어찌 사랑하지 않을 수 있을까.

"언제 어디서든 평화롭게 해 줄게."

그는 잊지 않고 있었다. 태영이 가장 바라던 것을. 태영은 웃으며 고개를 끄덕였다.

늘 다정하고 따뜻한 말을 건네주는 사람, 이 사람과 함께 일상을 보내고 싶다. 함께 지내다 보면 사소하게 부딪치는 일이 없지는 않겠지만 그게 그녀가 꿈꾸는 평범한 삶이라는 걸 안다. 보통의 사람들처럼 살아가는 것. 이게 바로 진정한 평화가 아닐까.

삶은 살아 내는 것이 아니라 살아가는 것이라는 걸 가르쳐 준 민혁과 함께라면 이젠 무엇도 두렵지 않다.

그렇기에 그를 더욱 사랑하고 싶다. 가족이라는 울타리를 만들어 알콩달콩, 오순도순 살아가고 싶다.

행복은 머지않은 곳에서 두 사람을 기다리고 있었다.

—fin

민영, 성재's story

교무실에서 돌아와 보니 민영을 기다린 것인지 해준이 보건실 의자에 팔짱을 끼고 앉아 있었다. 산만 한 덩치가 앉아 있으니 보건실이 꽉 찬 느낌이었다. 인기척을 느낀 것인지 해준이 고개를 돌려 민영을 바라보았다. 민영은 모른 척 해준을 지나치며 쭉 뻗어 있는 그의 발을 밟아 버렸다.

　"앗, 선생님!"

　"어머나, 네 발이 거기 있었니?"

　"으아, 진짜 아파. 도대체 몸무게가 몇이에요?"

　발을 잡고 오만 인상을 찡그린 해준을 돌아보며 민영이 정색했다.

　"어머, 숙녀의 몸무게는 죽을 때까지 비밀인 거 몰라서 물어보는 거야?"

"숙녀는 무슨, 마녀가 아니면 다행이게요."

투덜거리는 해준에게 약품 상자를 들고 다가간 민영이 옆에 있는 빈 의자를 끌어당겨 해준과 마주 보고 앉았다.

"많이 아파? 난 내가 깃털처럼 가벼운 줄 알았는데."

"누가 그래요?"

"누구긴 누구야, 남자 친구지. 그 사람이 내가 깃털처럼 가볍다고 하기에 그 말을 믿었는데 아니었어?"

"우와, 닭살. 선생님 남자 친구가 누군지는 몰라도 참 고생이 많으시겠어요."

예상대로 또 누구와 주먹질을 한 것인지 손이 말이 아니었다. 아물 만하면 주먹질을 해 대니 깨끗한 손을 보려야 볼 수가 없었다. 해준의 손을 끌어당겨 소독약을 꺼냈다.

"고생은 무슨. 이렇게 예쁜 애인을 둔 남자 친구가 완전 행복한 사람이지."

"어쩜 그런 말을 얼굴색 하나 변하지 않고 할 수 있어요? 공주병이 아니라 왕비병이네. 쳇."

"그렇지? 내가 왕비만큼 예쁘긴 해."

능청스럽게 받아치는 민영에게 더 이상 할 말이 없는 것인지 해준은 어이없는 표정을 지었다.

"앗, 아파요. 좀 살살할 수 없어요?"

"소독하는 게 주먹질하는 것보다 아파?"

그러자 입을 꾹 다물어 버리는 해준. 민영은 소독을 끝내고 상처가 아무는 약을 발라 주며 말을 이었다.

"주먹을 잘 쓰는 남자가 참 멋있다고 생각했는데 너 때문에 그 생각이 와르르 무너져 버렸어."

"왜요?"

"너무 자주 쓰니까 무감각해지잖아. 이를테면 남자 친구가 매일 나에게 꽃을 선물하면 매일 꽃을 받는 게 당연하다고 생각되는 것처럼. 주먹은 정의를 위해 쓰는 강력한 무기지 마구잡이로 휘두르는 게 아니잖아. 그러니 제발 내 이상을 빗나가게 하지 말아 줘. 난 세상을 아주 아름답게 살아가고 싶은 사람이거든."

그의 손에 밴드까지 바른 민영이 자리에서 일어섰다. 그러자 해준이 자리에 가만히 앉아 민영을 올려다보았다.

고등학교 2학년인 해준은 이 학교의 짱으로 소문이 나 있었다. 선생님들 사이에서도 문제아 1위로 특별관리 대상이었다.

몇 달 전 보건 교사로 이 학교에 부임을 한 민영은 코피를 흘리며 보건실로 온 커다란 덩치의 남자가 해준이라는 걸 알지 못하고 흐르는 피에 경악했다. 계단에서 넘어졌다고 했지만 싸움의 흔적이라는 걸 모를 리가 없었다.

쏟아지는 코피를 지혈하고 얼굴에 난 상처를 치료했을 때야 들어오던 눈빛. 마치 눈에 참기름이라도 바른 것처럼 반들반들 빛나는 눈빛이 참 깨끗해 보였다.

맑고 순수한 눈동자, 하지만 뭔가를 갈구하고 있는 것만 같은 눈빛. 민영은 그 눈빛이 참 마음에 들었다.

"선생님 눈에는 세상이 아름다워요?"

"아니, 아름답게 만들고 싶은 거지. 어차피 사는 인생 아름답게, 즐겁게, 행복하게 살아야지. 내 인생 목표야, 그게. 그러기 위해 노력하는 거고."

사실 해준의 손에 난 상처는 미미한 것이었다. 하지만 해준이 보건실로 찾아오는 이유가 다친 손보다 마음을 치료하기 위해서라는 걸 민영은 알고 있었다. 어쩌면 그것이야말로 보건교사가 진짜 해야 할 일이었다.

마음을 닫은 아이에게 마음을 내어주는 일.

해준을 위해 민영이 할 수 있는 일은 그것이었다. 딱딱한 훈계가 아니라 스스럼없는 대화로 풀어가고 싶었다. 상처받지 않도록, 생각할 여유가 있도록. 그리고 해준이 가끔 쉬어 갈 나무가 되어 주고 싶었다. 선생님이란 아이의 마음을 잘 다스리는 또하나의 부모니까.

첫 부임이기에 넘치는 열의라 할지도 모르겠지만, 이 열의가 얼마나 갈지 민영조차 장담하지 못하지만, 지금 이 순간만큼은 최선을 다하고 싶었다.

"왜? 아직도 많이 아파?"

빤히 민영을 바라보는 해준이 말없이 고개를 돌렸다.

"아, 너도 내가 참 예쁘다고 생각했어?"

"약 떨어졌어요?"

오만상 얼굴을 구긴 해준이 벌떡 일어났다.

"응, 네가 매일같이 보건실 방문을 하니까 남아날 약이 어디 있어야 말이지."

"그 왕비병에 약이 없는 건 아니고요?"

"내 병엔 나를 아름답게 봐주는 눈동자가 약 아니겠어?"

"어휴, 내가 선생님이랑 무슨 말을 하겠다고."

그녀의 농담에 투덜대던 해준이 갑자기 멈칫하더니 누군가에게 인사를 꾸벅했다. 누군가 싶어 돌아보자 그곳에 성재가 서 있었다.

"어쩐 일이야? 어디 다쳤어?"

"응, 종이에 손이 베였는데 생각보다 상처가 깊어서."

"오늘따라 나를 절실히 원하는 사람들이 넘치네. 나를 접견하고 싶거든 번호표 뽑고 기다려야겠는데?"

그 말에 인상을 찡그리는 해준과 무슨 말이냐는 듯 미간을 구기는 성재.

"그 병은 아무래도 말기인 것 같네요."

"그럼 네가 참을성과 겸손이라는 약을 좀 가져다주는 게 어때?"

"찾아볼게요, 그런 약."

싫다고 할 줄 알았더니 긍정적으로 대답하는 해준으로 인해 기분 좋은 웃음이 터졌다.

"아프면 또 와."

"네."

웃으며 어깨를 톡톡 두드려 주자 해준이 인사를 하고 보건실을 빠져나갔다.

"어디 봐."

해준이 나가자마자 성재의 앞으로 걸어간 민영이 성재의 손에 난 상처를 살폈다. 그의 손을 잡고 자세히 살펴보고 싶지만 제 손의 떨림을 성재에게 들킬까 싶어 민영은 주먹을 꽉 쥐었다.

고등학교 시절의 첫사랑 성재.

그때에도 반듯한 모범생이었던 성재는 지금, 아이들을 가르치는 반듯한 교사가 되어 있었다. 수업시간에는 엄한 선생님이 되었다가도 쉬는 시간이면 아이들과 어울려 농구를 하고, 선생님들과도 스스럼없이 어울리는, 그래서 가장 인기가 많은 선생님이었다.

수학교사인 성재와 보건교사인 민영이 학교에서 만날 기회는 점심시간 이외에는 잘 없었지만 그를 만날 때면 아픈 짝사랑의 기억이 먼저 떠오르곤 했다. 사랑을 얻지 못해 여고생의 마음을 무겁게 짓누르던 아픔이.

끝까지 제 마음을 알아주지 않던 성재와는 고등학교 3학년이 되면서 입시 준비로 조금씩 멀어지게 되었다. 그 후에 각자 다른 대학을 다니며 연락이 아예 끊겨 버렸다.

이곳에 부임해서 성재를 다시 만났을 때의 떨림, 그는 또다시 민영의 심장을 송두리째 가지고 가 버렸다. 그를 볼 때마다 이 심장의 주인이 민영이 아닌 것처럼 마구 뛰었다. 제발 그러지 말았으면 좋겠는데 제 심장을 저도 어찌할 수가 없어 답답했다. 그래서 늘 성재를 볼 때마다 감정을 꼭꼭 숨겨야만 했다.

"쯧쯧, 어쩌다 이랬어."

종이에 베였다고 해서 대수롭지 않게 생각했는데 상처가 길면서도 깊었다.

"애들한테 프린트물 나눠 주다가."

"여기 앉아."

"밴드나 하나 줘. 자꾸 피가 새어 나와서 밴드 하나 얻으려고 온 거야."

"약 바르고 밴드 붙이는 게 좋겠어. 앉아 봐."

그러자 하는 수 없다는 듯 방금 해준이 앉은 의자에 성재가 앉았다. 빈 의자를 당겨 성재의 맞은편에 앉은 민영이 소독약을 솜에 묻혀 상처를 닦아 내고 연고를 발랐다.

"긴장돼? 왜 떨고 그래."

가늘게 떨리는 민영의 손길을 느낀 것인지 성재가 민영을 빤히 바라보며 물었다. 민영의 얼굴이 굳어졌다. 연고 뚜껑을 닫던 민영은 의자에서 일어났다. 그러곤 약품 상자를 정리하는 척을 하며 얼버무렸다.

"그러게, 내가 어제 술을 너무 많이 마셨나 보다. 이참에 술을 끊어야 하나?"

"어제 누구 만났어? 어제 별일 없으면 영화나 보러 가자고 했더니 거절한 이유가 다른 사람을 만난 거였어?"

"내 사생활을 너무 깊이 알려고 하지 마, 다쳐."

그러고는 성재에게 밴드를 하나 내밀었다.

"자, 이건 네가 붙여."

군말 없이 밴드를 받는 성재의 시선을 피하려 일부러 책상으로 걸어갔다.

성재는 아직도 민영을 친구로 대하고 있었다. 고등학교 시절과 마찬가지로. 그래서 아직 애인이 없는 성재는 무료한 시간에 가끔 민영에게 영화를 보거나 술을 마시러 가자고 청할 때가 있었다. 거의 그 청을 받아 주는 편이었지만 날이 갈수록 성재에게 깊어지는 마음을 어쩔 수가 없어 요즘은 성재의 청을 거의 거절하고 있었다.

"너, 남자 친구 없다고 하지 않았나?"

"응?"

"아까, 네 남자 친구는 너를 깃털처럼 가볍다고 한다며."

민영이 교무실을 나오고 바로 따라왔던 모양인지 성재는 해준에게 한 농담을 듣고 진심으로 받아들이고 있었다.

"혹시, 체육 선생님이야?"

진지하게 물어 오는 성재를 보며 민영은 풋, 웃음을 터트렸다. 체육 선생님이 민영에게 호감이 있다는 건 알고 있었지만 그런 말을 할 정도의 사이는 아니었다.

"농담이야, 농담. 뭔 말을 못 해."

그러자 믿지 못하겠다는 시선으로 바라보던 성재가 책상 정리를 하고 있는 민영의 앞으로 다가와 밴드를 내밀었다.

"붙여 줘. 손이 아파서 못 붙이겠어."

"상전이 따로 없어."

툴툴거리면서도 민영은 밴드 속지를 떼어 내 성재의 손에 붙여 주었다.

"요즘 내가 마음이 허, 한가 봐."

"왜, 무슨 일 있어?"

밴드를 다 붙이고 고개를 들자 성재의 얼굴이 너무 가까이에 있어 민영이 흠칫했다. 그런 그녀를 빤히 바라보는 성재가 왠지 낯설었다.

"있어."

"뭔데?"

"괜히 네가 예뻐 보이네."

민영의 눈이 동그랗게 떠졌다. 그러나 곧 굳은 얼굴을 펴고 어색하게 웃었다.

"솔직히 내가 예쁘긴 하잖아."

농담처럼 넘기며 고개를 돌리려는데 그녀의 손을 홱 잡아당기는 성재로 인해 두 사람의 거리가 순식간에 가까워지더니 입술이 겹쳐졌다. 깜짝 놀라 얼음처럼 굳어 버린 민영의 입술을 열고 성재의 부드러운 혀가 들어왔다.

아무런 저항 없이 서 있는 민영의 얼굴을 잡고 성재는 그녀의 입 안을 훑었다. 그리고 그녀의 혀를 찾았다. 혀를 찾자마자 반갑게 쭉 빨아 버리는 성재로 인해 그제야 움찔, 몸을 떠는 민영. 키스는 금세 끝났다. 타액으로 촉촉이 젖은 민영의 입술이 반드르르 빛을 냈다.

"하아, 돌이냐?"

"너, 너……, 너……."

말이 나오지 않아 민영은 말을 더듬었다.

"이상하네. 돌같이 굳어 있는 너한테 가슴이…… 떨리네."

"뭐, 뭐야? 미, 미쳤어?"

"그런가? 미친 김에 내가 그거 해 줄게."

"뭘?"

"내가 널 깃털처럼 가볍게 안아 줄게."

성재가 갑자기 왜 이러는 것인지 도무지 정신을 차릴 수가 없었다.

"왕비처럼 예쁘다고 해 줄게."

믿을 수 없는 눈동자로 계속 눈만 깜박이고 있는 민영에게 성재가 말했다.

"그러니까 너, 내 거 하자."

"성……재야."

더는 커질 수 없을 만큼 커다랗게 눈을 뜨고 그를 부르자 성재가 두 손으로 민영의 얼굴을 잡고 말했다.

"응, 서민영. 우리가 금사빠(금방 사람에 빠진 사람들)는 아니지만 고등학교 때부터 지금까지 오래 알고 지낸 사이니까 이 정도면 케미 터질 것 같지 않아?"

"하!"

애들이나 하는 말을 내뱉으며 배시시 웃는 성재로 인해 민영은 기가 막힌 표정을 지었다.

"마치고 바로 주차장으로 와. 오늘 같이 퇴근하자."

그러곤 마치 비밀 이야기라도 하려는 듯 고개를 숙인 성재가 민영의 귀에 제 입술을 바짝 갖다 대고 속삭였다.

"내가 널 좋아하나 보다."

민영의 커다란 눈동자에 담긴 성재가 웃고 있었다.

"키스, 또 하고 싶어."

마지막 고백을 끝으로 얼음처럼 굳어 버린 민영을 두고 성재가 보건실을 나갔다.

한참 후에야 정신이 돌아온 민영이 떨리는 손을 들어 제 입술을 쓸어 보았다. 성재가 남겨두고 간 두근대는 흔적이 꿈이 아닌 현실임을 말해 주고 있었다.

'그러니까 너, 내 거 하자.'

하하, 웃음이 터져 버렸다.

고등학생도 아니고, 서른이 다 된 남자가 내 거 하자니! 비실비실 웃음이 터져 나왔다.

도무지 이 행복한 기분을 감출 수가 없어 빨갛게 달아오른 볼이 웃음에 마구 떨렸다.

언제부터였을까? 언제부터 자신을 좋아하게 된 것일까?

성재를 향한 민영의 사랑은 이제 짝사랑이 아니었다. 가슴이 마구 떨리면서 전력을 다해 뛰기 시작했다. 숨이 가쁜 민영이 제 가슴을 부여잡고 호흡을 가다듬었다. 이번에는 가슴이 뜨겁게 벅차오르면서 실없는 웃음이 터졌다.

끝내 와 줄 것 같지 않던 사랑이 민영에게 성큼 다가와 가슴을 마구 두드리고 있었다.

作가 후기

　만드는 순간부터 가마에서 나오는 순간까지 노력 없이는 만들어 낼 수 없는 도자기는 우리네 인생과 닮은 것 같습니다.

　노력하지 않으면 결과물을 얻을 수 없고, 가마에 들어가는 순간 불의 운명을 받아들여야 하는 도자기의 형태를 미리 예측할 수 없는 것처럼 운명은 가끔 원하지 않는 삶의 전환점을 찍게도 하고, 커다란 행운을 주기도 하지요.

　처음 도예가이신 지인에게 '사금파리의 눈물'이라는 말을 듣는 순간, 소름이 돋았습니다. 제목만 가지고 써 내려가기 시작했는데 반쯤 썼을까, 그걸 접어 두고 처음부터 써 내려간 이야기가 '그 남자의 수상한 girl'입니다. 그땐 제가 캠핑에 빠져 지낼 때라 백패킹에 대한 열망으로 민서와 유하를 접어 두고 민혁과 태영의 이야기에 더욱 몰두하고 말았습니다. 그래서 2년이 지난 지금에야 '사금파리의 눈물'이 세상의 빛을 보게 되었어요.

벅찬 숨을 뿜어내면서도 뜨겁게 타오르는 가마처럼 두 사람의 뜨겁고도 눈물겨운 사랑 이야기를 쓰고 싶었습니다. 그런데 막상 끝내고 보니 아쉬움이, 미련이 남습니다. 하지만 돌이킬 수 없는 일에 대한 미련을 버려야겠지요.

이 제목을 주신 최선덕 님, 감사합니다.

책 속에 나오는 도자기들 모두 그분의 작품을 토대로 썼습니다. 늘 많은 것을 배우게 됩니다.

곁에서 응원해 주는 가족들과 친구들에게도 감사를 전합니다.

처음으로 함께 작업을 하게 된 다향의 편집자님, 수고 많으셨습니다.

마지막으로 이 책을 읽어 주신 독자님께 감사드립니다.

다시 꽃피는 봄이 돌아왔습니다.

따뜻하고 향기로운 이 봄, 모두 모두 건강하고 행복하셨으면 좋겠습니다.

감사합니다.

2015년 봄이 오는 길목에서

차은강 드림.

사금파리의
눈물

초판 1쇄 찍음 2015년 4월 22일
초판 1쇄 펴냄 2015년 4월 28일

지은이 | 차은강
펴낸이 | 정 필
펴낸곳 | (주)뿔미디어

편집장 | 이재권
기획 · 편집 | 정시연

출판등록 | 2002년 9월 11일 (제1081-1-132호)
주소 | 경기도 부천시 원미구 소향로 17, 303(두성프라자)
전화 | 032)651-6513 / 팩스 | 032)651-6094
E-mail | dahyangs@naver.com
블로그 | http://blog.naver.com/dahyangs
홈페이지 | http://bbulmedia.com

값 9,000원

ISBN 979-11-315-6370-0 03810

www.bbulmedia.com

www.bbulmedia.com